KB042938

조선이
문명함

조선이 문명함 **6**

초판 1쇄 인쇄일 2023년 6월 9일 | **초판 1쇄 발행일** 2023년 6월 15일

지은이 조휘 | **펴낸이** 곽동현 | **담당편집 팀장** 이범수
편집부 정요한 김승건 조혜진

펴낸곳 (주)조은세상 | **출판등록** 제2002-23호
주소 서울특별시 동작구 동작대로1길 27 5층
TEL 02)587-2966 | FAX 02)587-2922
E-mail bukdu@comics21c.co.kr

조휘ⓒ2023
ISBN 979-11-391-1904-6 | ISBN 979-11-391-1486-7(set)
값 9,000원

6

북두

조선이 문명함

조휘
대체역사 장편소설

조휘 대체역사 장편소설

NEO ALTERNATIVE HISTORY FICTION

CONTENTS

조휘 대체역사 장편소설

NEO ALTERNATIVE HISTORY FICTION

CONTENTS

　정체를 알 수 없는 해상 세력이 제주도에 침입했단 보고를 받은 뒤에 가장 먼저 든 생각은 하나다.

　이미 제주도는 끝장났겠다는 것.

　21세기라면 위성, 정찰기, 조기 경보기 같은 정보 자산을 이용해 적군의 움직임을 실시간으로 관측할 수 있다.

　하지만 17세기인 지금은 며칠 전의 상황을 토대로 현재 상황을 추론하는 수밖에 없다.

　봉화처럼 자연환경에 큰 영향을 받는 통신 수단을 제외하면 현재로선 파발마가 가장 빠른 수단이니까.

　문제는 파발마를 아무리 빨리 운용해도 제주에서 도성까

지 소식을 전하는 데 최소 달포 이상이 걸린단 점이다.

물론 그것도 날씨가 좋아 배를 띄울 수 있을 때의 얘기.

결국 내 귀에 적이 제주도에 침입했단 소식이 들어왔단 뜻은 제주에서 전투가 달포 이상 이어졌거나, 아니면 이미 전투에서 패해 적에게 점령당했음을 의미한다.

적군의 규모가 정확히 얼마인진 모르지만, 지금으로선 후자 쪽의 가능성이 더 크다. 훈련도감 제주청이 있긴 하지만 병력이 고작 600명에 불과하니까.

이제 관건은 남해안 방어다.

남해안마저 잃으면 제주에서 벌어지는 국지전이 아니라, 조선의 전 국토가 또 한 번 전쟁의 화마에 휩쓸리는 전면전이 된다. 백성을 생각하면 어떻게든 이것만은 막아야 한다.

그러기 위해선 우선 정보 전달의 간극(間隙)부터 줄일 필요가 있다. 지금처럼 달포 전의 소식을 뒤늦게 전해 받는 상황에선 전황을 제대로 알 수 없으니까.

간극을 줄이는 방법은 크게 두 가지다.

하나는 전장을 내 쪽으로 끌어들이는 방법이다.

전투가 경기도나 충청도, 강원도에서 벌어진다면 나와 적 지휘관이 정보를 얻는 시기가 비슷해질 수밖에 없다.

물론, 이건 말도 안 되는 개소리다.

이는 적을 도성 근처까지 끌어들인단 소리니까.

첫 번째 방안이 개소리로 판명 난 지금, 내가 고를 수 있는 선택지는 하나밖에 없다.

바로 직접 전장으로 내려가는 거다!

여해함 진수식에 참석한 사람들이 놀라지 않도록 조용히 일어나 순구에게 나머지 행사를 진행토록 했다. 그리고 조선소를 떠나기 직전에 이순신 장군 가문의 종부에게 양해를 구했다.

"급한 일이 생겨 과인은 먼저 일어나야겠소."

"일이 있으시다면 얼른 가 보셔야지요."

"진수식이 끝난 뒤에 연회가 있을 예정이오. 연회까지 즐긴 뒤에 천천히 돌아가시오. 돌아갈 때도 궁인들이 도와줄 것이오."

"성, 성은이 망극하옵니다."

세심하게 신경 써 주는 모습에 감격한 종부가 큰절을 올렸다.

난 고개를 끄덕인 뒤에 왕두석을 불러 물었다.

"이번에 선전관이 몇 명이나 따라왔지?"

왕두석이 바로 따라붙어 대답했다.

"열 명이옵니다."

"모두 모아라! 지금부터 그들에게 구두로 어명을 내리겠다!"

"예, 전하!"

잠시 후, 선전관 열 명이 나를 둘러싸듯 집결했다.

난 그들을 한 명, 한 명 지목하며 어명을 내렸다.

"지금부터 과인의 이름으로 전국에 전시 비상 체제를 선포한다! 의정부, 훈련도감, 통제영 등에 이를 즉시 통보하라!"

"알겠사옵니다!"

"영의정 이경석 대감에게는 과인이 자리를 비운 동안, 병조 업무를 제외한 모든 국사를 차질 없이 이끌라는 어명을 내려라!"

"예, 전하!"

"좌의정 조경 대감에게는 병조를 맡아 군량미, 무기 등 전쟁에 필요한 군수 물자를 차질 없이 조달하란 어명을 전해라!"

"알겠사옵니다!"

"우의정 원두표 대감에게는 천인을 징병해 기초 군사 훈련을 시작하란 어명을 전해라! 이는 차후에 전선에서 병력이 부족해질 때를 대비하기 위한 선제 조치란 점도 아울러 전해라!"

천인을 징병한단 소리에 다들 멈칫했다.

난 개의치 않고 계속 어명을 내렸다.

"물론, 천인도 무언가 얻는 게 있어야 징병에 협조할 테지! 징병에 협조한 천인에게는 전후에 본인과 그 가족을 면천해 준단 소문을 내도록 해라! 과인의 이름을 팔아도 상관없다!"

"예, 전하!"

"전쟁사령부는 전라 수영이 있는 여수에 설치하겠다! 만약 여수의 상황이 여의찮아 사령부를 설치할 수 없을 땐, 순천과 광주, 남원, 전주 순으로 다음 사령부 후보지를 정하겠다!"

"예, 전하!"

"육군과 수군에겐 공세 전략이 정해지기 전까진 각자 맡은 위치에서 그동안 훈련한 작계에 따라 움직이란 지시를 내려라!"

"예, 전하!"

"마지막으로 대장사 오효성에게 팔장사 전원을 소집해 최대한 빨리 여수 통제영으로 오란 어명을 전해라!"

"예, 전하!"

난 선전관들이 출발하기 직전에 선조의 탈주 버프를 걸었다.

개똥도 약에 쓰일 때가 있단 말이 맞긴 하네.

선전관들이 떠난 뒤에 금군 좌별장 김준익에게 물었다.

"여기서 여수까지 가는 가장 빠른 방법이 무엇이오?"

"우선 제물포항으로 가서서 무역선을 타고 군산까지 가는 방법이 가장 빠를 것이옵니다."

"그럼 군산에선?"

"군산에서 목포까지 육로로 이동하신 연후에 거기서 군함을 징발해 여수로 가시면 될 것이옵니다."

"좋아. 그렇게 합시다."

이제 이동 방법이 정해졌으니 남은 건 그 시간을 최대한 줄이는 거다.

이런 때를 대비해 마련해 뒀던 버프를 즉시 꺼내 들었다.

배설의 탈영! (B)

광역 범위 안에서 이동하는 모든 것의 속도가 현저히 빨라집니다.

버프 기준: 반경 10미터

광역 범위: 반경 100미터

지속 시간: 10일

희대의 탈주 장인, 배설을 모티브로 한 버프.

그의 행적을 차근차근 되짚어 보자면, 혼돈의 카오스던 칠

천량 해전에서 무려 열두 척이나 되는 판옥선을 빼돌려 탈주한 장본인이다.

여기까진 그나마 이해가 가능한 부분이다. 그가 빼돌린 판옥선 열두 척은 나중에 명량 해전의 주력이 되니까. 과정이야 어떻든 배설 덕분에 명량 해전이 있을 수 있었다는 말이다.

하지만 그 후에 보인 짓은 도저히 커버가 안 된다.

칠천량 해전에서의 대패로 전의를 상실한 배설은 통제사로 복귀한 이순신 장군의 군령에 불복종을 일삼다가 결국 명량 해전 직전에 군을 탈영하는 말도 안 되는 짓을 저지른다.

맙소사, 전시에 탈영하는 고위 지휘관이라니!

근데 여기서 한 가지 기이한 점은 그가 도망친 곳이 경상도 선산, 현대의 구미시라는 점이다. 당시 왜군이 점령한 지역을 단신으로 돌파하는 데 성공했다는 것이다.

말 그대로 탈주 장인에 어울리는 업적.

달아나는 데는 선조보다 한 수 위라는 뜻이다.

수배령이 내려진 이후에도 고향에서 잘 숨어 살기도 했고.

물론 왜란이 끝난 이후에는 결국 붙잡혀 탈영 등의 죄목으로 도성에서 참수당하긴 했지만.

아무튼 배설의 탈영 버프 효과는 정말 좋았다.

예상 시간보다 훨씬 빨리 군산에 도착했으니까.

군산에 도착해선 쉬지 않고 선조의 탈주 버프를 사용해 육로로 목포까지 이동했다.

목포에는 전라 수영이 쓰는 수군 기지가 하나 있었다.

여수로 가기 위해 기지에 있던 군함 한 척을 징발하면서 세 가지 중요한 정보를 전해 들었다.

우선 제주에 침략한 해상 세력의 정체가 마침내 밝혀졌는데, 놀랍게도 대만에 터를 잡은 정씨 왕국 놈들이었다.

이 새끼들이 왜 갑자기 급발진한 거지?

설마 내 편지를 가져간 김석주 일행과 문제가 있었나?

두 번째는 이미 전라 수영이 두 차례, 경상 수영이 한 차례 정씨 왕국 수군과 충돌했단 소식이다.

다행히 세 차례 해전 모두 우리가 이겼지만 애초에 전함 수에서 크게 밀리는 바람에 유의미한 성과를 거두진 못했다.

마지막 소식은 전혀 예상 못 한 내용이다.

정씨 왕국이 제주읍을 비롯한 섬 대부분을 장악했지만, 제주도 백성이 강렬히 저항하는 바람에 한라산 인근과 서귀포를 아직 점령하지 못했단 소식이다.

처음엔 놀라웠지만, 곰곰이 생각해 본 뒤에는 제주라면 왠지 그럴 수 있을 거 같단 생각이 들었다.

제주 백성은 예전부터 악착같단 소리를 많이 들으니까.

제주 백성의 고단한 삶을 단편적으로나마 알 수 있는 부분이 공납과 관련한 일화들인데 듣고 있으면 철석간장의 사내도 눈물을 안 흘리곤 못 배긴다. 하나같이 처절한 얘기들뿐이니까.

어쨌든 전황은 지금까진 만족스럽다.

수군 덕분에 놈들이 아직 제주에 발이 묶여 있는 상황인 데다 그마저도 제주 백성의 분전으로 고전 중임이 분명했으니까.

어영담의 물길 버프 덕분에 울돌목이란 큰 장애물을 무사히 통과한 군함이 마침내 전라 수영의 모항인 여수에 도착했다.

내가 이쪽으로 내려온단 소식을 누가 전한 모양이다.

통제사 이여발과 전라수사 곽순이 회의하다가 깜짝 놀라 맨발로 뛰쳐나왔다.

"어, 어찌 이 궁벽한 곳까지 직접 행차하셨사옵니까?"

"내 땅에 누가 쳐들어왔다는데 주인인 과인이 구경꾼처럼 멀리서 지켜만 봐야 쓰겠소?"

"그, 그거야 그렇사옵니다만……, 암튼 어서 안으로 드시지요."

역사와 전통을 자랑하는 전라 수영 진남관에 올라 여러 제독의 하례를 받은 뒤에 이여발로부터 간단한 브리핑을 받았다.

대부분 목포에서 접한 내용이라 주로 들으면서 궁금한 점이 있을 때만 질문했다.

브리핑이 끝난 뒤엔 수사 내아로 이동해 이여발, 곽순과 전황에 관해 심도 있는 대화를 나누었다.

"훈련도감과 팔장사 수뇌부는 아직이오?"

이여발이 곽순에게 몇 마디 물은 뒤에 대답했다.

"둘 다 아직이옵니다. 아마 선전관을 통해 어명을 전해 받은 이들보다 전하께서 먼저 당도하신 듯하옵니다."

"음, 과인이 빨리 오긴 했지."

몸이 물먹은 솜처럼 피곤하긴 했지만 불과 150킬로미터 떨어진 지점에 적이 있는 상황이다.

그날 밤은 밤새도록 이여발, 곽순과 방어 전략에 대해 상의 했다.

그 결과, 곽순이 지휘하는 전라 수영 함대는 진도와 완도 를, 이태보가 지휘하는 경상 수영 함대는 여수, 고흥을 거점 으로 삼아 정씨 왕국 함대의 북상을 저지하기로 하였다.

"주공을 맡아 줄 함대는 준비되었소?"

이여발이 앞에 펼쳐 놓은 해상 지도의 목포 기지를 지목했다.

"목포 수군 기지에서 충청수사 방오가 얼마 전에 시험 가 동 훈련을 성공리에 끝마친 여해함을 기함으로 삼아 주공 함 대를 편제하는 중이옵니다."

"완편까지 얼마나 걸릴 것 같소?"

"보름은 걸릴 것이옵니다."

"보름이라……."

"너무 길게 느껴지신다면 열흘로 줄여 보겠사옵니다."

"아니, 그럴 필요 없소. 시일이 촉박하단 이유로 주공 함대를 대충 구성하면 보름이 아니라 반년을 기다려야 할지도 모르오."

"맞는 말씀이시옵니다."

다음 날, 난 훈련도감이나 팔장사가 가장 먼저 도착할 줄 알았다. 근데 놀랍게도 강대산이 이끄는 용호군이 첫 테이프 를 끊었다.

강대산이 안교안, 고검과 서둘러 입실해 보고했다.

"추룡군이 제주에서 몇 가지 중요한 정보를 알아냈사옵니다."

난 처음에 내가 잘못 들은 줄 알았다.

"제주에는 언제 요원을 보내 놓은 거야?"

"어사원 관련 일로 들어가 있다가 정씨 왕국이 쳐들어오는 바람에 미처 빠져나오지 못한 요원이 몇 있었사옵니다."

"계속해 봐."

"그중 한 명이 어렵게 배를 구해 탈출한 뒤에 전한 정보에 따르면 적의 병력은 대형 군함 80척, 소형 군함 220척이며 수군을 제외한 육상 병력은 2만 5천 명이라 하옵니다."

"병력이 예상보다 적군."

"추룡군 분석가들은 그 정도 병력으로도 조선을 경략할 수 있을 거란 자신감이 있었거나, 아니면 보급 문제로 인해 2만 5천 명 이상은 동원하기 힘들었을 거로 전망했사옵니다."

"분석가들이 한 가지를 놓친 거 같군."

추룡군을 담당하는 안교안이 조심스레 물었다.

"어떤 점을 말씀하시는 것이옵니까?"

"정씨 왕국은 애초에 본토엔 관심이 없었을지도 모르지."

안교안은 잠시 생각해 본 뒤에 고개를 끄덕였다.

"일리가 있는 말씀이시옵니다. 우리야 본토가 있어 제주가 가진 지정학적 이점을 간과하는 면이 있긴 하지만, 외국에서 봤을 땐 제주도가 조선, 왜국, 청나라 사이에 절묘하게 위치한 섬처럼 보일 것이옵니다."

안교안의 설명에 강대산과 고검이 동시에 고개를 끄덕였다.

물론, 고검은 한마디 덧붙이는 걸 잊지 않았다.

"역시 전하께선 누구보다 영명하시옵니다."

난 날 뜨거운 눈으로 응시하는 고검의 시선을 애써 무시하며 화제를 돌렸다.

"정보는 그게 다야?"

"하나 더 있사옵니다."

"뭔데?"

"꽤 시일이 지났음에도 적이 제주도를 완벽히 점령하지 못한 이유는 뜻밖에도 적군 내에 천연두가 창궐했기 때문이었사옵니다."

"천연두? 그럼 우리 백성들도 천연두를 앓는단 거야?"

강대산이 고개를 저었다.

"아니옵니다. 얼마 전에 서유럽회사 의료 사업부의 방침이 바뀐 덕에 한라산 깊은 곳에 사는 화전민 마을 몇 개를 제외하면 천연두 백신 접종을 거의 마쳤단 말을 들었사옵니다."

"아!"

얼마 전에 백광현을 만나서 인명 피해를 최소한으로 줄이기 위해 순차적인 접종 대신에 천연두가 발병한 지역부터 서둘러 접종하기로 방침을 바꿨단 보고를 받은 기억이 났다.

아마 그 지역이 제주였던 모양인데 새옹지마도 아니고 그게 이런 식으로 돌아온다고?

이건 뭐 하늘이 알아서 우릴 도와주는 격이구만.

잠깐! 천연두?

이거 어쩌면 전쟁을 쉽게 끝낼 수도 있겠는걸.

난 방금 떠오른 아이디어가 현실에서도 통할 수 있을지 머릿속으로 사고 실험을 여러 번 거쳐 본 뒤에 입을 열었다.

"지금부터 용호군에 어명을 내리겠다."

강대산, 안교안, 고검이 즉시 자리에 엎드렸다.

"어명을 받잡겠사옵니다!"

"지금부터 용호군은 두 가지 작전을 동시에 수행해라. 첫 번째는 제주에 침략한 적의 정보를 알아내 전쟁사령부에 보고하는 거다! 그리고 두 번째는 제주 백성이 효과적으로 게릴라전을 수행할 수 있도록 교육과 지원에 나서는 거다!"

셋 다 내가 준 책을 통해 게릴라전을 배워 어명을 이해하는

데 전혀 문제가 없었다.

용호군은 그날 바로 수군의 지원을 받아 작전에 들어갔다.

사안이 워낙 중요한 탓에 회사로 치면 부사장급인 안교안과 고검이 직접 100명이 넘는 요원과 제주에 잠입하기로 했다.

요원들을 실은 배가 출항하기로 한 날.

난 용호군 요원 100명을 한자리에 모은 뒤에 버프를 걸었다. 그것도 무려 세 개나.

서희의 담판! (SS)
협상 상대를 설득하기 쉬워집니다.
버프 기준: 반경 20미터
광역 범위: 반경 200미터
지속 시간: 200일

강항의 간양록! (SS)
정보 수집과 정보 분석 능력이 강해집니다.
버프 기준: 반경 20미터
광역 범위: 반경 200미터
지속 시간: 200일

서동의 서동요! (SSS)
전체적인 작전 수행 능력이 크게 올라갑니다.
※SSS급 특성에 따라 작전을 실행하는 순간 자동으로 발동

버프 기준: 반경 30미터

광역 범위: 반경 300미터

지속 시간: 300일

셋 다 용호군에 꼭 필요한 버프다.

서희의 담판은 워낙 쓰임새가 많아 누가 쓰든 큰 도움을 받을 수 있다.

그리고 강항의 간양록은 정보 수집과 분석 능력을 높여 주는 버프라서 정보를 담당하는 추룡군에 아주 큰 도움이 된다.

강항은 서희에 비해 약간 생소할 수도 있는데 쉽게 말해 조선 시대에 가장 유명한 첩보원이라 보면 된다.

임진왜란 때 포로로 붙잡혀 왜국에 끌려갔다가 구사일생으로 살아 돌아온 강항은 왜국에 있을 때 보고 들은 정보를 기록하는 데서 그치지 않고 나름대로 훌륭한 분석까지 곁들인 간양록이란 책을 저술하여 조정에 바쳤다.

조정이 왜국의 허실을 간파하여 임진왜란과 같은 비극이 다신 이 땅에서 벌어지지 않길 바라는 마음에서였을 거다.

마지막으로 서동의 서동요는 첩보원의 능력을 크게 끌어올려 주는 버프다.

백제 출신으로 적국인 신라에 잠입한 서동은 지금으로 치면 가짜 뉴스를 배포해 신라 공주를 아내로 삼는 데 성공했다.

말 그대로 용의주도하면서도 대담한 수를 쓸 줄 아는 첩보원의 덕목을 제대로 보여 준 이야기가 서동의 서동요인 셈이다.

그런 이유로 국정원과 같은 역할을 하는 용호군에 가장 필요한 버프이기도 하다.

용호군에 버프를 걸면서 수명을 상당히 소모했지만, 아깝단 생각은 전혀 들지 않았다.

오히려 수명으로 용호군의 능력을 끌어올릴 수 있어 다행이란 생각이 더 강했다. 내 명을 수행하기 위해 사지로 뛰어드는 부하들에게 해 줄 수 있는 일이 이것밖에 없었으니까.

버프를 든든히 두른 용호군은 그날 바로 임무를 위해 떠났다.

그로부터 이틀 후엔 대장사 오효성이 팔장사 800명과 도착해 전라 수영 전체가 떠나갈 만큼 큰 소리로 군례를 올렸다.

"팔장사가 상감마마를 뵈옵니다!"

"오느라 고생 많았다!"

"더 빨리 오지 못해 황송할 따름이옵니다."

"팔장사는 어디에 있다가 달려오는 길인가?"

"문경에서 호랑이를 잡다가 들었사옵니다."

팔장사의 훈련 상태는 강원도에서 있었던 재조회 사건을 통해 어느 정도 확인한 바 있었다.

하지만 그 한 번을 제외하면 실전을 통해 실력을 점검하거나, 감을 유지할 기회가 많지 않았다.

우리가 전쟁 중도 아니었고, 현대 미국처럼 세계 경찰 노릇을 하는 것도 아니니 실전을 경험할 기회가 딱히 없는 셈이다.

그런 상황에서 착호군이 하던 유해 조수 사냥은 실전 감각을 기르기에 아주 좋은 방법이라 이를 팔장사가 대신하였다.

실전 감각을 기르면서 호환도 줄이는 일종의 꿩 먹고 알 먹기다.

쉼 없이 달려오느라 지친 장사들에게 수영 안에서 자유롭게 쉬란 지시를 내린 뒤에 수뇌부를 진남관 안으로 불렀다.

"팔장사가 어려운 임무를 맡아 줘야겠소."

오효성 등은 즉시 머리를 조아렸다.

"저희 팔장사는 상감마마의 크나큰 은혜를 입었음에도 지금까지 보답할 기회가 없어 용안을 뵐 때마다 참으로 민망하여 쥐구멍에라도 숨고 싶은 심정이었사옵니다. 하여 전하께서 출진을 명하신다면 소장을 포함한 팔장사 전원은 그곳이 타는 불 속이든, 끓는 기름 속이든 상관없이 반드시 임무에 성공해 그간 입은 은혜에 조금이라도 보답하고자 하옵니다."

말주변이 없는 오효성이 저렇게 말할 정도면 그들도 부담이 상당했던 모양이다.

하긴 팔장사가 한 해 쓰는 전비가 어마어마한데 하는 일이라곤 호랑이나 늑대 사냥이 다였으니 그럴 만도 하다.

"팔장사는 준비를 마치는 대로 제주에 상륙 작전을 전개해 그동안 갈고닦은 전투 기술을 마음껏 발휘하시오."

"실망을 안겨 드리는 일이 결코 없게 하겠사옵니다."

그러면서 오효성 등이 절도 있게 군례를 취했다.

작전을 나가기 며칠 전.

난 용호군처럼 팔장사도 한데 모아 버프를 세 개 걸었다.

김윤후의 화살! (S)

원거리에서 적을 성공적으로 암살할 확률이 올라갑니다.

버프 기준: 반경 10미터

광역 범위: 반경 100미터

지속 시간: 100일

곽재우의 유격전! (SS)

유격전에 참여한 병력의 전체적인 능력을 크게 높여 줍니다.

버프 기준: 반경 20미터

광역 범위: 반경 200미터

지속 시간: 200일

양규의 결사대! (SSS)

병력이 적을수록 사기가 높아져 작전에 성공할 확률이 높아집니다.

※SSS급 특성에 따라 작전에 돌입하는 순간 자동으로 발동

버프 기준: 반경 30미터

광역 범위: 반경 300미터

지속 시간: 300일

김윤후는 몽골이 쳐들어왔을 때 화살 한 방으로 적장 살리타의 머리를 정확히 관통해 죽인 궁술의 천재로 유명하다.

일설에 따르면 김윤후는 당시 지휘관일 뿐이었고 실제로

화살을 쏴서 살리타를 죽인 이는 일반 병사란 말도 있긴 하지만 버프에 이름이 그렇게 나왔으니 믿어 보는 수밖에.

두 번째 버프의 홍의장군 곽재우야 유명하니 따로 설명할 필요가 없다.

유격전이 특기인 팔장사의 능력을 한층 업그레이드해 주는 버프다.

세 번째 버프의 주인공 고려 장수 양규는 대거란 전쟁에서 이름을 떨친 명장인데 기록에 의심이 갈 정도로 엄청난 활약을 연이어 펼쳤다.

그중 몇 가지만 간략히 소개하자면 거란군 40만 대군을 흥화진에서 불과 3,000명의 병력으로 막아 낸 일화가 유명하다.

수성의 이점이 있었다곤 하지만 그래도 믿기 힘들긴 마찬가지다.

무엇보다 고려 백성을 구하기 위해 진을 나섰다가 거란 황제 성종이 이끄는 본대와 만나 결사적인 저항을 벌이던 중에 끝내 본인은 물론 같이 간 병력 전원이 장렬히 전사하면서 한반도 역사에 남을 숭고한 희생정신을 보여 주었다.

양규가 없었으면 거란에 대패했을 게 분명했고 적은 병력으로 상대의 대규모 병력과 싸워 성과를 냈다는 점에서 때때로 조선의 이순신 장군과 같이 거론되는 인물이기도 하다.

특수 부대 특성상 소규모 병력으로 작전을 펼칠 때가 많은 팔장사에게는 그야말로 가뭄에 단비 같은 버프라 할 만하다.

용호군에 이어 팔장사에게도 버프를 아낌없이 퍼부으며

수명에 상당한 손실을 보았지만 앞서 말한 대로 신경 쓰지 않았다.

이길 수만 있으면 버프는 얼마든지 남발할 수 있다.

그리고 설령 효과가 별로 없더라도 버프 덕분에 투입한 요원과 대원이 한 명이라도 더 살아 돌아온다면 그걸로 족하다.

아마 이건 나만이 가능한 돈지랄, 아니 수명지랄이겠지.

◆ ◈ ◆

팔장사는 특수 부대다.

당연히 그들이 배운 전투 기술도 일반 보병과는 차이가 있다.

요인 암살 및 납치, 적 전략 시설 파괴, 후방 교란, 민중 선동 등 일반 보병이 할 수 없는 임무를 수행하기 위해 특수 부대는 고도의 훈련을 받는다.

그리고 그런 임무를 성공적으로 수행하기 위해서는 먼저 적의 감시망을 피해 잠입에 성공해야 한다.

그들의 임무 대부분이 적 후방, 즉 아군의 지원과 보급이 닿지 않는 곳, 어려운 말로 하면 고립무원인 곳에서 이루어지기에 기동성과 은밀함이 필수인 거다. 아무리 뛰어난 특수 부대원도 사람인 이상, 포위당하면 죽는 수밖에 없으니까.

다행이라면 적이 아직은 서귀포를 제대로 장악하지 못했단 점이다.

병력 800명을 제주 후방인 서귀포에 무사히 상륙시키려면 준비할 일이 많다. 상륙 작전에 동원할 배뿐만이 아니라, 제주에서 사용할 각종 보급품까지 전부 준비해야 했으니까.

그리고 그런 보급품 중에는 취급 주의란 글자가 큼지막하게 적힌 궤짝이 몇 개 있었다.

보급품을 배에 싣는 작업을 지켜보던 오효성이 김지웅에게 물었다.

"저게 그 궤짝인가?"

김지웅이 고개를 끄덕였다.

"맞네. 듣기론 전라도 전 지역을 탈탈 털어서 구해 온 거라더군."

"흐흠."

"마음에 걸리는 점이라도 있는 건가?"

"그래도 우린 군인 아닌가? 이런 수단을 동원해 승리한다고 해도 남 앞에서 그 승리를 떳떳하게 자랑할 수 있겠는가?"

"자네 뭔가 착각하는 거 같군."

"뭘 말인가?"

"우리 팔장사는 이런 일을 하기 위해 만들어진 특수 부대일세. 남 앞에서 전공을 자랑하기 위해 싸울 생각이라면 팔장사가 아니라 훈련도감으로 가야겠지."

"흐흠."

"더구나 우리 강토를 침범한 외적을 상대하는 일 아닌가? 지금도 우리 조선의 백성이 놈들의 총칼에 죽어 가는 중인데 돼먹잖은 선비 놈이나 할 법한 말이 입에서 나오는가?"

"미안하네. 내가 아직도 예전 버릇을 버리지 못한 모양이야."

"나야 상관없네. 하지만 전하 앞에선 조심하게."

"무슨 뜻인가?"

"내가 팔장사 설립 문제 때문에 매일 희정당을 찾아 전하를 알현했던 일을 기억할 걸세."

"기억하네."

"그때, 전하께서 크게 화를 내시는 걸 본 적이 딱 한 번 있는데 무슨 일 때문이었는지 아는가?"

"나야 그 자리에 없었으니 모르지."

"아마 백 년도 전에 벌어진 일이었을 걸세. 조선이 압록강을 넘어 국경을 어지럽히는 여진족을 정벌하러 가기로 했을 때, 군부에서는 놈들이 눈치채기 전에 기습하는 작전을 추천했는데 당시 조정 대신들이 기습은 군자가 할 짓이 아니라며 극렬히 반대했다더군."

"으음!"

"전하께선 그 일화를 거론하시며 엄청나게 진노하셨지. 백성 수천 명의 생사와 생업이 걸린 일을 처리하는데 정작 전쟁을 지휘해야 하는 놈들의 대가리 속에는 죄다 먹물밖에 들어 있지 않다면서 말이야."

"조언 고맙네. 역시 자넨 최고의 참모야."

"자네도 지휘관으로서 최고네."

"날 놀리는 겐가?"

"내가 자네를 왜 놀리는가. 참모의 조언을 받아들일 줄 아

27

는 지휘관이 그리 많지 않아 하는 말일세."

준비를 마친 팔장사는 전라도에서 징발한 어선 수십 척에 올라 제주도를 오른쪽으로 크게 우회했다.

정씨 왕국은 제주도 왼쪽에만 신경을 쓰는 중이라, 그들은 무사히 서귀포항에 도착했다.

제주에 도착해선 미리 와 있던 용호군의 안교안, 고검과 만나 작전을 상의한 뒤에 각자 맡은 임무를 수행하기 위해 떠났다.

마침내 조선의 반격이 시작되는 순간이다.

128장. 나무아미타불!

며칠 후, 기다리던 훈련도감 대군이 여수에 도착했다.

둥둥둥!

수만 명에 달하는 정예 병사가 군마가 끄는 차륜형 대포 수십 문을 앞세워 일사불란하게 행군하는 모습에 인도에 나와 구경하던 여수 백성들이 손뼉을 치며 환호성을 질렀다.

그럴 수밖에 없었다. 정묘, 병자호란을 겪은 세대가 아직 살아 있기 때문이다.

두 번의 전란을 겪는 동안, 조선 백성의 눈에 비친 조선군은 막장 그 자체였다.

변변한 승전 한 번 없이 대패를 거듭하거나, 삼전도에서 굴욕스러운 모습으로 항복하던 기억만을 가진 백성으로선 강군으로 거듭난 조선군을 보는 감회가 남다를 수밖에 없다.

더구나 제주에 쳐들어온 적이 언제 전라도로 넘어올지 모르는 상황에서 든든해 보이는 조선군의 모습은 피난을 준비하던 백성을 안심시키기에 충분했다.

감격하긴 나도 마찬가지다.

물론, 내가 느끼는 감격 포인트는 백성들과 약간 달랐다.

빌어먹을, 역시 돈이면 안 되는 게 없구만.

전라 수영에 있는 연병장에서 훈련도감의 사열을 받은 뒤에 주요 수뇌부를 진남관 안으로 불렀다.

곧 명을 받은 도원수 이완이 도제조 유혁연 등을 데리고 들어왔다.

장수들에게 막 자리를 권하려는데 이완이 갑자기 진남관 바닥에 무릎을 털썩 꿇었다.

쿵!

무릎 꿇는 소리가 어찌나 큰지 진남관 바닥이 웅웅 울렸다.

하, 저 양반, 또 저러네.

도가니 나간다니까 참 말을 안 들어.

자리에 앉으려던 유혁연과 세 장수가 이완의 돌발 행동에 놀라 바로 부동자세를 취했다.

그때, 이완이 머리를 진남관 바닥에 쿵 박으며 소리쳤다.

"전하! 소장을 죽여 주시옵소서!"

"죽여 주는 건 문제가 아닌데 그 전에 무슨 일로 그러는지 이유는 알아야 하지 않겠소? 과인이 무슨 누르면 나오는 사형 자판기도 아니고 최소한 왜 죽이는진 과인도 알아야지."

"제주청이 적을 막지 못해 국난이 벌어졌사옵니다. 소장의 책임이 크옵니다."

"제주청은 병력이 800명이었소. 애초에 불가능한 일이었으니 도원수는 쓸데없는 말 그만하고 어서 자리에 앉기나 하시오."

"성은이 망극하옵니다."

"자, 다른 장수들도 어서 앉으시오. 할 얘기가 많소."

난 장수들을 자리에 앉힌 뒤에 말했다.

"오느라 고생 많았소."

"더 빨리 오지 못해 황송할 따름이옵니다."

"그래, 병력은 얼마나 데려왔소?"

"금위청, 장용청, 총융청 병력 35,000명이옵니다."

"어영청과 수어청은 도성 방어를 위해 남긴 거요?"

"그렇사옵니다. 청나라가 요즘 잠잠하다곤 하나 오랑캐의 습성상 언제 발톱을 드러낼지 알 수 없어 도성 방어를 위해 두 군영을 남겨 두었사옵니다."

"잘했소."

"황공하옵니다."

"그럼 같이 온 세 장수는 이번에 출병한 세 군영의 대장이 겠군."

"맞사옵니다."

고개를 끄덕인 이완이 세 장수를 바라보며 명했다.

"뭣들 하는가? 어서 상감마마께 인사 올리지 않고!"

"예, 도원수 나리!"

곧 한 명씩 나와 큰절을 올렸다.

"금위청 대장 한도철이옵니다!"

"무예도보통지를 만들 때 본 기억이 있군. 그때는 수어청 수어부사였던 거 같은데 금위청 대장으로 영전한 모양이지?"

한도철은 감격한 듯 바닥에 넙죽 엎드렸다.

"무예도보통지를 만들 때 용안을 잠깐 뵈었을 뿐인데 지금까지 기억해 주실 줄은 미처 몰랐사옵니다."

"그대가 총을 귀신같이 다룬다는 말을 들어 인상에 남았었지."

"영, 영광이옵니다."

한도철은 점잖은 성격이지만 지금은 내 팬클럽이 있으면 당장 가입할 거 같은 기세였다.

역시 부하의 진심 어린 충성을 끌어내기 위해선 가끔 이런 쇼도 필요한 법이다.

내가 그를 기억하는 이유는 '세종대왕을 경배하라'를 익힌 뒤에 기억력이 전보다 훨씬 좋아져서지, 그가 인상에 크게 남아서는 아니다.

물론, 그 말을 굳이 입 밖으로 꺼내 산통을 깰 이유 없다.

두 번째 장수도 얼굴이 살짝 익었다.

"장용청 대장 윤준이 상감마마께 인사 올리옵니다!"

"오, 자넨 강원청 별장이던 윤 장군 아닌가?"

"그, 그렇사옵니다."

"오봉서원에서 처음 봤을 때도 풍기는 기운이 심상치 않단 생각을 했었는데 그새 중앙군에서도 노른자인 장용청의 대장으로 영전해 있을 줄은 몰랐군. 아무튼 반갑네."

"소장도 전하를 다시 뵐 수 있어 기쁘기 한량없사옵니다!"

윤준도 내 기억력에 상당히 감명받은 모양이다.

내가 가서 정경의 대가리를 잘라 오라 명령하면 당장 뛰어나갈 기세다.

세 번째 장수는 앞선 두 장수와 달랐다.

마른 몸에 키가 작은 데다 얼굴은 심하게 얽어 추레했다.

군복을 걸치지 않았으면 다리 밑에서 구걸 활동에 매진 중인 거지라 해도 믿을 정도다.

하지만 나도 이젠 경험이 어느 정도 쌓여 사람을 인상으로 판단하지 않는다.

더구나 훈련도감 오청 대장은 이완과 유혁연이 같이 결정하게 되어 있다.

즉, 두 사람의 눈에 차야지만 오청 대장이 될 수 있단 뜻이다.

내 눈은 못 믿어도 이완과 유혁연의 사람 보는 눈은 믿을 수 있어 별다른 표정 변화 없이 세 번째 장수의 인사를 받았다.

"소장은 총융청 대장 조복양이라 하옵니다."

"자넨 초면이군. 전엔 어디서 근무했나?"

"훈련도감에서 군수 참모로 일했사옵니다."

"군수 참모?"

"그렇사옵니다."

내가 그를 못마땅히 여기는 걸로 오해한 이완이 얼른 변호에 나섰다.

"그가 비록 군수 참모이긴 했으나 병력을 지휘하는 데는 누구보다 뛰어나옵니다. 특히 상륙전에 일가견이 있사옵니다."

"오오, 상륙전!"

"그렇사옵니다. 그래서 특별히 그가 대장으로 있는 총융청을 데려온 것이옵니다."

"아주 훌륭한 생각이오."

"황공하옵니다."

소개를 마친 뒤에 훈련도감 수뇌부와 작전을 상의했다.

내가 생각한 작전과 그들이 생각한 작전의 얼개가 크게 다르지 않아 회의는 금방 끝났다.

난 회의를 끝내기 전에 당부했다.

"우선 지금은 휴식을 취하시오. 용호군과 팔장사가 성과를 내면 수군과 육군을 동시에 투입해 단숨에 승부를 볼 생각이오."

"알겠사옵니다."

훈련도감 수뇌부가 도착한 다음 날에는 충청수사 방오가 맡은 주공 함대가 여수에 도착해 마침내 육군과 수군이 집결을 마쳤다.

이어 육군을 제주로 실어 나를 서유럽회사 운송 사업부의 조운선 선단까지 도착해 반격에 나설 만반의 준비를 모두 마쳤다.

이제 남은 일은 제주에 잠입한 용호군과 팔장사가 낭보를 가져오길 기다리는 일뿐이었다.

◆ ◈ ◆

추룡군 군장 안교안은 앞에 있는 100여 명의 남녀노소를 바라보았다. 그중 30명은 추룡군 요원이고 남은 70명은 제주 현지 인력이다.

추룡군이 정보를 수집하는 방식은 의외로 단순하다.

현지 인력을 포섭하는 거다.

추룡군이 아무리 전국 팔도를 제집처럼 돌아다닌다 해도 현지인보다 현지 사정을 더 잘 알기는 어렵다.

그래서 지금처럼 자원을 받거나, 아니면 돈으로 고용해 현지 인력을 정보 수집 요원으로 활용하는 거다.

안교안은 헛기침으로 요원들의 시선을 끈 뒤에 말했다.

"추룡군의 행동 강령은 전과 같다! 우선 현지 요원은 추룡군 요원을 정해진 장소까지 안전하게 안내하는 역할만 맡는다."

안교안의 말에 현지 요원들이 고개를 끄덕였다.

훈련받지 못한 그들에게는 길 안내 임무를 맡기는 게 최선 이다.

그보다 어려운 임무를 맡기면 실패할 가능성이 커지기 때 문이다.

실패하는 거야 별 상관없지만, 혹시 적에게 붙잡혀 고문이 라도 당하는 날엔 중요한 정보가 빠져나갈 위험이 있다.

안교안의 시선이 추룡군 요원들 쪽으로 이동했다.

"추룡군 요원은 별도의 지시가 있기 전까진 맡은 임무를 재량껏 수행하도록! 단, 적에게 붙잡혔을 시엔 국가와 민족을 위해 어떤 선택을 해야 하는지 다 알 거라 믿는다!"

"예, 군장님!"

대답한 추룡군 요원들은 서너 명씩 짝을 지어 제주 북부로 올라갔다. 기생 출신인 아진도 있었다.

아진은 관기 출신인 중년 여자와 약초꾼 할아버지와 조를 이뤄 제주항으로 이동했다.

약초꾼은 칠십 평생을 한라산과 그 주변 지역에서 약초를 캐며 생활했기에 일행이 정씨 왕국 병사들의 눈을 피해 제주항에 잠입할 수 있게 도왔다.

그리고 관기 출신인 중년 여자는 아진이 제주 관아의 관기로 들어갈 수 있게 몰래 손을 써 주었다.

관기로 위장한 아진은 그로부터 이틀 후에 정씨 왕국 장수가연 연회에 다른 관기들과 같이 동원되어 제주항에 입성했다.

관기를 호송하는 정씨 왕국 병사들이 머리에 보자기를 씌워 주변을 보지 못하게 했다.

그러나 아진은 다른 관기들 사이에 숨어 보자기를 슬쩍 들치는 방식으로 방어 진지의 규모와 위치, 항구에 정박한 군함의 숫자 등을 머릿속으로 기억했다.

그렇게 10분쯤 이동했을 때, 마침내 연회가 열리는 연회장에 도착해 머리에 씌워진 보자기를 벗을 수 있었다.

아진은 의심을 사지 않도록 주변을 천천히 둘러보았다.

제주목사가 근무하던 동헌 안이 분명했다.

아진은 다른 관기 등 뒤에 숨어 재빨리 동헌 내부를 훑었다.

제일 상석에 화려한 비단옷을 걸친 청년이 무심한 표정으로 앉아 있었다.

그리고 그 옆에는 화려한 갑옷을 걸친 10여 명의 장수가 청년에게 술을 따르며 비위를 맞추기 위해 노력했다.

저 젊은 놈이 정씨 왕국의 왕인 정경이구나!

정경이 이번 침략 전쟁을 직접 지휘한단 소문이 돌긴 했지만, 그녀가 두 눈으로 확인한 지금부턴 더는 소문이 아니었다.

정경의 얼굴을 눈여겨본 아진은 곧 풍악에 맞춰 다른 관기들과 춤을 추었다.

애초에 아진은 기생 출신이어서 관기가 추는 춤에 익숙했다.

관기들이 고운 자태로 춤을 출 때마다 공연을 지켜보던 장수들이 음욕이 가득한 눈으로 여자들의 얼굴과 몸을 훑었다.

개새끼들!

아진은 속으로 욕을 퍼부었다.

놈들이 무슨 짓을 할지 직감한 탓이다.

그녀의 예상이 맞았다.

공연이 끝나기 무섭게 장수 10여 명이 마음에 드는 관기를 골라 자기 처소로 향했다.

다만, 정경만은 끝까지 관기를 택하지 않았다.

왕이란 체통을 지키기 위해선지, 아니면 여자 자체에 관심이 없어서 그런 건진 알 수 없지만 어쨌든 그는 혼자 자기 처소로 돌아갔다.

아진도 수염이 지저분하게 난 배불뚝이에게 잡혀 그의 처소로 끌려갔다.

배불뚝이는 연신 알아들을 수 없는 사투리로 그녀에게 지분거렸다.

아진은 추룡군에서 배운 북경어와 왜국어를 수준급으로 구사할 줄 알지만 민남어나 복건어, 광동어는 전혀 할 줄 몰랐다.

중국은 땅이 워낙 넓어 지역 사투리까지 익히긴 무리다.

배불뚝이의 털이 숭숭한 팔에 허리가 잡혀 처소까지 끌려간 아진은 주변을 재빨리 둘러보았다.

정문과 창문 외에는 도망칠 데가 없었다.

게다가 정문은 배불뚝이 부하들이 지키는 중이라, 사실상 창문 외에는 빠져나갈 데가 전무했다.

그때, 배불뚝이가 이상한 괴성을 지르며 달려들어 그녀의 저고리와 치마를 벗기려 들었다.

아진은 배불뚝이를 살짝 뒤로 밀면서 북경어로 말했다.

"내가 벗을게요."

다행히 배불뚝이는 북경어를 알아들었다. 아진이 스스로 벗는다고 하니 배불뚝이가 함박웃음을 지었다.

북경어로 연신 하오, 하오 거리면서 걸친 갑옷과 겉옷, 그리고 속옷을 단숨에 벗은 배불뚝이가 이부자리에 누워 아진에게 손가락을 까딱했다.

어서 옷을 벗고 자기 위로 올라오란 뜻이다.

쓴웃음을 지은 아진은 배불뚝이가 보는 앞에서 속옷까지 전부 벗은 뒤에 머리를 묶은 비녀마저 풀었다.

삼단 같은 머리카락이 벌거벗은 그녀의 나신 위로 흩어지며 떨어지니 배불뚝이는 넋이 나가 입까지 바보처럼 헤벌렸다.

아진은 갖은 교태를 떨며 배불뚝이의 가슴 위로 올라갔다.

침을 꿀꺽 삼킨 배불뚝이가 솥뚜껑 같은 두 손으로 그녀의 엉덩이를 힘껏 그러쥐었다.

"아응."

아진은 한껏 교태를 떨어 배불뚝이의 가슴에 불을 질렀다.

결국, 참지 못한 배불뚝이가 그녀를 자기 가슴으로 끌어당 겼다.

그 순간, 아진은 손바닥에 숨겨 둔 독침을 배불뚝이 귓속에 힘껏 찔러 넣었다.

동공이 찢어질 것처럼 커진 배불뚝이가 우악스러운 손길 로 그녀의 팔을 떼어 내려 했지만, 입을 앙다문 아진은 끝까 지 버텼다.

그렇게 10초쯤 흘렀을 때, 배불뚝이의 팔에서 힘이 빠르게 빠져나갔다.

이어 눈동자를 치켜뜬 자세로 심장이 멈춰 즉사했다.

독침을 회수해 바닥으로 내려온 아진은 성난 남근을 곧추 세운 자세로 볼썽사납게 죽은 배불뚝이를 차갑게 응시하다 가 얼른 옷을 다시 갖춰 입었다.

그녀가 이번에 쓴 독침은 비녀 안에 교묘한 형태로 들어 있었다. 덕분에 몸수색을 해도 발견하기 어려웠다.

그리고 독침에 쓴 독은 추룡군이 서유럽회사 의료 사업부를 통해 조달한 것으로 심장 근육만을 전문적으로 멈추게 하는 효과가 있었다.

그래서 시신을 부검해도 지금 기술론 심장 마비란 것만 알아낼 수 있을 뿐이지, 독에 당했단 사실은 알아내지 못한다.

아진은 방의 불을 끈 뒤에 정문으로 나갔다.

전에도 기생들이 많이 들락거렸는지 문을 지키는 경비병들은 바깥쪽만 경계할 뿐, 그녀에겐 관심을 주지 않았다.

늑대 소굴에서 무사히 빠져나온 아진은 고양이처럼 소리를 내지 않고 움직이며 적군의 동태를 자세히 살폈다.

그렇게 한참을 돌아다녔을 때였다.

"나무아미타불!"

갑자기 들려온 불호에 깜짝 놀라 얼른 처마 그림자 속으로 숨었다.

"나무아미타불, 시주들은 지금 헛고생하는 거요! 이 자리서 빈승을 때려죽인다 해도 알아낼 수 있는 정보는 없으니까!"

호기심이 인 아진은 소리가 들려온 전각으로 조용히 접근했다. 다행히 전각에 창문이 있어 안을 들여다볼 수 있었다.

전각 안에서는 정씨 왕국 병사들이 체구가 장대한 사내를 인두로 지지며 고문 중이었다.

근데 좀 더 들어 보니 놀랍게도 사내의 정체는 서유럽회사

간부급 직원인 일양이란 스님이 분명했다. 그리고 고문장 뒤에는 쇠창살로 만든 감옥이 있었는데 거기에도 사내 여섯 명이 갇혀 있었다. 아마 고문받을 차례를 기다리는 중인 듯했다.

그 순간, 아진은 그녀에게 일생일대의 기회가 왔음을 직감했다.

아진은 그녀의 추측이 맞는지 확인하기 위해 감옥 안을 재차 확인했다.

잘생긴 청년 하나, 평범한 사내 두 명, 수염을 기른 중년 사내 하나, 붉은 머리카락을 지닌 서양인 하나, 그리고 수염이 사방으로 뻗친 괴상하게 생긴 사내까지 총 여섯이 감옥에 갇혀 있었다.

그녀는 그중에서 수염이 사방으로 뻗친 괴상하게 생긴 사내를 단박에 알아보았다.

전에 서유럽회사 영업이사라는 김석주가 저렇게 생겼단 소문을 들은 거 같은데?

김석주는 추룡군 내에서도 가끔 화제에 오르는 인물이다.

할아버지는 그 유명한 명재상 김육이다. 그리고 아버진 예조판서 김좌명, 숙부는 한때 임금의 장인이던 김우명.

말 그대로 조선 최고 명문가의 적장자란 소리다.

근데 그런 김석주가 조정에 출사해 탄탄대로를 걷는 대신에 서유럽회사의 영업이사를 택했단 소식에 많은 이들이 놀랐다.

어쨌든 감옥에 갇힌 이들의 신분을 확인한 이상, 그녀에게는 이제 선택지가 두 개 있다.

하나는 여길 당장 나가 안교안에게 김석주 일행이 제주항 고문실에 갇혀 있단 소식을 전하는 거다.

그럼 안교안이 상부에 보고하든지, 아니면 구출 부대를 구성해 구출하든지 할 거다.

즉, 보고한 시점부턴 더 이상 그녀의 소관이 아니게 된다는 말이다.

다른 하나는 그녀 손으로 직접 그들을 탈출시키는 것.

다른 이였으면 첫 번째 선택지를 고를 확률이 높다.

두 번째 방법은 성공 확률이 낮기 때문이다.

그리고 설령 성공한다 해도 제주항에서 무사히 빠져나갈 수 있을 거라 장담하기 어렵다.

물론, 야심이 웬만한 사내 못지않은 아진은 두 번째 방법을 택했다.

결정을 내린 아진은 바로 움직였다.

마침 배불뚝이를 죽인 방에서 쓸 만한 단도 두 자루도 챙겼기에 고문실 정문으로 천천히 걸어갔다.

정문을 지키는 경비병 두 명이 그녀를 발견하기 무섭게 뭐라 소리치며 손에 쥔 창을 위협적으로 휘둘렀다.

아진은 그럴수록 오히려 더 세게 나갔다.

"살, 살려 주세요. 누가 절 해치려 해요!"

그녀는 우리말로 소리치면서 그들 쪽으로 더 가까이 다가갔다.

"아악!"

그러다가 돌부리에 걸린 척 넘어지면서 일부러 치맛자락을 슬쩍 들어 올렸다.

곧 그녀의 뽀얀 종아리가 희미한 달빛을 받아 탐스럽게 빛났다.

그녀의 종아리에 완전히 넋이 나간 경비병 두 명은 창을 고문실 정문에 세워 놓은 뒤에 서둘러 달려갔다.

아진은 그중 한 명이 그녀의 팔을 잡아 부축하려 들 때, 소매 속에 숨겨 둔 단도를 꺼내 단숨에 목을 그어 버렸다.

워낙 순식간에 벌어진 일이라 미처 비명조차 지르지 못한 경비병은 놀란 표정으로 아진을 쳐다보다가 앞으로 고꾸라졌다.

그 모습을 본 두 번째 경비병이 당황해 황급히 물러서려 했다.

그 순간, 아진의 두 번째 단도가 날아와 그의 목에 틀어박혔다.

원래 그들이 입은 갑옷에는 목을 보호하는 부위가 따로 있었지만, 군영 안이라서 안전하단 생각을 했는지 풀어 놓은 상태였다.

그 틈을 놓치지 않은 아진은 숨 한 번 들이마실 시간에 그녀보다 체구가 훨씬 큰 경비병 두 명을 단숨에 쓰러트렸다.

아진은 작업을 마친 뒤에 누가 달려오는지 알아보기 위해 귀를 기울였지만, 다행히 고문실에서 나는 소리 외엔 쥐 죽은 듯 조용했다.

경비병이 허리에 찬 칼을 뽑아 손에 쥔 아진은 고문실 문을 천천히 열었다.

덩치 큰 스님을 고문하던 고문자 두 명이 갑자기 나타난 여인을 멍한 표정으로 쳐다보았다.

더욱이 여인의 미모가 대단해 이게 꿈인지 생시인지 쉽게 분간하지 못하는 모습이다.

그 틈을 놓칠 리 없던 아진이 재빨리 달려가 칼을 휘둘렀다.

그녀가 추룡군에 들어와 익힌 무예는 비구니들이 호신을 위해 익히는 검법이어서 힘보단 속도로 적을 제압했다.

그녀의 검이 허공을 빛살처럼 가르는 순간.

쉬익!

신체의 주요 혈관에서 솟구친 핏줄기가 무지개를 그리며 뿜어져 나와 고문실 벽에 피로 그린 산수화를 만들어 냈다.

고문자 두 명을 순식간에 해치운 아진은 바로 일양 쪽으로 달려갔다.

고문자 중 하나는 고문을 도와주면서 통역도 겸하는 제주 백성 같았지만, 아진은 별로 신경 쓰지 않았다.

저런 부역자는 어디나 있기 마련이니까.

아진이 일양의 몸을 묶은 밧줄을 풀어 줄 때.

고문 때문에 온몸이 만신창이던 일양이 놀라 소리쳤다.

"여, 여시주는 누군데 우릴 구해 주는 거요?"

"지금은 한가롭게 내 정체나 따지고 있을 때가 아닙니다."

그 말이 옳다고 여겼는지 일양이 다시 소리쳤다.

"왼쪽 놈의 허리에 감옥 열쇠가 있소!"

재빨리 왼쪽 놈의 허리를 뒤져 열쇠를 꺼낸 아진은 감옥으로 달려가 문을 열었다.

감옥에 있던 사람들은 다들 고문에 만신창이가 된 몸이지만 걷기 힘든 사람은 부축하거나 업어서 감옥을 빠져나왔다.

다른 이들에 비해 그나마 멀쩡해 보이는 김석주가 아진에게 물었다.

"낭자의 솜씨가 심상치 않던데, 추룡군 소속이오?"

아진은 깜짝 놀라 되물었다.

"어떻게 아셨죠?"

"추룡군만이 여인을 요원으로 쓴단 소문을 들은 적이 있소."

"아!"

"낭자 혼자인 거요? 아니면 지원 부대가 밖에 있소?"

"저 혼자예요."

"탈출 방법은 뭐요?"

"나도 그쪽이 머리 좋단 소문을 들었는데요?"

"그게 무슨 말이오?"

"설마 고문받으면서 죽을 날만 기다리진 않았을 거 아니에요."

"하하, 재밌는 아가씨군."

"그래서 계획이 있는 거예요, 없는 거예요?"

"일단, 이 빌어먹을 곳부터 나간 뒤에 얘기합시다."

"그러죠."

아진은 그나마 몸이 멀쩡한 김석주와 최립, 일양 세 명에게 죽은 경비병이 가지고 있던 무기를 쥐여 준 뒤에 고문실을 나와 지키는 병사가 적은 부두 동쪽으로 재빨리 이동했다.

고문실과 어느 정도 거리를 벌려 안전을 확보한 뒤에 김석주가 말했다.

"여기서 동쪽으로 200보쯤 가면 우리가 타고 온 배가 억류되어 있소. 그 배를 타고 빠져나가는 것이 지금으로선 가장 확실한 탈출 방법일 거요."

"선원은요?"

"선원도 그 배 안에 갇혀 있을 거요."

"좋아요. 제가 앞장서죠."

아진은 밤눈이 엄청나게 밝았다.

일행보다 먼저 이동하면서 방어 진지나 망루, 부두를 순찰하는 병사가 보이면 재빨리 일행에게 신호를 줘 우회하게 했다.

최립이 고개를 끄덕이며 감탄했다.

"여자 혼자 고문실까지 어떻게 들어왔나 했더니 밤 고양이보다 눈이 더 밝은 처자였군."

피터슨이 아진의 날렵한 동작을 지켜보며 대꾸했다.

"내겐 밤 고양이가 아니라, 우릴 구하러 온 천사처럼 보이는군요."

일양도 한마디 거들었다.

"나무아미타불, 그쪽에선 천사라 부르는 모양인데 우린 저런 여시주를 보살이라 부른다오."

그때, 맨 뒤에 처져 힘겹게 따라오던 어용담이 한숨을 내쉬었다.

"부하들의 생사가 걱정이구만."

조온잠이 어용담을 부축하며 위로했다.

"걱정하지 마십시오, 어 선장님. 우릴 살려 둔 걸 보면 선원들도 무사할 겁니다."

고연내도 고개를 끄덕였다.

"조 과장 말이 맞습니다. 선원들도 우리처럼 무사할 겁니다."

잠시 후, 일행을 해안가 바위 뒤에 숨긴 아진이 김석주만 데리고 배가 있다는 곳으로 몰래 접근했다.

다행히 그들이 타고 온 배는 아직 그 자리에 있었다.

그리고 선실 창문으로 불빛이 몇 개 새어 나오는 걸 봐선 선원들도 아직 무사한 듯했다.

다만, 배를 지키는 병사가 10여 명이 넘는다는 게 문제였다.

김석주가 병사들의 배치를 좀 더 잘 보기 위해 어둠 속에서 이리저리 움직이다가 머리로 아진의 엉덩이를 들이받았다.

김석주가 얼른 머리를 떼며 사과했다.

"내 실수요, 낭자."

"실수라니까 이번엔 넘어가죠. 하지만 한 번만 더 그러면 그 괴상하게 생긴 머리가 당신네 집 대문에 걸리게 될 거예요."

"내 머리가 어때서……?"

"쉿."

그 말에 김석주는 얼른 입을 다문 뒤에 배 쪽을 확인했다.

교대 시간인 듯 멀리서 횃불 10여 개가 다가왔다.

"다행이네요. 우리가 바로 공격했으면 상대해야 할 적이 두 배로 늘어났을 거예요."

"동감이오."

그들은 병사들이 교대한 뒤에 바위에 숨어 기다리던 일행을 불렀다.

아진이 그들을 한 명, 한 명 돌아보며 물었다.

"몇 명이나 싸울 수 있죠?"

최립과 일양이 손을 들었다.

"우리 두 명은 어느 정도 싸울 수 있소."

고연내, 조온잠은 고개를 저었다.

"우리 둘은 부상이 심해서 한 명 정도 붙잡고 있는 게 다일 겁니다. 그리고 어 선장님은 걷는 것도 힘든 상태라 싸우기는 무리고요."

아진이 고개를 끄덕였다.

"적이 밖에 일곱 명, 선창에 다섯 명 있어요. 선창 다섯은 내가 해치울 테니까 당신들은 적들이 이곳을 빠져나가지 못하게만 막아 줘요. 놈들이 본대와 연락하게 두면 안 되니까."

최립이 눈썹을 찌푸렸다.

"낭자 혼자 다섯을 해치우겠단 거요? 그러지 말고 내가……."

그때였다.

쉭!

아진은 칼을 번개처럼 휘둘러 순식간에 최립의 목을 겨누었다.

"다시 말하지만 내 걱정은 할 필요 없어요. 보아하니 고문을 많이 당한 듯한데 그런 몸으로 돕겠다고 나서는 게 오히려 방해예요."

"알겠소……."

기막힌 솜씨로 최립의 입을 다물게 한 아진은 고양이처럼 날렵한 몸짓으로 배에 접근한 뒤에 사각을 이용해 배 위로 잠입했다.

아진은 지금 기묘한 느낌을 받는 중이었다.

정확히 말하면 용호군 전체가 모여 제주도로 출발할 때부터 몸이 전체적으로 가볍단 느낌을 받은 게 시작이었다.

하루나 이틀 정도는 그런 느낌을 받을 수 있다.

근데 제주에 있는 내내, 몸이 날아갈 거처럼 가벼워 뭐든지 할 수 있을 거 같은 기분이 들었다.

그런 기묘한 느낌은 작전을 시작하고 나서부터 훨씬 강해졌다.

그녀가 사내 한두 명은 가볍게 요리할 정도의 실력을 갖추고 있긴 하지만 지금처럼 다섯 명을 혼자 상대할 정도는 아니었다.

근데 지금은 그녀 자신도 이해할 수 없을 정도로 오히려 적이 많을수록 더 자신감이 치솟았다.

아진은 뱃전에 조용히 내려선 뒤에 적의 위치를 파악했다.

그리고는 번개같이 칼을 휘두르며 선실 방향으로 이동했다.

마치 사신이 강림한 것처럼 그녀가 가는 길엔 피가 꽃잎처럼 흩뿌려졌다.

잠시 후.

"우리 세 명도 갑시다."

김석주가 일양, 최립을 데리고 뛰쳐나가 부둣가에 있는 병사 일곱 명을 덮쳤다.

다들 고문 후유증으로 인해 몸이 말이 아니긴 하지만 원래 하던 가락들이 있어 서너 명은 금세 해치웠다.

이어 2진을 맡은 조온잠과 고연내가 달려와 바닥에 떨어진 적의 무기를 집어 1진을 지원했다.

비교적 빨리 적 일곱 명 전원을 해치운 그들은 어용담을 불러 배 위로 올라갔다.

아진은 장담한 대로 선창에 있던 적 다섯 명을 전부 해치운 상태였다.

질펀한 피바다 속에 달빛을 받으며 홀로 서 있는 가냘픈 아진의 모습은 왠지 모르게 처연하면서도 두려움을 느끼게 하였다.

예상대로 선원 대부분은 살아 있었다.

그들은 함교와 선실, 창고 등에 갇혀 있던 선원들을 구해 적이 변고를 눈치채기 전에 재빨리 닻은 회수하고 돛은 전부 세워 바다로 나아갔다.

변고를 눈치챈 적이 경보를 발했을 땐 이미 배가 뭍에서 1리 정도를 벗어난 뒤였다. 더욱이 그들의 배는 워낙 빨라 웬만하면 추격을 허용하지 않았다.

적의 추격을 따돌린 배는 무사히 여수에 도착했다.

배에서 내리기 전, 아진이 김석주를 붙잡고 말했다.

"내 이름은 아진이에요."

"지금 내게 호감을 표시하는 거요?"

"그게 무슨 개소리죠?"

"그, 그럼 왜?"

"상감마마께 어떻게 탈출했는지 설명할 때 추룡군이 아니라 아진이 도왔다고 말해 달란 얘기예요."

"아, 그렇구만."

"꼭 말해야 할 거예요. 안 그러면 아닌 밤중에 홍두깨가 아니라 날 만나게 될 테니까."

"자다가 낭자를 만난다? 그게 꼭 나쁜 얘기 같진 않은데."

"직접 당해 보면 생각이 달라질걸요."

그러면서 아진이 허리에 찬 칼을 손으로 툭 쳤다.

김석주는 졌다는 듯 두 팔을 벌린 뒤에 한 걸음 물러섰다.

"알겠소. 내 꼭 낭자의 방명을 전하께 아뢰리다."

"믿어 보죠."

말을 마치고 배에서 훌쩍 뛰어내린 아진은 지나가는 병사에게 용호군 대장 강대산의 처소를 물어본 뒤에 곧장 그쪽으로 달려갔다. 제주항에서 얻은 정보를 빨리 전하기 위해서다.

한편, 그런 아진을 지켜보며 피식 웃은 김석주는 다친 이들을 의료 사업부가 여수에 마련한 야전병원으로 데려다준 뒤에 곧장 진남관에 머무르는 임금을 찾았다.

난 생각지도 못한 인사의 방문에 놀라 자기도 모르게 버럭
소리를 질렀다.

"상선이 여기까진 어쩐 일이오?"

근데 더 놀라운 일은 그다음에 벌어졌다.

상선이 감히 임금의 하문에 반문한 거다.

"그런 상감마마께서는 대체 왜 이러시는 것이옵니까?"

난 귀를 후벼 파며 다시 물었다.

"방금 한 말 한 자도 빼놓지 말고 다시 말해 보시오."

"상감마마께선 대체 왜 이러시는 거냐고 물었사옵니다."

"어라, 과인이 잘못 들은 게 아니네."

"소관이 보기에도 전하의 청력은 멀쩡하시옵니다."

"상선은 대궐 생활을 오래해 임금을 대할 땐 반드시 지켜야 하는 선이 있음을 알 텐데 왜 이런 멍청한 짓을 하는 거요?"

"소관이 그 선에 다가간 것이옵니까?"

"뒤로 돌아보시오."

상선이 시키는 대로 돌아서서 진남관 정문을 보았다.

난 다시 물었다.

"보이시오?"

"무엇이 말이옵니까?"

"상선이 조금 전에 넘어 버린 선 말이오."

다시 앞으로 돌아선 상선이 고개를 번쩍 들었다.

"마마, 소관이 불충을 저지르는 이유를 정녕 모르시겠사옵니까?"

"뭘 말하는 거요?"

"마마는 일개 장수가 아니시지 않사옵니까?"

"하고 싶은 말이 뭐요?"

"마마의 옥체에 조선 백성 천만의 목숨이 달려 있다고 해도 과언이 아닌데 어찌 이 위험한 전선에 내려와 계시는 것이옵니까?"

"그거야……."

"말씀을 도중에 끊어 황송하오나 이 말만은 꼭 해야겠사옵니다."

"음, 해 보시오."

"이경석 대감을 비롯한 조정의 모든 대신이 전하의 안위를 몹시 염려하고 있사옵니다."

"흠."

"심지어 윗전 두 분 마마와 중전마마께서는 몸져눕기까지 하셨사옵니다."

상선이 이렇게 나오니 오히려 내가 할 말이 없어진다.

확실히 내가 이번엔 오버하긴 했지. 서양은 몰라도 동양권에선 친정하는 경우가 많지 않으니까.

"지금부터 과인이 하는 말을 토씨 하나 틀리지 말고 기억해 두었다가 돌아가서 그대로 전하시오!"

"경청하겠사옵니다."

"과인은 조선의 주인으로서 강토와 백성을 지킬 책임이 있소. 그런 과인이 다른 나라를 쳐들어간 것도 아니고 우리 강토에 쳐들어온 적을 막겠다는 게 그리 불만이란 말이오?"

"윗전에 그렇게 전하면 되겠사옵니까?"

"아, 아니, 윗전이 아니라 조정에 그렇게 전하란 말이오."

"하오면 윗전과 중전마마껜 뭐라 전해야 하옵니까?"

"윗전껜 송구하다고 하고 중전에겐 미안하다고 전해 주시오……."

"알겠사옵니다."

대답한 상전이 젊은 내관 하나를 불러 그의 귀에 대고 속삭였다.

잠시 후, 고개를 몇 번 주억거린 젊은 내관이 이내 진남관 밖으로 뛰쳐나갔다.

난 고개를 갸웃거리며 물었다.

"지금 나간 젊은 내관은 뭐요?"

"동칠이란 아인데 똑똑하고 몸이 날래서 전하께서 하신 말씀을 토씨 하나 빠뜨리지 않고 조정과 윗전께 전달할 것이옵니다."

"응?"

"왜 그러시옵니까?"

"상선은 돌아가지 않을 생각이오?"

"상감마마께서는 칼을 베게 삼아, 갑주를 이불 삼아 주무시고 계시온데 마마를 모셔야 할 책임이 있는 소관이 어찌 좋은 베개와 따뜻한 이불을 덮고 맘 편히 잘 수 있겠사옵니까."

이건 또 무슨 소리야?

여기서도 매일 비단 금침을 덮고 자는구만.

난 뭐라 하려다가 고개를 저었다.

상선이 이러는 이유 날 걱정해서겠지.

아무리 돌아가라 해도 꿈쩍도 하지 않을 테고.

이왕 상선을 만난 김에 위쪽 사정이나 알아보자.

"도성 분위기는 요즘 어떻소?"

"처음엔 병자년의 악몽이 재현되나 싶어 다들 전전긍긍했는데 수군이 승리를 거뒀단 소식이 들려오고 나선 안정을 찾았사옵니다."

"쌀이나 옷감 같은 생필품 가격은 얼마나 올랐소?"

"소매 사업부 양희 부장의 수완이 좋아 많이 오르진 않았
사옵니다."

"어떤 수완을 부렸기에 그런 거요?"

"서유럽회사 무역 사업 본부가 수입하는 복건의 양곡과 농
업 사업부가 강원도에서 수확하는 구황작물의 유통을 소매
사업부가 전부 도맡고 있지 않사옵니까?"

"그렇지."

"양희 부장은 막대한 양의 양곡과 구황작물을 양손에 틀
어쥐고 송상, 만상 등 기존에 있던 상단들을 조련하고 있사
옵니다."

"오호라."

"상단들이 반발하면 단숨에 힘으로 찍어 누르고 상단들이
굴복하면 적당히 어르고 달래 가면서 물가를 평소대로 유지
하고 있사옵니다."

"흠, 양희가 잘하고 있나 보군. 덕분에 강대산이랑 안교안
이도 목 간수를 할 수 있게 되었고."

"무슨 말씀이신지 모르겠사옵니다."

"아, 상선은 몰라도 되는 얘기요. 참, 조정은 좀 어떻소?"

"잘 굴러가고 있사옵니다."

"좀 더 자세히 말해 보시오."

"영의정 이경석 대감은 평소처럼 나라 전반을 면밀하게 살
피며 국정을 원활하게 처리해 나가고 있사옵니다."

"상선이 그렇게 말하니까 과인이 꼭 평소에도 국정을 나

몰라라 했다는 말처럼 들리는데 과인이 잘못 들은 거요?"

"흠흠, 그런 면이 전혀 없다곤 못하겠지요."

상선의 패폭에 난 그만 할 말을 잃고 말았다.

왠지 이러다간 내 손으로 내 무덤 파게 될 거 같아 얼른 화제를 돌렸다.

"좌의정 조경 대감은 어떻소?"

"병조에 상주하면서 군수 물자 생산과 보급을 직접 지휘하고 있사옵니다."

"흠, 조경 대감이야 일머리가 뛰어나니 앞으로도 별문제 없겠군."

"우상 대감 쪽은 안 물어보시옵니까?"

"이제 막 물어볼 참이었소. 그래, 원두표 대감은 일을 잘하고 있소?"

"처음엔 본인도 훈련도감 제조라면서 이완 장군을 따라가려 하다가 이경석 대감에게 한 소리 들었다고 전해 들었사옵니다."

"하하, 안 봤는데도 그림이 훤히 그려지는군."

"지금은 마마께서 지시하신 대로 팔도의 천인을 있는 대로 끌어모아 비어 있는 군영에서 열심히 훈련을 시키고 있사옵니다. 심지어 소관이 마지막으로 봤을 땐 정말 병사를 훈련하는 장군이 된 것처럼 따로 갑옷까지 갖춰 입었사옵니다."

"암튼 재밌는 양반이라니까."

"정말 그렇사옵니다."

"천인을 군인으로 만든단 지시에 반발은 없었소?"

"남인 쪽에서 반발이 약간 있었지만, 곧 사그라들었사옵니다. 아무래도 국난이 벌어진 상황이라 몸을 사리는 듯하옵니다."

"그럴 테지."

예전부터 신분제 관련 정책은 서인보다 남인이 더 강경하다.

뭐 이해 못 할 것도 없지.

서인은 임금과 사대부를 동일시하지만, 남인은 전혀 아니니까.

그때, 상선이 생각지도 못한 말을 꺼냈다.

"한데 그 일로 집현전 허적 대감이 불안해하는 눈치였사옵니다."

"허적 대감이?"

"그렇사옵니다."

"불안해하는 이유가 뭐요?"

"이번 국난이 끝난 뒤에 군영에서 훈련시킨 그 많은 천인을 마마께서 어찌 처리하실지 몰라 그런 것 같았사옵니다."

"아, 그 일은 과인에게 복안이 있으니 걱정하지 말라 전하시오."

"알겠사옵니다."

몇 가지 더 물어본 뒤에 자리를 파하려는데 상선이 조심스럽게 말문을 뗐다.

"아직 내명부에서 공식적으로 공표한 일은 아니옵니다만……"

"내명부? 윗전의 건강에 문제가 생긴 거요?"

"나쁜 소식은 절대 아니옵니다."

"그럼 뭐요?"

"중전마마께서 회임하셨단 소문이 은밀히 퍼지고 있사옵니다."

"이 영감탱이를 그냥!"

"왜, 왜 그러시옵니까?"

"왜에? 그게 가장 중요한 소식인데 그걸 가장 나중에 말해 주면 어쩌잔 거요?"

"마마, 체통을 지키시옵소서."

"체통?"

"이런 중대한 사안에는 본디 국체가 걸려 있기 마련이옵니다. 우선 내명부에서 공식적으로 공표한 뒤에 마마께서 반응을 보이시는 게 맞사옵니다. 안 그러면 혼란이 생기옵니다."

"왜 혼란이 생긴단 거요?"

"회임 초기에는 아기씨가 잘못되는 경우도 많기 때문이옵니다."

"으음, 일리가 있군."

21세기에도 임신 초기에 잘못되어 유산하는 경우가 허다한데 하물며 17세기인 지금은 더 그럴 테지.

아마 중전의 배가 불러 오기 전까진 다들 조심스러울 수밖에 없을 거야.

회임 중에 잘못되어 원자일지도 모르는 아이를 유산했단

소식이 퍼지면 중전이 비난을 가장 많이 받겠지만, 왕실도 체면이 깎일 테니까.

그래서 공식 사서에도 출산 중에 아기가 죽었단 말은 나오지만 회임 중에 잘못되어 유산했단 소식은 나오지 않는 건가?

아무튼 이번 건은 내가 잘못한 게 맞는 거 같군.

"상선의 말이 맞소. 좀 전에 영감탱이라 한 말은 사과하지."

"황공하옵니다."

"멀리서 오느라 시장할 텐데 밥이나 먹으러 갑시다."

"잘되었사옵니다."

"뭐가 잘되었소?"

"중전마마가 전하께서 좋아하시는 커피를 보내셨사옵니다."

"오, 듣던 중 반가운 소리군. 마침 커피 생각이 간절하던 차인데."

"그럼 식당으로 모시겠사옵니다."

식당으로 가기 위해 막 일어섰을 때였다.

"저어어언하!"

갑자기 진남관 밖에서 괴성이 들려왔다.

"저 돼지 멱따는 것 같은 소리는 설마?"

소리가 들려오기 무섭게 밖으로 나간 상선이 곧장 아뢰었다.

"마마, 서유럽회사 영업이사 김석주가 알현을 청하옵니다."

"역시 김석주였구만. 들라 하시오."

"예, 마마."

상선이 문을 열어 주기 무섭게 김석주가 다리를 절뚝거리며 뛰어 들어와 내 앞에 넙죽 엎드리더니 대성통곡부터 하였다.

"흐흐흑, 전하아, 소생을 죽여 주시옵소서어어!"

"하, 요즘 왜 이렇게 죽여 달란 인간이 많아. 그래, 넌 죽여 달란 이유가 뭐냐? 그리고 꼬라지는 또 왜 그래? 누구한테 맞았어?"

"아니옵니다."

"그런데 꼬라지가 왜 그래?"

"고문당했사옵니다."

"뭣이? 고문을 당해? 대체 어떤 새끼가 내 부하를 건드린 거야?"

"역시 전하는 소생 편을 들어 주실 줄 알았사옵니다."

"내 새끼 내가 때리는 건 괜찮아!"

"예에?"

"하지만 다른 새끼한테 처맞고 다니는 꼴 나는 절대 못 본다!"

"그, 그런 거였사옵니까?"

"암튼 그래서 누구한테 고문당한 거야?"

"정씨 왕국 놈들에게 당했사옵니다."

"가만!"

난 잠시 생각한 뒤에 미간을 찌푸리며 물었다.

"설마 정씨 왕국 놈들이 뜬금없이 쳐들어온 이유가 너 때문이냐?"

사색이 된 김석주가 손을 미친 듯이 휘저었다.

"아, 아니옵니다. 절대 아니옵니다!"

"그럼 아닌 이유를 말해 봐."

"정경 그 미친 새끼는 원래부터 우리 조선을 싫어했사옵니다. 소생이 대만에 도착해 전하께서 주신 서찰을 놈에게 건네려 했는데 우리가 자기네를 배신했다느니 뭐니 하면서 끝까지 받지 않으려 했사옵니다. 심지어 저희 정체를 알더니 더러운 돼지우리에 가둬 둔 뒤에 죽이려고까지 하였사옵니다."

"배신했다고? 우리가 자기네를?"

"틀림없이 그렇게 말했사옵니다."

"흠."

역시 예상대로 정경도 플레이어였군.

현대 대만인이 정경에 빙의한 거라면 우리가 중국과 수교하기 위해 대만과 국교 단절한 일을 배신으로 볼 테니까.

뭐 장개석이 한 일을 생각하면 실제로 배신이 맞기도 하고.

암튼 그건 나중에 생각하자.

지금은 자초지종을 알아내는 게 먼저니까.

"그럼 대만에 갔다가 거기서 붙잡힌 거야?"

"그건 아니옵니다……."

김석주가 털어놓은 얘기에 따르면 상황이 꽤 공교로웠다.

대만 근처에서 만난 적함 세 척을 호기롭게 박살 낸 그들은 그 사실을 본국에 빨리 전하기 위해 전속력으로 항해했다.

근데 놀랍게도 정경은 이미 그때 조선을 침략하기 위해 꾸린 대함대를 바다에 띄운 지 오래였다.

그래서 김석주 일행이 뭣도 모르고 보급받기 위해 제주 근해에 도착했을 땐 이미 정씨 왕국의 대함대가 사방을 포위한 상태였다.

뒤늦게 그 사실을 알고 도망치려 했지만, 적의 숫자가 원체 많은 탓에 결국 얼마 도망쳐 보지도 못하고 붙잡혔다.

난 갑자기 늘어난 정보를 머릿속으로 분석하며 물었다.

"놈들이 고문은 왜 한 거야? 우리 정보를 빼내려고?"

"아니옵니다."

"그러면? 다른 이유가 있는 거야?"

"놈들은 제주 백성이 천연두에 걸리지 않는 이유를 알아내기 위해 필사적이었사옵니다. 이미 저희가 잡히기 전에 제주 관아의 수령과 아전을 잡아다가 고문했는데 그들도 아는 게 별로 없어 그 대신에 저희를 잡아다가 고문했던 것이옵니다."

"흠."

종두법 백신 보급은 조정이 아니라 서유럽회사의 의료 사업부가 주관한다.

그리고 김석주 일행은 소속이 서유럽회사 무역 사업 본부다.

아마 놈들은 두 기관이 서로 연관이 있을 거로 생각해 김석주 일행을 고문했던 거다.

종두법 백신을 만들기 위해.

멍청한 새끼들! 헛짚어도 단단히 헛짚었네.

"이유야 어찌 됐든 운은 좋구나. 종두법 백신이 아니었으면 살아 돌아오기 힘들었을 텐데."

"전하의 사업을 위해 개처럼 뛰어다니다가 결국 끔찍한 고문까지 당한 소생에게 할 말이 그것밖에 없으시옵니까?"

"그래, 그래, 고생 많았다. 네가 경정충 코를 꿰어 준 덕분에 우리도 돈 좀 벌었으니 과인이 나중에 한턱 시원하게 쏘마."

"성은이 망극하옵니다!"

"가서 치료받아. 보기 흉하다."

"아, 그 전에 한 가지 더 보고드릴 사안이 있사옵니다."

"뭔데?"

김석주는 오삼계의 왕궁인 운남 평서왕부에서 있었던 괴이한 일에 대해 말했다.

"정신을 잃기 전에 큰 개들을 보았다고?"

"그렇사옵니다."

"그리고 부처 가면을 쓴 이도 보았고?"

"틀림없이 보았사옵니다."

"흠, 알았다. 너도 어서 야전병원으로 가 보거라."

"예, 전하."

큰절을 올린 김석주가 멀쩡한 걸음으로 진남관을 빠져나 갔다.

들어올 때처럼 다리를 절룩거리는 모습은 전혀 찾아볼 수 없었다.

뭐라 한마디 하려다가 평서왕부가 신경 쓰여 그냥 두었다.

오삼계는 플레이어가 아니군.

역시 나이가 너무 많아서겠지.

그렇다면 그쪽은 오삼계의 아들인 오응웅이 플레이어인가?

근데 오응웅은 지금쯤 북경에 인질로 잡혀 있을 텐데?

아, 그래서 놈이 가면을 쓰고 나타났던 거구나.

오응웅이 북경에도 있고 운남에도 있으면 안 되니까.

그럼 북경에 있는 놈은 대역이겠네.

오응웅이라…….

위험을 감수하면서까지 정신계 스킬을 김석주에게 쓴 걸 보면 강희제나 경정충보다 이놈이 더 귀찮을 수도 있겠는데.

그럼 제주에 쳐들어온 정경 그 새끼는 어떠냐고?

어떠긴 뭘 어때? 자기 속마음도 제대로 못 숨기는 하수 중의 하수지.

더구나 욱하는 마음에 그 먼 바다를 건너 침략해 온다고?

멍청하기 이를 데 없는 놈이군.

놈의 실력을 안 이상, 더 기다릴 필요가 없을 듯했다.

난 팔장사가 작전을 마치는 대로 공세로 전환하라 지시했다.

지시를 마친 뒤에 상선과 숙소로 건너가려는데.

야전병원에 간 줄 알았던 김석주가 헐레벌떡 뛰어왔다.

"전하!"

"왜?"

"저흴 구해 준 추룡군 요원의 이름이 아진이옵니다!"

"아까 들었어, 인마."

"그래도 혹시 기억 못 하실까 봐……."

"내가 너냐?"

"아무튼 소생은 확실히 전했사옵니다."

그 말을 남긴 김석주가 야전병원을 향해 총총걸음으로 달려갔다.

팔장사는 대장사 오효성부터 막내 김지웅까지 총 여덟 명의 장사가 저마다 100명의 부하를 지휘하며 작전을 수행한다.

즉, 팔장사 안에 여덟 개의 독립 중대가 있는 셈이다.

편의상 각 대대에 숫자를 붙여 부르는데 현재는 1중대부터 10중대까지 있다.

부대가 여덟 개임에도 중대 숫자가 10번까지 가는 이유는 재수가 없단 이유로 4중대를 뺀 데다, 10중대는 정규 대대가 아니라 병력 보충을 위해 마련한 예비 대대이기 때문이다.

각 중대에는 장사 아홉 명을 지휘하는 소장사가 따로 있었다.

이를테면 현대의 소대장과 같은 개념이다.

그중 오효성이 이끄는 1중대, 그 안의 3소대를 지휘하는 소장사가 바로 조지웅.

현재 차기 대장사에 가장 가깝단 평가를 받는 장교다.

조지웅은 주위에 늘어선 장사 아홉 명을 쓱 둘러보며 말했다.

"곧 현지 백성으로 이루어진 유격 부대가 이쪽으로 적을 유인해 올 거다. 그때 공격하면 된다. 단, 적이 도망갈 때 굳이 쫓아가서 죽일 필요까진 없다."

"예."

조지웅은 손짓으로 장사들이 매복할 장소를 정해 주었다.

잠시 후, 마을 입구에서 먼지가 피어오르며 한 무리의 사내들이 달려왔다.

그들은 바로 현지인으로 구성된 유격 부대다.

제주에 잠입한 추룡군은 서귀포, 한라산에서 활동하는 저항군을 찾아 그들을 준군사 조직으로 만드는 일에 앞장섰다.

지금 적을 유인한 유격 부대도 추룡군이 만든 준군사 조직으로 현지 백성 30명에 추룡군 요원 두 명이 껴 있는 형태다.

유격 부대가 담 뒤에 매복해 있던 조지웅의 3소대를 지나쳐 돌담과 골목으로 복잡하게 얽힌 마을 안쪽으로 달아났다.

제주도 마을의 특성상, 돌담과 골목이 미로처럼 연결되어 있어 한번 상대를 시야에서 놓치면 다시 추격하기 쉽지 않다.

잠시 후, 정씨 왕국 병사 50여 명이 마을 입구 쪽에 나타났다.

그들은 잠시 머뭇거리다가 지휘관으로 보이는 사내의 명령에 어쩔 수 없이 돌담 사이에 난 골목 안으로 뛰어들었다.

조지웅은 적이 함정에 빠지기를 기다린 뒤에 외쳤다.

"쏴라!"

그 즉시, 숨어 있던 장사들이 보라매로 사격을 가했다.

탕탕탕탕탕!

총성이 울릴 때마다 적이 피를 뿜어내며 쓰러졌다.

팔장사가 한 해에 사격 훈련에 쓰는 화약의 양이 사단이 소모하는 규모에 가까워 빗나가는 총알을 찾기가 쉽지 않았다.

보라매 사격이 끝난 뒤에는 장사들이 각자 선호하는 냉병기를 손에 쥐고 골목 안으로 뛰어들어 적과 백병전을 벌였다.

장사들이 숫자 면에서는 크게 밀릴지 모르지만, 개개인의 실력은 적을 월등히 뛰어넘었다.

"와아아아!"

더구나 달아났던 유격 부대까지 돌아와 공격하는 바람에 적은 전방과 좌우, 세 방향에서 조선군에 둘러싸인 형태가 되었다.

조지웅은 방패와 도끼를 들고 가장 먼저 적진에 뛰어들었다.

쿵!

적이 괴성을 지르며 휘두른 창을 방패로 가볍게 튕겨 낸 조지웅은 도끼를 휘둘러 적을 창과 함께 돌담으로 날려 버렸다.

돌담에 부딪혀 쓰러진 적이 꿈틀거리며 어떻게든 일어서려 해 봤지만 그땐 이미 다른 장사의 창에 목이 찔린 뒤였다.

조지웅은 자신에게 달려드는 적 두 명을 방패로 밀어 넘어트린 뒤에 장작을 패듯 도끼를 수직으로 연달아 내리쳤다.

적도 갑옷을 입고 있었지만, 조지웅의 도끼에 실린 힘이 워낙 강해 갑옷째로 몸뚱이가 잘려 나가거나, 아니면 갑옷이 찌 그러지며 발생한 내출혈로 중상을 입었다.

10분쯤 싸웠을 때 양측 다 지쳐 쓰러지기 일보 직전이 되었다.

제아무리 체력이 좋은 병사도 긴장감이 극한까지 치솟는 전장에서 무거운 갑옷을 걸치고 무기를 정신없이 10분쯤 휘두르다 보면 온몸이 땀에 젖어 파김치로 변하기 마련이다.

양측이 서서히 거리를 벌리며 대치 국면으로 접어들 때였다.

거친 숨을 몰아쉬던 조지웅이 핏물이 흐르는 도끼를 위로 쳐들었다.

그 순간.

탕탕!

어느새 민가 지붕에 올라가 대기하던 저격수 두 명이 보라 매로 적 지휘관을 저격해 쓰러트렸다.

지휘관을 잃은 적은 갑자기 불빛을 본 쥐새끼들처럼 사방으로 흩어져 달아났다.

팔장사와 유격 부대는 그런 적을 적당히 뒤쫓다가 다시 마을로 복귀했다. 거머리처럼 쫓아가 그들을 전부 죽일 수도 있었지만 앞서 말한 대로 이 또한 이번 작전의 일부다.

조지웅이 유격 부대를 이끄는 추룡군 요원에게 말했다.

"적이 남겨 둔 부상병은 우리가 알아서 처리하겠소."

주변을 슬쩍 둘러본 추룡군 요원은 알았다는 듯 고개를 끄덕인 뒤에 유격 부대 대원들을 인솔해 반대 방향으로 뛰어갔다.

유격 부대가 시야에서 사라지길 기다린 조지웅은 도끼를 밑으로 내리쳐 피를 흘리며 누워 있는 적의 목을 주저 없이 잘랐다.

다른 장사들도 각자 지닌 무기로 아직 숨이 붙어 있는 적의 목을 잘라 숨통을 끊었다.

확인 사살을 마친 뒤에는 죽은 적의 배를 갈라 내장을 밖으로 끄집어낸 다음, 시체를 마을 입구에 있는 나무에 걸었다.

또, 잘라 낸 머리 몇 개는 꼬챙이에 꽂아 들판에 허수아비처럼 박아 두었다.

이런 짓을 하는 이유는 팔장사가 잔인하기 때문이 아니었다.

그보단 일종의 심리 공작에 가까웠다.

조금 전까지 함께 싸우던 동료가 배가 갈린 상태로 나무에 걸려 있거나, 머리가 꼬챙이에 꽂혀 들판에 버려져 있으면 대부분 두 가지 반응을 보인다.

하나는 겁을 먹어 전투를 회피하는 거고 다른 하나는 화가 나 물불을 가리지 않는 거다.

둘 다 아군에게 유리하기에 굳이 손을 더럽혀 가며 이런 짓을 벌이는 거다.

동료들이 처참한 모습으로 죽어 있는 현장을 적 정찰병이 확인하길 기다린 3소대는 초목이 무성한 언덕으로 올라갔다.

언덕 위 풀숲에는 5소대 열 명이 숨어 있었다.

5소대는 3소대가 임무에 실패하거나, 역습당해 위험에 처했을 때를 대비해 숨겨 둔 지원 부대다.

5소대장이 다가와 조지웅에게 물었다.

"정찰병이 현장을 확인했나?"

"확인했네."

"그럼 곧 적의 주력이 몰려오겠군."

"그렇겠지."

"그럼 우리도 어서 본대와 합류하세."

5소대와 합류한 3소대는 산 하나를 넘었다.

그리고 다시 야트막한 언덕을 옆으로 돌았다.

그 순간, 통나무로 만든 거대한 목책 요새가 나타났다.

요새의 정체는 적이 서귀포를 점령하기 위해 세운 진채였다.

그들은 목책과 약간 떨어진 갈대숲으로 들어갔다.

갈대숲에는 오효성이 이끄는 나머지 8개 소대가 매복해 있었다.

조지웅은 오효성에게 걸어가 군례를 취했다.

"시키신 대로 놈들을 도발했습니다."

"고생했네."

"아닙니다."

"적이 나올 때까지 편하게 쉬게."

"예, 대장사."

불행히도 그리 오래 쉬진 못했다.

10분쯤 지났을 때, 목책 정문이 좌우로 크게 열리더니 그 안에서 500명이 넘는 병력이 뛰쳐나와 3소대가 적을 도발했던 마을로 달려갔다.

오효성은 적이 시야에서 완전히 사라질 때까지 기다린 뒤에 일어나서 수신호로 1중대 전체에 명령을 내렸다.

곧 숨소리조차 죽여 가며 갈대숲에 엎드려 있던 1중대 장사들이 동시에 일어나 기도비닉을 유지한 채 목책으로 접근했다.

추룡군이 현지인을 포섭해 목책 내부를 정찰한 정보에 따르면, 목책 안에는 원래 1,000명이 넘는 적이 있었다.

그러나 얼마 전부터 그중 300여 명은 천연두에 걸려 시름시름 앓는 중이었다.

즉, 그들이 상대해야 할 적이 실제론 700명이란 뜻이다.

그중 수십을 제거했고 500에 달하는 대다수가 3소대의 도발에 걸려 목책을 비웠으니 전투는 훨씬 쉬워졌다.

기도비닉을 유지하며 목책에 접근한 오효성이 다시 수신호를 보냈다.

곧 배낭 같은 물건을 등에 짊어진 장사 다섯 명이 포복으로 목책에 가까이 접근했다.

위장복을 입은 데다, 해가 지면서 그림자까지 길어지는 바람에 목책 위에서 경계를 서던 적들은 접근하는 장사들을 발견하지 못했다.

마침내 목책에 도달한 장사들은 배낭에서 미리 도화선을 연결해 둔 비격진천뢰 다섯 개를 꺼내 벽 바로 밑에 설치했다.

이번에 사용하는 비격진천뢰는 이장손이 임진왜란 때 처음 만든 비격진천뢰를 화기 사업부가 개량한 물건으로 뇌홍이 들어 있어 훨씬 강하고 빠르게 포탄을 터트릴 수 있었다.

팔장사는 이 비격진천뢰를 대격뢰라 부르며 아꼈다.

설치를 마친 뒤에는 다시 포복으로 원래 자리로 돌아왔다.

다시 한번 적 대군이 사라진 방향을 확인한 오효성이 주머니에서 라이터를 꺼내 비격진천뢰 도화선에 불을 붙였다.

라이터는 서유럽회사 시계 사업부가 얼마 전에 개발한 신상품으로 팔장사를 포함한 조선군 전체에 보급되어 있었다.

치이익!

도화선이 타면서 연기와 불꽃이 뱀 꼬리처럼 길게 이어졌다.

그때쯤엔 목책 위에 있던 적들도 도화선의 존재를 눈치챘다.

그러나 그들에겐 이를 막을 방법이 없었다.

결국, 비격진천뢰가 성공적으로 폭발하면서 땅이 흔들리고 공기가 떨리는 굉음이 울리며 목책 한쪽이 통째로 날아갔다.

오효성이 좌우에 대고 소리쳤다.

"내 지시가 있기 전까진 절대 발포해선 안 된다!"

"예, 대장사!"

잠시 후, 폭발이 만든 연기가 걷히기 무섭게 적 수십 명이 무너진 목책을 넘어 밖으로 달려 나왔다.

오효성은 즉시 명을 내렸다.

"발포하라!"

"발포!"

"발포!"

각 소대를 이끄는 소장사들이 복명복창하는 순간.

탕탕탕탕탕탕!

1중대 장사 수십 명이 동시에 보라매를 발사해 화력으로 적을 제압했다.

갑작스러운 일제 사격에 놀란 적들이 수십 명의 시체를 남겨 두고 황급히 퇴각했다. 목책 위에 있던 적들도 총과 활로 반격했지만, 그다지 효과는 없었다.

오효성이 재차 지시했다.

"1소대, 2소대, 3소대가 소형 비격진천뢰를 던진 뒤에 돌격한다! 그 사이 나머지 소대들은 적을 제압 사격하여 아군을 엄호한다!"

"예!"

대답한 조지웅은 가장 먼저 일어나 허리띠에 매달아 둔 소형 비격진천뢰에 라이터로 불을 붙인 다음 있는 힘껏 투척했다.

빨랫줄처럼 날아간 소형 비격진천뢰가 목책 위를 지나 적 진채 안으로 떨어졌다.

쾅!

폭음이 울리며 연기가 치솟았다.

조지웅의 뒤를 이어 20명이 넘는 장사들이 그들 사이에선 소격뢰라 불리는 소형 비격진천뢰를 투척해 진채를 폭격했다.

"돌격!"

소리친 조지웅이 가장 먼저 무너진 목책으로 달려갔다.

3소대 대원들이 얼른 그 뒤를 쫓았다.

1소대와 2소대도 경쟁하듯 그들을 따라 진격했다.

1, 2, 3소대가 돌격하는 동안, 나머지 소대들은 재장전한 보

라매로 제압 사격을 가해 적이 고개를 들지 못하게 만들었다.

아군의 엄호를 받으며 목책을 돌파한 조지웅은 달려드는 적을 베어 가며 더 깊숙한 곳으로 내달렸다.

적은 소격뢰에 된통 당해 멀쩡한 병사가 많지 않았다.

그 덕분에 조지웅을 비롯한 선발대들은 어렵지 않게 목책 안으로 진입하는 데 성공할 수 있었다.

그렇게 1, 2, 3소대의 난입으로 목책 내부에 혼란이 야기된 순간. 오효성이 칼을 뽑아 목책을 가리켰다.

"전 중대 돌격하라!"

"돌격하라!"

"돌격!"

명이 떨어지기 무섭게 대기하던 장사 전원이 일제히 돌격했다.

"젠장!"

그사이, 적장이 있는 것으로 알려진 안쪽 막사로 들어간 조지웅은 욕설을 내뱉었다. 막사 안이 텅 비어 있었기 때문이다.

그래도 조지웅은 포기하지 않고 뒷문으로 달렸다.

곧 화려한 갑옷을 입은 적장이 말에 오르는 현장을 찾아냈다.

저놈이 이쪽 지역을 맡은 장수로군!

조지웅은 보라매를 다시 장전한 뒤에 총구를 겨누었다.

탕!

한 방이면 충분했다. 적장은 등에 총알을 맞고 말 등에서 굴러떨어졌다.

혹시 몰라 쓰러진 적장에게 총을 한 방 더 쏜 조지웅은 다가가서 적장이 확실히 죽었음을 확인한 뒤에 고개를 돌렸다.

적장이 죽으면서 전투는 사실상 끝나 버렸다.

적 태반이 죽거나 다쳤다.

도망친 놈도 열 손가락을 넘지 않았다.

조지웅이 안도의 숨을 내쉬며 땀을 닦을 때, 오효성이 다가와 그의 어깨를 두드렸다.

"적장을 잡았구나. 아주 잘했다."

"고맙습니다."

조지웅을 칭찬한 오효성은 장사들에게 마지막 지시를 내렸다.

"천연두 병자들의 옷을 모두 수거한 뒤에 진채를 태워 버려라!"

"예, 대장사!"

1중대 장사들은 시키는 대로 천연두 환자의 옷을 수거한 뒤에 진채 전체에 불을 질러 적의 거점 자체를 없애 버렸다.

몇 시간 뒤에 진채를 비웠던 적들이 다시 돌아왔다.

그러나 그들이 할 수 있는 일은 없었다.

그저 불타는 진채를 지켜보다가 다른 진채로 옮겨 갈 뿐이었다.

한편, 1중대는 수거한 천연두 환자의 옷을 용호군에게 넘겼다.

그럼 용호군은 적진에 잠입해 그 옷을 여기저기 뿌려 놓았다.

처음엔 전라도에서 구해 온 천연두 환자의 옷을 이용했지만, 현재는 아예 적의 옷을 재활용하는 방식으로 바뀌었다.

공짜를 싫어하는 사람은 없는 법이다.

옷도 마찬가지여서 용호군이 뿌린 옷은 금방 새 주인을 찾았다.

이런 일이 제주 동쪽과 서쪽에서 동시다발적으로 벌어졌다.

그 바람에 멀쩡하던 진채에도 곧 천연두 환자가 득실거렸다.

결국, 정경은 조선군이 아니라 천연두를 방어하기 위해 휘하의 모든 병력을 제주항 근처로 집결시키란 명령을 내렸다.

다만, 정경의 조치는 너무 늦은 감이 있었다.

이미 천연두가 제주항 본진에까지 광범위하게 퍼졌기 때문이다.

마침내 이번 전쟁의 끝이 보이기 시작했다.

김석주가 두 번이나 아진의 이름을 언급하는 바람에 나도 체면상 가만히 있을 수 없게 되었다.

확실한 신상필벌이야말로 조직을 잘 다룰 수 있는 첫 번째 덕목이니까.

하루 날을 잡아 아진을 부른 뒤에 3급 훈장을 직접 하사했다.

아진이란 처자는 감격한 듯 가슴에 달린 훈장에서 시선을 떼지 못했다.

그녀가 훈장을 타면서 용호군에서만 유연, 홍장미에 이어 세 번째 훈장 수여자가 탄생했다.

훈장 수여식을 마친 뒤에 강대산이 추룡군이 분석한 정보를 보고했다.

"적은 제주항 근처로 전선을 크게 좁힌 상태이옵니다."

"적진 내에 천연두는 얼마나 퍼졌어?"

"저희가 분석한 바에 따르면 적군을 10으로 따졌을 때, 3에서 4에 해당하는 병력이 천연두에 전염된 것으로 보이옵니다."

"앞으로 전염 속도는 어떻게 될 거 같아?"

"여기서 더 늘어나긴 힘들단 판단이옵니다."

"보급은 어때?"

"사실 천연두보다 오히려 보급이 문제이옵니다."

"그래?"

"보급선이 워낙 길기에 애초에 쳐들어올 때부터 현지 보급을 염두에 둔 거 같사옵니다."

"파면 팔수록 멍청한 놈인 게 드러나는군. 군은 보급이 생명인데 그걸 간과하다니."

"정말 그렇사옵니다."

"그래서 정경은 앞으로 어떻게 움직일 거 같아?"

"두 가지 중 하나가 아니겠사옵니까."

"말해 봐."

"첫 번째는 역량의 부족을 인정하고 퇴각하는 것이옵니다."

"두 번째는?"

"적이 자신 있어 하는 함대 간 결전으로 승부를 보는 것이옵니다."

난 잠시 생각한 뒤에 자리에서 일어났다.

"진남관에 다 모여 있을 테니 강 대장도 함께 가지."

"예, 전하."

진남관에는 훈련도감에서 나온 이완, 유혁연, 한도철, 윤준, 조복양과 통제영에서 나온 이여발, 방오, 곽순, 이태보 등이 모여 있었다.

내가 강대산과 안으로 들어가니 다들 자리에서 일어나 정중히 예를 갖추었다.

난 옥좌에 앉아 고개를 끄덕였다.

"다들 앉으시오."

"예, 전하."

강대산까지 자리하길 기다렸다가 바로 선포했다.

"앞으로 정확히 보름 후에 총공격을 가하겠소!"

장수들이 일제히 횃불 같은 안광을 빛냈다.

역시 장수들이라 그런지 전쟁에 임하는 각오가 남다르네.

난 흡족한 표정으로 이완에게 물었다.

"훈련도감의 준비 상태는 어떻소?"

"모든 군영이 상륙 준비를 마쳤사옵니다."

"앞으론 대포가 중요하오. 포병 쪽의 준비를 더 철저히 해 주시오."

"예, 전하."

"육군을 수송할 선단은 어떻게 되었소?"

"서유럽회사 운송 사업부 부장 방귀옹이 사업부 소속 조운선 300여 척을 지원해 주기로 하였사옵니다."

"300척이라도 장비나 물자가 있으니 한 번에 다 상륙하긴 어렵겠군."

"해서 1진, 2진, 3진으로 나눠 상륙할 계획이옵니다."

"1진으론 누가 가기로 했소?"

이완이 조복양을 가리키며 대답했다.

"조복양 대장이 이끄는 총융청이옵니다, 전하."

곧바로 조복양이 일어나 군례를 올렸다.

"소장에게 중임을 맡겨 주신다면 기필코 성공해 보이겠사옵니다."

"아, 조 장군은 상륙전에 일가견이 있다고 했었지."

"그쪽에 약간 재주가 있을 뿐이옵니다."

"과인이 병법을 잘 알진 못하나 상륙전의 승패는 1진 상륙부대가 초반에 얼마나 분전하냐에 달려 있다고 들었소. 반드시 아군 거점을 확보해 이번 전쟁을 대승으로 이끌어 주시오."

"반드시 상륙에 성공해 아군의 길을 열겠사옵니다!"

난 이어 수군 쪽으로 눈을 돌렸다.

"수군은 어떻소?"

이여발이 일어나 대답했다.

"전라, 경상, 충청 수영 모두 준비를 마쳤사옵니다."

"좋소. 통제사야 일을 잘하니 알아서 잘했겠지."

"성은이 망극하옵니다."

"해서 하는 말인데 과인이 여해함에 탑승해……."

이완이 벌떡 일어나 소리쳤다.

"소장의 목을 베어야 할 것이옵니다!"

"응?"

"마음이 급해 뒷말이 앞말보다 먼저 나왔사옵니다."

"그럼 앞말은 뭐요?"

"전장에 나가시려거든 먼저 소장의 목을 베어야 할 것이옵니다!"

"과인이 총 들고 싸우겠다는 게 아니라, 그냥 참관만……."

이여발도 지지 않고 소리쳤다.

"전하, 훈련도감 도원수의 말이 백번 지당하옵니다! 전장이란 무슨 일이 생길지 알 수 없는 아주 이상한 곳이옵니다. 한데 전하의 옥체에 약간이라도 문제가 생긴다면 이는 크게 볼 때 나라에 큰 재앙이옵고 작게 볼 땐 이번 전쟁의 승패를 가르는 분수령이 될 것이옵니다."

"장군들의 뜻은 잘 알았소. 과인은 여수에 남겠소."

그제야 장수들이 안도의 숨을 크게 내쉬었다.

"과인은 진남관에서 장군들의 승전보를 목이 빠지라 기다릴 테니 꼭 승리하여 제주 백성들을 적의 무도한 폭력으로부터 구해 주시오!"

"믿어 주시옵소서! 반드시 승리해 돌아올 것이옵니다!"

"정경의 목을 잘라 전하께 바치겠사옵니다!"

"한 놈도 조선 땅에서 살아서 돌아가지 못하게 하겠사옵니다!"

장수들이 쏟아 내는 열기가 진남관을 태울 듯이 뜨거웠다.

난 속으로 미소 지었다.

역시 적당한 쇼는 활력을 불어넣기 마련이다.

애초에 난 전장에 나갈 생각이 없었다.

무서워서가 아니라, 내가 가면 걸리적거리기 때문이다.

◆ ◈ ◆

공격 개시 일자가 정해지면서 제주 현지도 같이 바빠졌다.

제주도 서귀포항에 자리 잡은 조선군 저항 본부는 세 가지 방식으로 적을 괴롭혔다.

우선 용호군이 제주항에서 노역하는 제주 현지 백성을 포섭해 사보타주를 사주하거나, 적의 시설과 군함에 테러를 가했다.

반면, 팔장사는 좀 더 본격적이었다.

그들은 제주항의 외곽 전초 기지와 병참선을 기습해 큰 손해를 입힌 뒤에 추격해 나오는 적을 매복 포위해 섬멸했다.

즉, 적에게 이중으로 손실을 강요하는 거다.

근데 정작 적이 가장 무서워한 건 마지막 세 번째 착호군의 방식이다.

그 착호군에서 차기 군장 1순위로 꼽히는 고검은 제주 특유의 검은 돌담에 떨어지는 빗물을 보며 옛일을 잠시 떠올렸다.

그는 이름조차 짓기 전에 부모를 잃은 천애 고아였다.

다행히 어찌어찌 살아남아 나이는 성년에 가까워졌지만, 그가 할 수 있는 일은 그다지 많지 않았다.

그저 도성 저잣거리를 돌아다니며 허드렛일과 비럭질로 간신히 연명할 뿐이었다.

그때, 착호군 간부의 눈에 띄어 착호군 훈련소에 들어가는 행운을 누렸다.

착호군 군장인 고검이 고아 출신이어서 그런지 몰라도 유독 착호군에는 그처럼 고아가 많았다.

착호군 훈련소에서 2년 동안 각종 무술과 작전에 필요한 기술을 습득한 그는 동기들을 월등히 뛰어넘는 훌륭한 성적을 거두어 군장 고검에게 이름을 하사받는 영예를 얻었다.

넌 나를 뛰어넘을 재능을 가졌다.

그래서 내 이름 고검에 획 하나를 더해 널 고겸이라 부르마.

앞으로 널 거둬 준 은혜를 잊지 말고 상감마마와 조선을 위해 언제든 목숨을 바치겠단 각오로 임무에 임해야 할 것이다.

고겸이 한창 옛 추억을 회상할 때였다.

도롱이를 쓴 할머니가 돌담 옆을 지나가다가 더러운 소맷자락 속에서 나뭇잎 한 장을 꺼내 담 안으로 슬쩍 던졌다.

고겸이 나뭇잎을 주웠을 땐 이미 할머니는 모습을 감춘 뒤였다.

그는 할머니를 쫓아가지 않았다.

할머니의 정체를 이미 알기 때문이다.

바로 착호군과 떼려야 뗄 수 없는 추룡군 소속 요원이다.

추룡군은 착호군과 달리 노인과 아이도 고용한다.

고겸은 재빨리 돌돌 만 나뭇잎을 펼쳤다.

나뭇잎에는 점과 선으로 이어진 복잡한 문양이 새겨져 있었다.

바로 제주항으로 잠입하는 방법과 표적의 정보였다.

두 번 반복해 읽은 뒤에 나뭇잎을 입에 넣어 씹어 삼킨 고겸은 재빨리 집 안으로 들어가 옷과 장비를 착용했다.

준비를 마친 뒤에는 안가를 빠져나와 북쪽에 있는 제주항으로 향했다.

그는 곧 덤불로 가려져 있는 개구멍을 찾아내 포복으로 잠입했다.

개구멍은 추룡군이 포섭한 제주 현지 백성이 만들어 둔 거다.

비가 억수로 쏟아지는 바람에 포복할 때마다 더러운 흙탕물이 코와 입으로 들어왔지만, 그는 어떤 소리도 내지 않았다.

착호군 훈련소의 훈련에 비하면 이 정돈 새 발의 피다.

잠입을 마친 뒤에는 나뭇잎에서 읽은 정보를 떠올리며 건물과 막사, 그리고 다시 건물을 지나 적진 중심부로 잠입했다.

곳곳에 경비병과 순찰병이 있었지만, 비바람이 거센 탓에 흔적과 소리를 남기지 않고 움직이는 그를 감지하지 못했다.

마침내 찾던 건물에 도착한 고겸은 주변을 둘러보았다.

경비병 대여섯 명이 비까지 맞아 가며 순찰에 열중이었다.

고겸은 고개를 저었다.

비가 온 덕분에 수월하게 잠입할 수 있었지만 반대로 비가 오는 바람에 원거리 무기를 쓰지 못한단 단점도 있었다.

보라매와 각궁 둘 다 비와 습기에 취약한 탓이다.

입술을 한번 세게 짓씹어 각오를 새로이 다진 고겸은 칼을 꺼내 손에 쥔 뒤에 날렵한 동작으로 담을 뛰어넘었다.

첨벙!

비가 고인 물웅덩이에 떨어지는 바람에 소리가 크게 났다.

그 즉시, 경비병이 그 소리를 듣고 사방에서 달려들었다.

고겸은 그들을 상대하지 않고 곧장 마루 위쪽으로 몸을 날렸다.

쾅!

창호지를 바른 문을 뚫고 안으로 들어간 고겸은 자리에서 막 일어나는 중인 노인의 얼굴을 확인한 뒤에 칼을 내리쳤다.

칼은 단숨에 노인의 목을 거의 3분의 2가량 잘라 냈다.

노인의 목에서 뿜어진 피가 이불 위에 비처럼 후드득 떨어졌다.

노인의 목을 한 번 더 내리쳐 확실히 숨통을 끊은 고겸이 앞으로 굴렀다.

뒤에서 경비병이 찌른 창이 아슬아슬한 차이로 그를 빗나갔다.

재빨리 일어선 고겸은 그때부터 앞만 보며 달렸다.

적이 가로막으면 베고 없으면 전속력으로 달렸다.

그렇게 10분쯤 했을 때, 마침내 성난 파도가 몰아치는 제주 바다가 나타났다.

고겸은 주저하지 않고 검은 바닷속으로 뛰어들었다.

그리고 다신 모습을 드러내지 않았다.

적들이 배를 수십 척 띄워 그를 찾았지만, 그는 잠수와 부상을 반복해 가며 적 본진에서 상당히 먼 거리까지 달아났다.

그가 오늘 살해한 적은 죽은 정성공의 오른팔이다.

그리고 지금은 정경의 핵심 참모로 활동하고 있다.

왕인 정경이 그렇게 썩 믿음이 가는 인물이 아니다 보니 사실상, 그 참모가 정씨 왕국군을 지휘한다고 해도 과언이 아니었다.

근데 고겸이 그를 암살함으로써 이제 정경은 의지할 사람이 없어진 거다.

◆ ◇ ◆

고겸이 성공했단 소식이 전해지면서 거칠 게 없어진 조선군은 정해진 공격 날짜에 맞춰 육군과 수군이 준비를 마쳤다.

마침 파도까지 잔잔해 시작부터 아주 순조로웠다.

출진하기 직전. 난 보스 레이드에 따라간 마법사처럼 병사들에게 버프를 거느라 정신없었다.

먼저 수군에게는 기존에 쓰던 이순신의 해전과 신문왕의 만파식적에 장보고의 해진 버프를 추가로 걸었다.

장보고의 해진! (S)
진형 구축을 마친 해군 함대의 공격력이 강해집니다.
버프 기준: 반경 500미터

광역 범위: 반경 5킬로미터
지속 시간: 3일

우리 한민족 최고의 수군 영웅 두 분의 혼이 담긴 버프와 만파식적이란 개사기 버프를 썼음에도 진다면 난 패전을 받아들일 용의가 있었다.

이어 훈련도감 병력에도 버프를 세 개 걸었다.

물론, 그 세 가지 버프 모두 하나같이 엄청난 것들이었다.

을지문덕의 회전! (SSS)
대군이 맞붙는 회전에서 큰 힘을 발휘한다.
※SSS급 특성에 따라 회전에 돌입하는 순간 자동으로 발동
버프 기준: 반경 30미터
광역 범위: 반경 300미터
지속 시간: 300일

강감찬의 포위섬멸! (SSS)
적을 포위했을 경우, 병사들의 사기가 급격히 올라간다.
※SSS급 특성에 따라 포위에 돌입하는 순간 자동으로 발동
버프 기준: 반경 20미터
광역 범위: 반경 200미터
지속 시간: 200일

권율의 방어전! (SSS)

적의 공세를 방어할 때, 병사들이 쉽게 물러서지 않는다.

※SSS급 특성에 따라 방어에 돌입하는 순간 자동으로 발동

버프 기준: 반경 20미터

광역 범위: 반경 200미터

지속 시간: 200일

버프를 포함한 모든 준비를 마친 뒤에 망루 위로 올라갔다.

이제 진짜 시작이구나!

난 숨을 한껏 들이마신 뒤에 목이 터지라 외쳤다.

"전군 출정하라!"

"와아아아!"

여수가 흔들릴 것 같은 환호성이 들린 후에 수군 기지에 정박해 있던 수십 척의 군함이 북과 징을 치며 바다로 나아갔다.

그리고 훈련도감 병사들도 대기하던 조운선에 올라탔다.

난 병사들을 보며 속으로 힘차게 외쳤다.

멀리서나마 무운을 비마!

반드시 승리해라!

그리고 살아서 돌아오라!

제주항 인근.

전라수사 곽순은 기함으로 사용하는 권준함의 선수에서 그가 지휘하는 전라 수영 함대를 망원경으로 천천히 순시하였다.

"흠, 다행히 말썽을 부리는 군함은 아직 없군."

전라 수영 함대는 이순신급 범선 세 척에, 장보고급 범선 다섯 척, 그리고 판옥선과 거북선, 사후선 등 구형 군함 50여 척으로 이루어져 있었다.

곽순은 망원경의 방향을 오른쪽 바다로 돌렸다.

그곳에선 경상수사 이태보가 지휘하는 경상 수영 함대가 같이 남진하고 있었다.

군함 구성은 경상 수영 함대도 전라 수영 함대와 거의 비슷했다.

곧 망원경에 경상수사 이태보의 옆모습이 흐릿하게 잡혔다.

이태보도 그처럼 경상 수영의 기함인 이억기함 함교에서 함대를 지휘하고 있었다.

양 수영의 기함명으로 쓰인 권준, 이억기는 이순신 장군이 총애하던 장수들이다.

곽순은 마지막으로 망원경의 방향을 왼쪽 바다로 옮겼다.

왼쪽에는 조선 수군의 총화와 같은 충청 수영 함대가 있었다.

군함의 수와 질 양쪽에서 충청 수영 함대는 다른 두 수영을 압도했다.

2차 범선 건조 계획에 의해 건조되어 진수까지 마친 여해함을 필두로 이순신급 군함 여섯 척, 장보고급 군함 열한 척에 구형 군함은 무려 80척에 달했다.

곽순의 망원경 방향이 신형 군함인 여해함 쪽으로 이동했다.

여해함은 조선의 군함 건조 기술이 집대성된 걸작으로 주 돛대와 보조 돛대를 포함해 다섯 개의 돛대가 있었다.

화력도 엄청났다.

신형 함포인 천둥을 80문 탑재해 이동하는 요새였다.

그러나 곽순의 부러움을 산 건 화력도, 많은 돛대도 아니었다.

바로 여해함이 지닌 방호력이다.

여해함은 강철로 선체 일부를 방호해 생존력을 크게 높였다.

지구전을 좋아하는 곽순에겐 그야말로 꼭 필요한 기함이다.

그렇다고 그가 충청수사 방오를 질투한다는 소리는 아니다.

방오는 곽순뿐만 아니라, 콧대 높은 이태보마저 인정하는 전술의 천재다.

특히, 함대 지휘에 엄청난 강점을 드러내 수십 척의 군함을 자기 수족처럼 부리는 걸로 통제영 내에 소문이 자자하다.

"뭐 함대가 마누라라면 각자 성격이 맞는 마누라가 다 따로 있는 법일 테지."

망원경을 내린 곽순은 한 척도 낙오시키지 않고 제주 근해까지 전 함대를 무사히 남진시켰다.

이런 꼼꼼함과 끈질긴 면모야말로 곽순의 장기라 할 수 있다.

제주 근해에 거의 도착했을 때.

뿌우우우웅!

충청 수영 함대 방향에서 뿔 나팔 소리가 울렸다.

곽순은 즉시 부관에게 지시했다.

"우리도 뿔 나팔을 불어 형제들의 무운을 빌어 줘라!"

"예, 제독!"

곧 전라 수영에서도 뿔 나팔 소리가 크게 울렸다.

그리고 마지막으로 경상 수영 함대에서도 뿔 나팔 소리가 들렸을 쯤엔 충청 수영 함대가 오른쪽으로 일제히 우회했다.

"흠, 언제 봐도 멋진 솜씨군."

다른 두 함대와 거리를 벌린 충청 수영 함대는 항적을 길게 남기며 점차 시야에서 멀어졌다.

거기서 다시 1시간쯤 더 항해했을 무렵.

뿌우우우우웅!

이번엔 경상 수영 함대 쪽에서 뿔 나팔 소리가 울렸다.

"뿔 나팔을 불어 경상 수영 형제들의 무운을 빌어 줘라!"

"예, 제독!"

전라 수영에서 뿔 나팔 소리가 울려 퍼진 직후에 경상 수영 함대가 전라 수영 함대와 거리를 벌리며 좌측으로 나아갔다.

곽순은 그 모습을 지켜보다가 지휘봉을 뽑아 정면을 가켰다.

"돛을 전부 올려라! 지금부터 정면 방향으로 전속 전진한다!"

"돛을 전부 올려라!"

"돛을 전부 올려라!"

복창 소리가 함대 전체에 메아리처럼 이어졌다.

그로부터 30분쯤 더 남하했을 때였다.

마침내 정씨 왕국 수군의 정찰선이 육안에 들어왔다.

곽순은 연달아 명령을 내렸다.

"총원 전투 배치!"

"총원 전투 배치!"

"각 포반 포격 준비!"

"각 포반 포격 준비!"

"거북선은 2열로!"

"거북선은 2열로!"

"나머지 함대는 횡진을 구성하라!"

"나머지 함대는 횡진을 구성하라!"

명령이 떨어지기 무섭게 거북선은 속도를 늦춰 뒤로 빠졌다.

그리고 나머지 함대는 각 군함의 속도와 상황에 맞게 일제히 선회하여 횡진, 즉 가로 형태의 긴 방어진을 구성했다.

도중에 판옥선 세 척과 장보고급 군함 한 척이 파도에 밀려 충돌하는 사고가 있었지만, 다행히 침몰까지 가진 않았다.

그 외엔 모두 순조로워 횡진 구성을 성공리에 마쳤다.

거기서 다시 30분쯤 기다렸을 때, 망원경으로 남쪽을 감시하던 기함 견시병이 외쳤다.

"남남동 방향에서 적 대형 함대 발견!"

곽순은 즉시 망원경으로 적 함대를 확인했다.

적어도 200척은 훌쩍 넘을 듯한 대함대다.

"용호군의 예측이 맞았군. 쥐새끼처럼 구석에 몰린 놈들이 함대 결전으로 한 방에 승부를 보려는 거야."

곽순은 함대의 모든 군함에 마지막 지시를 내렸다.

"지금부터 내가 하는 말을 모든 군함에 전달하라!"

"예, 제독!"

"우리 전라 수영은 조국의 바다를 지키는 난공불락의 성채다! 아무리 많은 적의 군함이 몰려와도 절대 물러서지 마라!"

곽순의 마지막 지시 사항은 각종 통신 수단을 이용해 전 함대에 퍼져 나갔다.

곽순은 군재 면에서 방오에 떨어진다.

그리고 이태보에 비해선 유연함이 떨어진다.

그러나 방어 면에선 그 누구보다 뛰어나다고 자신했다.

이런 곳은 그의 장기를 살릴 수 있는 최고의 장소다.

"옵니다!"

견시병의 경고가 없었어도 적이 온다는 것을 알 수 있었다.

처음엔 작은 섬 같던 적의 함대가 점점 커지더니 급기야 그들을 통째로 집어삼키려는 거대한 바다 괴물처럼 보였다.

코앞까지 접근한 적 함대가 총과 화살을 쏘며 거리를 좁혔다.

곽순은 침착하게 대응했다.

"아직이다! 기다려라!"

마침내 거리를 완전히 좁힌 적 함대가 대형 원을 그리며 선회하여 자기들도 횡진을 만든 뒤에 꼬리부터 타고 올라왔다.

그래도 곽순은 참았다.

"아직이다! 지금부터 함부로 화기를 쏜 자는 참수에 처한다!"

마침내 횡진을 구축한 적 함대가 먼저 포격을 개시했다.

쾅쾅쾅쾅쾅!

철환이 날아들 때마다 조선 수군이 비명을 지르며 나자빠졌다.

철환은 폭발하는 형태의 유탄이 아니지만, 무게와 날아가는 속도 때문에 사람 서너 명 정도 손쉽게 뭉개 버릴 수 있다.

결국 집중포화에 침몰하거나, 불길에 휩싸이는 군함이 생겼다.

그래도 곽순은 참았다.

악다문 이가 흔들렸다. 손에 쥔 지휘봉도 덜덜 떨렸다.

하지만 그래도 그는 끝까지 참았다.

참는 거야말로 그가 가장 잘하는 일이니까.

영겁 같던 시간이 지난 후에 마침내 적 함대의 선봉 함대가 전라 수영 함대가 구성한 횡진의 머리 꼭대기에 도달했다.

"전 함대 포격하라!"

"전 함대 포격하라!"

그 말이 떨어지기 무섭게 참고 참은 울분을 한 번에 토해 내듯 횡진을 구성하던 전라 수영 전 군함이 일제 포격을 가했다.

콰콰콰콰쾅!

화력 면에선 양측이 비슷했다.

적의 군함 수가 전라 수영 군함 수를 월등히 뛰어넘긴 하지만 적은 퍼져 있고 전라 수영은 한군데에 밀집해 있는 덕이다.

그러나 곧 차이가 드러났다. 전라 수영 군함엔 신형 함포인 천둥이 탑재되어 있기 때문이다.

천둥에는 유압실린더를 사용하는 주퇴복좌기가 설치되어 있어 함포를 발사한 후에 위치를 재조정할 필요가 전혀 없었다.

그리고 후장식 장전이라 전장식보다 훨씬 빨리 장전할 수 있었다.

이 차이가 전장에서 결정적인 격차를 만들었다.

적 함대가 두 번째 재장전한 함포를 발사할 때, 이미 전라 수영 함대는 다섯 번째 재장전한 함포를 발사하고 있었으니까.

콰콰콰콰쾅!

집중포화를 맞은 적 군함이 전파되어 나가떨어졌다.

그러나 균형은 맞춰도 전세를 뒤집지는 못했다.

적함 수가 워낙 많은 탓이다.

적도 이대로 함포전이 이어지면 승산이 없다고 느낀 듯했다.

바로 전술을 바꿔 백병전을 유도하기 시작했다.

곽순은 유연함이 장기는 아니지만, 이 정도는 대처할 수 있다.

"철환을 조란환으로 교체해 발포하라!"

가까이 붙은 적함이 전라 수영 함대에 사다리를 걸려는 순간, 조란환이 철의 장막을 펼쳐 적의 도선 병력을 찢어 버렸다.

그래도 적은 포기하지 않았다

기어코 아군 군함으로 기어올라 와 백병전을 유도했다.

곽순은 입술을 깨물었다.

"거북선을 내보내라!"

"예, 제독!"

2열에서 출진 명령만 기다리던 거북선 다섯 척이 일제히 횡진 사이를 뚫고 튀어 나가 적 함대 속으로 용감히 돌진했다.

적 함대가 급히 거북선을 막아서며 포위하려 들 때.

거북선은 숨겨 둔 좌우 양현 함포를 동시에 발포했다.

콰콰콰콰쾅!

접근한 적함 수척이 반파되어 가라앉거나 옆으로 기울었다.

그때부터 전투는 적아를 구분하기 힘든 난전으로 이어졌다.

적 함대는 곧 전라 수영 함대를 양단해 각개 격파하려 들었다.

반대로 곽순이 지휘하는 전라 수영 함대는 중앙의 종심을 더 두텁게 구축해 적 함대의 중앙 공격을 어떻게든 막아 냈다.

그렇게 1시간을 치열하게 싸웠을 때였다.

방어에 자신이 있는 곽순조차 버티기 힘들다고 느끼는 순간.

"아, 적 함대 뒤에서 경상 수영 함대가 나타났습니다!"

견시병의 외침에 곽순은 지휘봉으로 함교 난간을 내리쳤다.

"좋았어!"

이태보가 지휘하는 경상 수영 함대는 적 함대 후미를 기습했다.

전라 수영 함대가 적의 공격을 어떻게든 막아 내는 단단한 모루라면 경상 수영 함대는 타격을 가하는 망치 역할인 셈이다.

기습 공격에 놀란 적 함대는 함대를 반으로 갈라 경상 수영 함대가 전라 수영 함대와 합류하지 못하게 하는 데 집중했다.

그렇다고 적 함대가 전라 수영 함대를 그냥 둔 건 아니었다.

이번엔 아예 전라 수영 함대를 포위해 버린 상태에서 전멸시켜 버릴 생각인 듯 오히려 좌익과 우익을 북쪽으로 올렸다.

전라 수영 함대는 이에 대응해 방어하며 거리를 벌릴 생각이었지만 불행히도 때마침 뒤바람이 불어온 바람에 속도가 느려져 결국, 전진하던 적 함대의 좌익과 우익에 에워싸였다.

콰콰콰콰쾅!

적 함대의 포탄 세례에 전라 수영 함대의 피해가 크게 늘었다.

전라 수영 함대가 포위당한 모습을 본 이태보의 경상 수영 함대는 놀랍게도 반대로 선회하여 전장에서 도망치려 들었다.

경상 수영 함대가 전라 수영 함대를 버리고 도망치려 한다고 본 적 함대는 빠른 배들로 추격 함대를 꾸려 뒤를 쫓았다.

전라 수영 함대는 삼면을 포위당해 갇혀 있고 경상 수영 함대는 제풀에 놀라 도망치면서 조선 수군은 패배 직전에 놓였다.

그러나 적 함대의 수뇌부가 간과한 중요한 점이 하나 있었다.

적 함대는 반이 전라 수영 함대를 포위 공격하기 위해 북상하고 남은 반은 경상 수영 함대를 추격하느라 남진했단 점이다.

즉, 함대 간격이 벌어지며 적진에 커다란 구멍이 뚫린 셈이다.

그리고 그때 방오가 이끄는 충청 수영 함대가 나타났다.

방오는 충청 수영 함대를 지휘해 적진 가운데에 난 커다란 균열 안으로 들어가 앞과 뒤 양쪽으로 맹렬한 포격을 가했다.

그중에서도 여해함의 위력은 상상을 초월했다.

양현 합쳐 80문의 함포가 불을 뿜을 때마다 적함은 마치 바다 위에서 공중 분해되듯 박살 나 바닷속으로 가라앉았다.

전투는 날이 어두워질 때까지 계속되었다.

하지만 충청 수영 함대가 나타난 시점에서 이미 승패는 가려진 거나 마찬가지였다.

조선 수군은 정씨 왕국 수군을 투견처럼 끝까지 물고 늘어져 전멸에 가까운 타격을 입히는 데 성공했다.

정씨 왕국 수군에서 살아 돌아간 군함은 대여섯 척이 넘지 않을 정도였다.

말 그대로 그림으로 그린 듯한 완벽한 대승이다.

"와아아아아아!"

"이겼다아아!"

"조선 수군 천세, 상감마마 만만세!"

"만만세!"

청나라 황제가 들었으면 식겁할 소리가 좀 있긴 했지만 어쟀든 수군의 환호성은 해가 완전히 진 뒤에도 끊이지 않았다.

해전에서 조선 수군이 압도적인 승리를 거두는 동안.

제주항 서쪽에 상륙한 훈련도감 1진 총융청은 적의 산발적인 저항을 압도적인 화력으로 무력화시키며 거점을 구축했다.

당연히 제주항에 있던 정씨 왕국 육군은 총융청 병력을 몰아내기 위해 사력을 다했으나 총융청은 거점을 끝까지 지켰다.

덕분에 훈련도감 2진인 금위청과 3진인 장용청까지 무사히 상륙해 서쪽에서 동쪽에 있는 제주항으로 밀고 들어갔다.

거기다 제주항 남쪽에선 팔장사가 추룡군 유격 부대와 공조해 공격에 나섰고 착호군 요원은 적 지휘관을 찾아 암살했다.

정씨 왕국 병사들은 끝까지 저항했으나, 다음 날 아침, 마침내 훈련도감 3진인 장용청이 제주항 부두에 깃발을 꽂았다.

마침내 조선군이 전쟁에서 사실상 승리한 것이다.

134장. 물론, 혼자 가진 않았다.

난 팔짱을 끼고 앉아 있다가 진남관 문 쪽을 힐끔 보았다.

상선이 서서 꾸벅꾸벅 졸다가 눈을 번쩍 떴다.

내가 보는 걸 어떻게 알았지?

저 나이쯤 되면 감으로 알 수 있나?

입에 묻은 침을 쓱 닦은 상선이 물었다.

"차를 더 드시겠사옵니까?"

"지금 우린 전쟁 중이지 않소?"

"그렇사옵니다."

"근데 상선은 긴장도 안 되시오?"

"엄밀히 말하면 전쟁은 아니옵니다."

"그럼 우리가 지금 하는 건 대체 뭐란 말이오?"

"전투이옵니다."

"전투?"

"그렇사옵니다. 전쟁이라면 소관도 긴장해야 할 테지만 전투는 병사들이 하는 것인데 소관이 이 멀리 떨어진 진남관에서 초조하게 기다린다고 전투의 승패가 달라지겠사옵니까?"

"궤변 같지만, 일리가 아예 없진 않군."

"군주의 눈은 천하 곳곳을 살필 정도로 밝아야 하며 행동은 산처럼 의연해야 하는 법이옵니다. 의연하게 대처하시옵소서. 그래야 아랫것들도 의연하게 대처하는 법이옵니다."

"그렇군."

내가 고개를 끄덕일 때.

"저어언하아아아!"

소리를 지르며 경망스럽게 뛰어 들어온 왕두석이 부복했다.

"방금 들어온 급보에 의하면 우리 수군이 적의 수군과 싸워 대승을 거뒀다고 하옵니다! 또한, 육군은 제주에 무사히 상륙해 적의 본거지인 제주항을 거의 탈환했다고 하옵니다!"

"왜 이리 야단법석이야?"

"예?"

"매사에 의연하게 대처하란 말이다, 의연하게."

"황, 황송하옵니다."

난 고개를 돌려 상선에게 물었다.

"이러면 되는 거요?"

"뭐 비슷하긴 하옵니다."

어쨌든 승전보는 전해졌다.

난 좀 더 편한 마음으로 후속 보고를 기다렸다.

보고는 거의 매시간 올라왔다.

"제주항에서 포로 12,000명을 잡았사옵니다!"

"우리 측 사상자는 전사 800명, 부상 2,000명이라 하옵니다!"

"제주항 해전에서 이순신급 군함 1척, 장보고급 군함 3척, 판옥선 14척, 거북선 2척이 침몰했다고 하옵니다!"

"그에 반해 적 함대는 대형함 13척, 중형함 37척, 소형함 40여 척이 침몰했으며 나머지는 전부 노획했다고 하옵니다!"

"훈련도감 장용청이 적의 수뇌를 생포해 압송 중이라 하옵니다!"

"생포한 수뇌 중에는 정씨 왕국의 왕 정경도 있다고 하옵니다!"

며칠 후, 난 아예 제주로 건너갔다.

이번엔 상선도, 다른 장수들도 말리지 못했다.

전과 달리 이번엔 위험한 부담이 크지 않았으니까.

반쯤 부서진 제주목사 관아에 들러 이완과 이여발의 보고부터 받았다.

난 들으면서 궁금한 사안을 물었다.

"포로 12,000명 중에서 천연두에 걸리지 않은 숫자는 얼마나 되오?"

포로 관리를 맡은 이완이 대답했다.

"8,000명이옵니다."

"과인이 환궁할 때 4,000명을 데려가야겠소. 준비해 놓으시오."

"그럼 나머지 포로는 어찌하옵니까?"

"천연두 병자들은 제주항과 서귀포항을 확장하는 공사에 투입하시오. 그리고 남은 포로는 삼남에 있는 광산과 염전에 데려가 노역시키시오. 생사가 오갈 정도로 빡세게 일하다 보면 중화사상이 대가리에서 좀 빠지겠지."

"그리 조치하겠사옵니다."

"정경은 과인이 만나 봐야겠소."

"준비해 놓겠사옵니다."

"마지막으로 제주에 있는 모든 마을의 이장과 촌장을 찾아내 제주 관아로 전부 데려오시오."

이여발이 물었다.

"제주 백성을 위무하시려는 것이옵니까?"

"과인이 언제 또 제주에 오겠소. 건너온 김에 통제사 말처럼 위무도 하고 어찌들 살고 있나 형편도 좀 알아봐야겠소."

"바로 병사들을 풀겠사옵니다."

그날 밤, 정경이 처소로 끌려왔다.

"나 혼자 만나겠다."

왕두석과 홍귀남이 걱정하며 물었다.

"혹시 놈이 이상한 수라도 쓰면 위험하지 않겠사옵니까?"

"놈이 이상한 수를 쓸까 봐 나 혼자 만나겠단 거야."

"무, 무슨 뜻으로 하시는 말씀인지 모르겠사옵니다."

"괜찮단 뜻이니까 나가 봐."

"문밖에 있겠사옵니다. 낌새가 이상하면 바로 부르시옵소서."

"알았다."

모두 내보낸 뒤에 정경의 머리에 씌운 보자기를 벗겼다.

정경이 잡아먹을 것 같은 시선으로 날 보았다.

"열심히 노려봐라. 그런다고 니 처지가 바뀌나."

난 피식 웃곤 놈의 입에 물린 재갈을 풀었다.

"대만에 얌전히 처박혀 있지, 여기까진 왜 온 거냐?"

놈은 역시 왕족답게 북경어로 한 말을 바로 알아들었다.

"도발은 네놈이 먼저 하지 않았느냐?"

"도발? 아, 김석주 일행을 보낸 거?"

"감히 가오리 방쯔 주제에 첩자를 파견해 다두 왕국 편을
들어?"

"어, 내가 들은 건 다른데."

"뭐?"

"우리 애들은 널 찾아가다가 중간에 길을 잘못 들어 다두
왕국 병사들한테 붙잡힌 거였어. 근데 네 부하들이 호송 행렬
을 습격한 뒤에 우리 애들의 정체를 묻더니 다짜고짜 밧줄에
묶어 너한테 데려갔다던데."

"너나 네 부하, 둘 중 한쪽이 거짓말을 하는 게 분명하다!"

"네가 우리 애들을 돼지우리에 가둬 죽이려 했을 때, 수염이
사방으로 뻗친 이상한 놈이 너에게 서찰을 주려고 하지 않았어?"

"기, 기억나지 않는다."

"에이, 기억나는 거 같은데."

"난 모르는 일이다!"

"서찰을 주려니까 우리가 먼저 배신했다며 넌 받을 생각 자체를 안 했다던데. 혹시 그 배신한 게 국교 단절을 말하는 거냐?"

"난 모르는 일이다!"

"뭐 됐다."

난 시험 삼아 구운몽 스킬이 걸어 보았다.

구운몽! (SS)

상대가 지금 꿈을 꾸고 있는 것처럼 조작하여 정신적, 육체적 방어를 포기하게 만든다. 활용 방법이 무궁무진하다.

스킬 지속 시간: 1시간

스킬 재사용 대기시간: 2,000시간

근데 의외로 쉽게 스킬이 통했다. 이거 영 허접한 놈이구만.

구석에서 놀던 복창군도 먼저 확보한 게 정신계 방어 스킬인데. 정경의 몸이 아깝다, 이놈아.

구운몽 스킬을 이용해 취조해 본 결과, 별다른 성과는 없었다.

놈이 지독한 혐한이란 것과 대만과 중국의 통일이야말로 중화민족의 절대적 사명이란 생각이 강한 국민당의 열성 당원이란 것 정도다.

그리고 EHS에 대해서도 당연히 나보다 아는 게 훨씬 적었다.

난 어떻게든 조선을 살려 보겠다고 사방팔방으로 뛰어다닐 때 놈은 여자 섭렵에 더 공을 기울인 탓이다.

아, 그래도 한 가지 쓸 만한 정보는 얻었다.

지도를 자유롭게 사용하려면 국가 스탯에 '산업'이란 카테고리가 있어야 한다는 것이다.

그동안 지도를 제대로 사용할 수 없던 게 그 때문이구나. 이거 하난 고맙네.

난 눈이 완전히 풀린 놈을 지켜보다가 왕두석을 불렀다.

"자진 못 하게 확실히 감시해라. 환궁할 때 도성으로 데려가겠다. 혹시 모르니 감시 장치를 2중, 3중으로 설치해 놓고."

"예, 전하."

난 질질 끌려 나가는 놈을 보며 고개를 저었다.

마음 같아선 당장 이 자리에서 찢어 죽이고 싶었다.

이미 살인을 저지른 적 있어 놈을 죽이는 게 두렵지도 않다.

그리고 명분도 있었다. 놈의 중2병, 아니 유아기적 정신병 때문에 죽은 사람만 몇 명인가.

하지만 놈을 지금 죽여선 안 된다.

한순간의 분풀이보단 훨씬 중요한 곳에 쓰여야 한다.

놈은 일종의 꽃놀이패인 셈이지.

그로부터 며칠 후, 내가 전에 불러오라던 제주도의 촌장과 이장들이 도착했다.

제주도처럼 중앙 조정의 힘이 세세히 미치기 힘든 변방에서는 관리보다 촌장, 이장의 권력이 훨씬 강한 법이다.

즉, 이들을 잘 구슬리면 제주 백성의 민심을 한 번에 얻을 수 있단 뜻이지.

물론, 지금도 제주 백성의 민심은 아주 훌륭했다.

임금인 내가 직접 전쟁을 지휘해 제주 백성을 해방했으니까.

하지만 난 그보다 한 단계 더 높은 수준을 원한다.

그리고 그러기 위한 준비도 이미 모두 마친 상태다.

백성을 상대로 쇼를 하는 게 좀 뭐하긴 하지만, 어차피 나도 민심을 얻어야 하는 일종의 정치인 아닌가. 필요하다면 해야지.

제주 돼지를 수십 마리 잡아 큰 잔치를 연 뒤에 촌장과 이장을 불러 실컷 먹고 마시게 했다.

그들이 오랜만에 배불리 먹어 기분이 좋아진 걸 확인하고 나선 이번 전쟁을 승리로 이끈 수훈자를 모아 포상에 들어갔다.

포상자는 대부분 현장에서 직접 활동한 인원이다.

물론 지휘관이나 상관이 지휘를 잘해서 그들이 그런 활약을 할 수 있었을 테지만, 그렇게 하면 계급이 높은 자에게만 훈장과 포상이 집중되는 상황이 생긴다.

북한 장성들이 훈장으로 방탄조끼를 만드는 거랑 비슷하게 되는 거지.

육군과 수군에서 지휘관의 추천을 받아 선정된 초급 장교와 병사 일곱 명에게 3급 훈장을 수여한 뒤에 용호군으로 넘어갔다.

먼저 체구는 작지만, 몸이 단단해 보이는 청년에게 물었다.

"이름이 뭔가?"

"용호군 착호군 소속 요원 고겸이라 하옵니다!"

"자네가 정경의 오른팔을 암살한 덕분에 전쟁을 수월하게 이끌어 갈 수 있었다고 들었다. 이에 3급 훈장을 수여한다!"

"성은이 망극하옵니다!"

고겸에게 훈장을 수여한 뒤에 팔장사 대표로 나온 청년에게 물었다.

"자넨 낯이 익군. 이름이 조지웅이었던가?"

"소관의 이름을 기억하실 거라곤 꿈에도 몰랐사옵니다!"

"과인은 언제나 인재를 아끼고 좋아하지."

"황공하옵니다!"

"자네가 적장을 잡는 큰 활약을 펼쳐 어려움을 겪던 제주 백성을 도왔다고 들었네. 이에 똑같이 3급 훈장을 수여하네!"

"성은이 망극하옵니다!"

조지웅에 이어 시상식에 참여한 다른 이들과 달리 조금 주눅 든 표정으로 서 있는 젊은 청년과 중년 여인에게 걸어갔다.

먼저 젊은 청년에게 물었다.

"이름이 무엇인가?"

"부자헌이옵니다."

"용호군의 유격 부대에 들어가서 자기 목숨을 돌보지 않고 적과 싸워 몇 차례나 큰 공을 세웠다고 들었네."

"마, 마땅히 해야 할 일을 했을 뿐이옵니다."

"이 세상에 자신의 목숨까지 걸어 가며 마땅히 해야 할 일이란 건 없네. 그건 자네가 보여 준 고결한 용기를 스스로 폄

훼하는 말인 게야."

"송, 송구, 아니 황송하옵니다!"

"여하튼 고생 많았네. 그리고 자네가 보여 준 용기에 보답하기 위해 2급 훈장을 수여하겠네."

2급 훈장이란 말에 주변이 술렁거렸다.

지금까지 군은 물론이거니와 용호군, 팔장사에도 2급 훈장을 받은 이가 없던 탓이다.

근데 2급 훈장을 처음으로 제주의 일반 백성이 받게 된 거다.

당연히 제주 이장과 촌장들은 엄청나게 감격해했다.

심지어 나에게 절을 하거나, 너무 기뻐서 아이처럼 우는 노인도 있었다.

"소원이 있으면 말해 보게."

"소, 소인도 용호군에 들어가고 싶사옵니다."

"자네 뭘 잘못 알고 있군."

"소, 소인이 주제넘었사옵니다. 용, 용서해 주시옵소서."

"아, 이 또한 오해한 듯하군. 과인의 말은 자네 같은 인재는 오히려 용호군에서 먼저 모셔 가는 게 더 맞는 거란 뜻이었네."

난 고개를 돌려 같이 제주로 넘어온 강대산에게 물었다.

"강 대장도 그렇게 생각하지?"

"여부가 있겠사옵니까."

"좋아. 이 문젠 그렇게 하면 되겠군."

감격해하는 부자헌의 어깨를 두드려 준 뒤에 중년 여인에게 물었다.

"추룡군 아진 요원에게 자네 얘기를 들었네. 자네가 적에게 잡혀 고초를 겪을 수 있는 위험한 상황에서도 용기를 내어 아진을 도와준 덕에 그녀가 무사히 적진에 잠입해 과인이 개인적으로 아끼는 이들을 구할 수 있었다더군. 그에 대한 보답으로 3급 훈장을 수여하겠네."

감격한 중년 여인은 큰절을 올린 뒤에 훈장을 받았다.

난 부자헌과 중년 여인을 양쪽에 세운 뒤에 이장과 촌장들에게 말했다.

"과인의 마음은 아프기 그지없다! 우리가 비록 전쟁에서 압도적으로 승리했으나 그동안 제주 백성은 사랑하는 사람을 잃기도 했고 평생 모은 재산을 적에게 강탈당하기도 했기 때문이다! 또한, 전쟁으로 무너진 제주를 재건하는 데 적지 않은 시간과 재원이 필요할 것이다! 하여 과인은 이 나라 조선의 군주 자격으로 너희의 아픔을 조금이라도 치유하기 위해 앞으로 10년 동안 공납을 전부 면제해 주겠다!"

내 말이 끝나기 무섭게 참석한 이장과 촌장뿐만 아니라, 구경하기 위해 나온 많은 백성이 눈물을 흘리면서 바닥에 꿇어 엎드려 큰절을 올렸다.

제주 백성에게 공납은 공포 그 자체다.

외따로 떨어진 섬이라는 요건과 이곳에서만 구할 수 있는 진귀한 진상품이 많이 나는 탓에 공납의 폐해가 극심했다.

더군다나 대동법 시행의 예외 지역으로 분류되었으며, 약 200년에 가까운 시간 동안 외부로 나가는 것조차 금지되기까지 했다.

그로 인해 죽는 백성은 부지기수고 착취를 견디다 못해 뭍으로 달아나는 백성은 그보다 더 많다.

그런 공포 그 자체인 공납을 무려 10년이나 면제해 주겠다고 한 거다.

제주 백성의 눈엔 내가 아마 구세주처럼 보일 거다.

제주 백성의 민심을 확실히 얻은 뒤에 도성으로 환궁했다.

물론, 혼자 가진 않았다.

나에겐 포로란 전리품이 있었으니까.

이제 본격적인 개혁의 첫발을 내디딜 때가 온 거다.

135장. 원수가 될 수밖에 없다면 그렇게 해야지!

통제사 이여발에게 수습을 맡겨 놓고서 나는 이완의 훈련 도감 병력과 도성으로 천천히 상경했다.

뭐 육로가 워낙 개판이라 천천히 갈 수밖에 없었다.

그리고 천천히 갈 수밖에 없는 또 다른 이유는 포로 4,000명을 같이 데려가기 때문이다.

밧줄에 묶여 걷는 포로의 걸음에 맞추다 보니 전체적인 행렬 속도도 같이 느려질 수밖에 없었다.

물론, 포로 전원이 도보로 이동하진 않았다.

재갈을 물린 정경은 사방이 드러난 죄수 마차에 실어 가장 잘 보이는 곳에 배치했다.

그리고 혹시 백성들이 몰라볼까 봐 한글과 한문으로 '대 정씨 왕국의 왕 정경'이라 적힌 플래카드도 친절하게 붙여 놓았다.

　굳이 대 정씨 왕국의 왕이란 말로 정경을 추켜세워 준 이유는 그 대단한 왕을 포로로 잡아가는 사람이 나임을 은연중에 암시하기 위해서다.

　이를테면 이런 거다.

　NBA 신인급 선수가 플레이오프 원정에서 63점을 넘는 대활약을 펼쳤다.

　경기 후 상대팀의 베테랑 스타가 '마치 농구의 신이 강림한 거 같았다'라며 립서비스를 해 줬고.

　이렇게만 놓고 보면 신인이 엄청난 퍼포먼스를 보여 소속팀을 승리로 이끌었다 여기기에 충분하지만.

　실상 경기 결과는 홈 팀의 승리.

　결국 원정 팀 선수를 농구의 신이라며 떠받들어 줌으로써 자신의 팀은 그런 신마저 이겨 버린 엄청난 강팀임을 돌려 말한 것이나 마찬가지다.

　이런 의도가 잘 먹혀들었는지 남원, 전주 같은 큰 고을 지날 때마다 근방에 사는 백성들이 전부 몰려나와 나에겐 앞다투어 절을 올렸다.

　한편으론 죄수 마차에 갇혀 끌려가는 정경에게는 손가락질하거나 침을 뱉었다.

　물론, 돌은 못 던지게 막았다.

　정경이 여기서 죽어 버리면 곤란하니까.

전라도를 지나 충청도, 그리고 경기도에 이르렀을 때도 구경하기 위해 나온 백성이 인산인해를 이루었다.

그런 백성들의 머릿속엔 내 인상이 강하게 남을 수밖에 없었다. 지금 내 모습은 조선 역사에서 거의 찾아보기 힘든 강력한 군주의 모습 그 자체니까.

조선군은 정묘, 병자년에 굴욕스러운 패배를 연달아 겪었다.

그리고 임진왜란은 외세의 힘을 빌려 간신히 패배를 면한 수준이다.

근데 난 외세의 도움 없이 승리했을 뿐 아니라, 적의 포로 4,000명을 붙잡아 도성으로 끌고 가는 모습까지 보여 주었다.

인기가 치솟지 않으면 그게 더 이상한 상황이겠지.

백성의 그런 인기는 나에게 엄청난 힘을 부여할 거다.

굳이 육로로 고생해 가며 올라가는 이유도 그 때문이고.

마침내 몇 달 만에 도성을 다시 보게 되었다.

예상대로 도성 남문은 북새통을 이루고 있었다.

조정 대소 신료 수백에 대궐에서 나온 금군, 내관, 궁녀만 더해도 많은데 구경하기 위해 온 도성 백성 수만 명까지 더해져 발 디딜 틈이 없었다.

난 한껏 우쭐한 표정으로 대소 신료 앞으로 나아가 하례를 받았다. 이경석이 가장 앞에서 큰절을 올린 뒤에 목청 높여 외쳤다.

"대승을 경하드리옵니다, 전하!"

"경하드리옵니다!"

"경하드리옵니다!"

수만 명이 일제히 엎드려 외치는 소리가 웅웅 울리며 남산까지 퍼져 나갔다.

난 고개를 끄덕인 뒤에 답례했다.

"과인이 이번 전쟁에서 대승을 거둘 수 있었던 이유는 대소 신료가 힘을 합쳐 자기 일처럼 국사를 돌보았기 때문이오!"

"성은이 망극하옵니다!"

"망극하옵니다!"

"망극하옵니다!"

난 손을 들어 제지한 뒤에 말을 이어 갔다.

"앞으로 사흘 동안, 과인은 이번 대승을 경축하는 의미에서 도성에 큰 잔치를 베풀 생각이오! 그동안 전쟁을 위해 비축한 쌀과 고기와 술을 도성 백성에게 대거 풀도록 하시오!"

내 말이 끝나기 무섭게 도성 백성이 환호성을 질렀다.

도성 백성의 인심을 얻은 뒤에 정경과 포로를 앞세워 창덕궁까지 이동했다.

그리고 정경과 포로 4,000명은 의금부, 형조, 포도청 등 도성에 있는 주요 감옥에 나눠 하옥하게 하였다.

창덕궁에 도착해선 바로 윗전에 달려가 사죄했다.

"그동안 문안 인사를 올리지 못해 송구한 마음뿐입니다."

대왕대비가 얼른 다가앉아 내 손을 꼭 쥐었다.

"큰일을 하느라 그런 건데 어찌 우리 늙은이들이 주상을 탓할 수 있겠소. 아무튼 몸 건강히 돌아와 주어 정말 다행이오."

난 코끝이 시큰했다.

역시 할머니는 내가 전쟁에서 이긴 것보다 무사히 돌아온 게 더 기쁜 모양이구나.

왕대비도 대왕대비 반대편에 앉아 내 팔을 쓰다듬었다.

"이 어미도 대왕대비마마와 같은 생각입니다. 고생은 주상이 했는데 대궐에서 호의호식한 우리가 어찌 주상을 탓할 수 있겠습니까. 다만, 앞으론 그런 위험한 장소엔 가지 않았으면 하는 게 이 어미의 소원일 뿐입니다."

대왕대비가 웃으면서 말했다.

"왕대비가 호의호식했다고 말은 하지만 실상은 전혀 그렇지 않았다오. 전장에 있는 주상이 염려된다고 매일 밤 소복만 입은 몸으로 정한수를 떠 놓고 천지신명께 기도드렸으니까."

난 얼른 말했다.

"앞으론 절대 하지 마십시오. 어마마마께서 소자로 인해 병을 얻으신다면 세상에 그보다 중한 불효가 어디 있겠습니까."

"주상 말대로 하겠습니다. 노여움을 푸시지요."

"예, 어마마마."

윗전에서 점심까지 먹은 뒤에 대전을 나오며 제조상궁을 불렀다.

"지금부터 어마마마께서 정한수를 떠 놓고 비시는 꼴을 과인이 보게 되면 그땐 그대를 엄히 문책할 것이오. 알아들었소?"

"명, 명심하겠사옵니다."

제조상궁에게 경고한 뒤에 대조전으로 향했다.

내가 괜히 제조상궁에게 뭐라 한 게 아니다.

실제로 이와 비슷한 일이 대궐에서 벌어졌었다.

숙종이 병에 걸려 누웠을 때, 숙종의 모후 명성왕후가 아들
이 나으려면 굿을 해야 한단 무당 말에 속아 실제로 한겨울에
굿을 하다가 물벼락을 뒤집어쓰고 독감에 걸려 죽었으니까.

대조전에 도착하니 중전이 벌써 계단 앞까지 마중 나와 있
었다.

역시 우리 마누란 언제 봐도 이쁘단 말이야.

더구나 오랜만에 봐서 그런지 얼굴에 광이 나네, 광이 나.

흠흠, 가슴도 전보다 커진 거 같고.

근데 펑퍼짐한 저고리와 치마에 가려 있어 잘 드러나지 않
긴 하지만 배가 약간 나와 있었다.

정말 임신했구나.

난 달려가서 중전을 와락 끌어안았다.

중전은 주변에 궁인들이 많이 있어 약간 당황한 기색이긴
했지만, 남편을 오랜만에 봐서 그런지 날 떼어 내진 않았다.

난 그리웠던 중전의 살냄새를 한껏 즐긴 뒤에 그녀를 놓아
주었다.

잠시 후, 대조전 안으로 자리를 옮기고 나서 물었다.

"산달이 언제라 하오?"

"내년 여름이라 합니다."

"과인이 없는 동안, 중전 혼자 애쓰느라 고생이 많았소."

"고생이야 전하께서 하셨지요."

"아무튼 이제 과인도 돌아왔으니 걱정하지 마시오."

중전에게 그동안 못한 서비스를 해 주는 김에 아예 며칠 쉬면서 여독을 풀었다.

그사이, 도성에서는 대승을 축하하는 잔치가 열려 시끌벅적했다. 비용은 꽤 들었지만, 인심을 얻는 대가라 생각하고 바로 잊었다.

전쟁에서 압승을 거둔 승리자의 이미지에 백성의 고단한 삶까지 신경 쓰는 인덕 있는 군주의 이미지가 더해졌으니 여론조사를 하면 내 지지율은 아마 90퍼센트쯤 나올 거다.

그리고 90퍼센트면 개혁 드라이브를 걸기에 충분한 숫자다.

대조전에서 푹 쉰 뒤에 희정당으로 처소를 옮겼다.

복창군 사건 때, 전소된 희정당의 재건이 막 끝났기 때문이다.

난 만대 부장과 왕눈이란 별명으로 불리는 왕자준 대목수의 설명을 들으며 희정당 밖을 한 바퀴 돌아보았다.

21세기에 조선 시대 전각을 복원하는 일은 쉽지 않다.

자세한 설계도가 없어 화공이 그린 그림을 보고 복원하는 정도인데 그림만 봐선 알 수 있는 부분에 한계가 존재한다.

그러나 지금은 다르다. 희정당을 자기 몸처럼 잘 아는 대목수가 많아 외관은 전과 100퍼센트 똑같았다.

"외관은 완벽하군."

만대와 왕눈이가 동시에 머리를 조아렸다.

"황공하옵니다."

"하지만 외관만큼이나 내부도 중요하지."

"맞, 맞는 말씀이시옵니다."

난 희정당 안으로 들어가 회의하는 데 쓸 회의실부터 둘러보았다.

우선 내가 주문한 테이블과 의자가 가장 먼저 눈에 들어왔다.

아주 튼튼하게 잘 만들었네.

10인용 테이블 뒤에는 왕의 위엄을 상징하는 화려한 병풍이 있어 조선 버전 2.0을 실행하는 장소로 쓰기에 딱 알맞았다.

이어 내 개인 공간으로 들어갔다.

개인 공간은 침실과 서재로 나뉘어 있었는데 침실엔 특별히 조선에서 처음으로 매트리스가 들어간 침대를 들여놓았다.

침대에 앉아 쿠션감을 확인했다.

용수철 기술이 나날이 발전하는구만.

역시 기술은 경험이 쌓이면 어느 순간 무섭게 발전한다.

용수철도 마찬가지다. 처음엔 보라매에 쓰는 용수철조차 조악하기 짝이 없었는데 지금은 매트리스에 용수철을 넣을 정도로 기술이 올라왔다.

이어 서재로 옮겨 갔다.

서재에는 원목을 깎아 만든 고급 책상과 쿠션이 있는 의자, 그리고 책을 꽂기 위해 만든 책장과 장식장 등이 있었다.

난 책상을 받치는 다리 쪽을 유심히 보았다.

처음에는 그냥 평범한 다리인 줄 알았다. 근데 유심히 보니 다리를 용 형태로 조각한 엄청난 작품이다.

조선 소목장의 기술이 대단하긴 하네.

내가 지금까지 살펴본 가구들은 평범한 가정에서도 만들 수 있는 것들이다. 하지만 그 디테일에서는 차이가 엄청났다.

조선 최고의 손재주를 가진 소목장이 몇 달 동안 밤낮을 잊어 가며 최고의 재료로 공들여 제작한 가구다.

말 그대로 가구가 아니라, 하나의 작품이다.

마지막으로 화장실과 욕실을 확인했다.

사실 이게 가장 중요하지.

똥 싸러 관우정에 가는 일도 이젠 지겨우니까.

욕실은 욕조와 세면대로 이루어져 있었다.

먼저 수도꼭지부터 틀어 보았다.

물이 둘 다 아주 잘 나왔다.

"잘했네."

"황공하옵니다."

이어 화장실에 가서 변기와 비데도 확인했다.

수압이 빵빵한 게 마음에 들었다.

"만 부장은 어째 갈수록 실력이 팍팍 느는 거 같구만."

"여기 왕눈이, 아니 왕자준 대목수의 도움이 아주 컸사옵니다."

"그래?"

왕눈이가 바로 고개를 조아렸다.

"소인은 그저 만 부장의 지시를 이행했을 뿐이옵니다."

"세상엔 그 지시를 제대로 이행 못 하는 놈들도 많으니까 자부심을 가져."

"성은이 망극하옵니다."

난 그동안 희정당을 짓느라 고생한 대목수와 소목수, 그리고 일꾼들에게 상을 후하게 내렸다.

그리고 만대와 왕눈이를 따로 불러 지시했다.

"과인은 서유럽회사에 건설 사업부와 건축 사업부를 만들 생각이다. 만대는 시계 사업부를 그로트에게 넘기고 건축 사업부 부장으로 이동해라. 그리고 왕눈이는 건설 사업부 부장을 맡아라. 거기서 무슨 일을 할 건진 과인이 곧 알려 줄 거다."

어리둥절해하는 그들을 내보낸 뒤에 조정 조회에 참석했다.

"먼저 조회에 들어가기에 앞서 과인이 자리를 비운 동안, 조정을 잘 이끌어 준 의정부 삼정승의 노고를 위로하는 바이오."

"성은이 망극하옵니다!"

"이제 이번 전쟁의 후속 조치를 단행하겠소. 앞으로 나흘 후에 종묘사직에 이번 전쟁의 성과를 보고하고 나서 정경을 참수형에 처할 것이오!"

이조판서 송준길이 즉시 반발했다.

"전하, 아뢰옵기 송구하오나 아무리 적이라 해도 명나라를 위해 불철주야 싸워 온 나라의 왕이 아니옵니까! 또한, 예로부터 적의 왕은 죽이지 않는 게 학문을 배운 선비들 사이의 예법이었사옵니다! 한데 이처럼 가혹한 수단을 쓰시니 신은 황망함을 감출 수 없사옵니다!"

이번엔 대제학 윤휴가 나섰다.

"전하, 적의 왕을 죽이면 그 원한이 골수에 미치는 법이옵

125

니다! 비록 정씨 왕국이 조선과 멀리 떨어져 있다곤 하나 어찌 다른 나라의 왕을 죽여 그 나라 전체와 원한을 쌓으려 하시옵니까!"

난 옥좌를 탕 치며 일어났다.

"그런 꼴통 유생이나 할 법한 소릴 한 나라의 장관이란 자가 감히 임금 앞에서 씨부리니까 주변 나라들이 우리 조선을 업신여기는 거 아니오! 정치를 개떡같이 해서 정묘, 병자년에 백성들을 그리 많이 죽여 놓고도 아직도 명나라, 명나라 주워삼키다니 그대들은 대체 어느 나라의 신하요? 조선이요? 명나라요? 아니면 그대들이 물고 빠는 그 유학자의 나라 송나라요? 입이 있으면 대답을 해 보시란 말이오!"

이어 윤휴를 노려보며 소리쳤다.

"원수가 될 수밖에 없다면 그렇게 해야지! 저놈들이 죽인 제주 백성이 몇 명인데 그깟 복수가 무서워 계집애처럼 애써 잡은 적의 왕을 놓아 보내잔 거요? 대제학처럼 현실은 조금도 모르면서 그저 자기만 아는 좁은 세상에 갇혀 그 기준으로 판단하니까 다른 나라가 우릴 호구로 여기는 거 아니오!"

송준길과 윤휴가 동시에 당황해 어쩔 줄 몰라 할 때 얼른 이경석이 나서서 상황을 수습했다.

"진노를 가라앉히시옵소서. 옥체가 상하실까 두렵사옵니다!"

"이번 일은 영의정이 책임지고 처리하시오!"

"알겠사옵니다."

"그리고 이번에 잡아 온 포로는 전부 한강 이북에 있는 광산으로 보내 노역시키시오. 그쪽에 일손이 부족하다는데 포로들을 보내면 어느 정도 숨통이 트이겠지. 이 일은 좌의정이 전부 맡아서 끝까지 완벽하게 처리하시오!"

조경이 바로 나와 머리를 조아렸다.

"어명을 받드옵니다."

난 고개도 들지 못하고 있는 대신들을 한 차례 쏘아본 뒤에 퇴청했다.

이 정도 겁을 줘 놨으면 당분간 찍소리도 못 하겠지.

이제 이 기세를 살려 초대형 프로젝트를 시작하자.

정확히 사흘 후, 난 대례복을 입고 사직단과 종묘를 연달아
찾아 제를 올렸다.

그리고 예고한 대로 정경의 참수형을 직접 지켜보았다.

장이위안 플레이어 사망!
남은 수명: 2,345일
패시브 스킬: 해적의 혈통
액티브 스킬: 카사노바의 재림

수명은 6년쯤 되는 건가?

마지막까지 안 쓴 걸 보면 내가 자길 살려 줄 거로 본 건가?

아니면 써도 살아나기 어렵다고 판단해서?

어쨌든 수명 6년이면 괜찮네.

이번 전쟁에 들어간 내 수명에 비하면 새 발의 피지만.

물론 그보단 스킬이 훨씬 중요하지.

우선 해적의 혈통부터 까 보자.

해적의 혈통! (SSS)

정씨 왕국은 정지룡, 정성공 부자에 의해 동아시아 최강의 해상 세력을 구축할 수 있었다.

※유저가 보유한 선단이나 함대에도 적용된다.

약탈 레벨: 2

교역 레벨: 1

해전 레벨: 3

오오오! 엄청 좋네.

특히, 원거리 서포트가 된다는 게 찌는구나.

그 즉시 스킬 하나를 해적의 혈통으로 교체했다.

이렇게 하면 앞으로 바다에서는 두려울 게 없어진다.

난 스킬을 좀 더 자세히 연구했다.

흠, 정경도 이 스킬을 믿고 원정하러 온 모양이군.

해전 레벨이 3이면 웬만한 해상 세력은 충분히 꺾을 테니까.

거기다 정성공이 남긴 막강한 함대까지 있었고.

하지만 우리 수군에도 만만치 않은 명장들이 있단 점을 간과한 모양이군. 특히, 이순신 장군님이 우리 수군을 도와주시는데 제깟 놈들이 뛰어 봤자 벼룩이지.

이어 이름부터 묘한 카사노바의 재림을 확인했다.

카사노바의 재림! (SS)
여인을 유혹하기 쉬워진다.
매력 레벨: 5
정력 레벨: 5

이 미친 새끼! 하라는 정치는 안 하고 여자 뒤꽁무니만 졸졸 쫓아다녔구만.

그래도 한 가지는 마음에 드네. 정력 레벨 5. 뭐 내가 그렇다고 정력이 딸리는 건 아니지만 다다익선 아닌가.

아무튼 정경이 죽은 후에 포로 4,000명은 엄중한 감시를 받으며 평안도와 함경도의 광산으로 이동해 노역을 시작했다.

급한 일을 처리하고 나선 개인적인 일을 처리했다.

먼저 호버트 부자를 마츠에 교역선에 태워 왜국으로 보냈다.

애초에 본격적인 범선 건조가 끝나면 보내 주기로 약속했기 때문에 여해함 진수식을 마친 뒤에 보내 줄 계획이었는데 전쟁이 터지는 바람에 지금까지 미뤄졌었다.

물론, 그냥 보내진 않았다.

호버트 부자가 왜국 막부와 네덜란드 동인도회사에 우리

사정을 낱낱이 고해바칠 가능성이 아주 커서 버프를 걸었다.

흰 양귀비의 향기! (S)

흰 양귀비는 망각이란 꽃말을 가지고 있다. 이 스킬을 사용하면 상대의 기억 중에서 원하는 부분을 골라 지울 수 있다.

스킬 지속 시간: 1시간

스킬 재사용 대기시간: 1,000시간

이 버프는 기억을 원하는 만큼 지울 수 있어 아주 편했다.

난 버프로 그들의 기억을 어느 정도 지운 뒤에 귀국을 허락했다. 그리고 나선 개인 정비 시간을 가졌다.

그동안은 일이 바빠 그럴 틈이 없었다.

먼저 그동안 클리어한 퀘스트부터 확인했다.

서브 퀘스트 41

유공자를 우대하라!

-국가가 유공자를 우대하지 않는다면 앞으로 누가 나라를 위해 희생하겠습니까. 유공자를 우대해 나라를 위해 희생하면 반드시 그 보답을 받는다는 전통을 만들어 유지하십시오.

클리어 유무: 클리어

보상: 룰렛 1회 추첨권

서브 퀘스트 42

당신은 전문가가 아니다!

-당신은 전문가가 아닙니다. 물론, 큰 틀은 잡아 줄 수 있지만 현장은 그 분야의 전문가에게 맡기십시오. 잘 모르는 분야에 너무 세세하게 간섭하다 보면 현장에 문제가 생길 뿐 아니라, 조직을 경직시킬 위험이 있습니다.

클리어 유무: 클리어

보상: 룰렛 1회 추첨권

서브 퀘스트 43

백성의 인심을 얻어라!

-당신도 어떻게 보면 정치가라 할 수 있습니다. 백성의 인심을 얻어 국정 동력을 상실하는 일이 없게 하십시오. 그렇다고 지지율을 높이기 위해 포퓰리즘에 입각한 정책만 펴선 안 됩니다. 현명한 군주라면 그 경계를 잘 알아야 합니다.

클리어 유무: 클리어

보상: 룰렛 1회 추첨권

유공자 우대는 아마 이순신 장군 가문의 종부를 여해함 진수식에 초청한 일을 말하는 거 같다.

나도 이건 백 퍼센트 동의하는 바다.

그래서 이번에도 전사자와 몸이 다친 병사들, 그리고 그들의 가족에게 국가가 할 수 있는 최고의 대우를 해 주기로 했다.

실제로 이미 호조와 병조에서 유공자 보상 방안을 계획 중이다.

두 번째 퀘스트가 주는 교훈도 내 생각과 일치한다.

히틀러가 딱 그 꼴이지. 말도 안 되는 인종주의에 빠져 당시 세계 최강의 군대에 일일이 간섭하다가 동부 전선에서 군을 완전히 말아먹었으니까.

세 번째 퀘스트야 뭐 당연한 얘기고.

전쟁 중에 클리어한 퀘스트는 이 세 개가 다가 아니었다.

히든 퀘스트 5

다른 플레이어와 벌인 전쟁에서 승리하라!

-유저가 게임에서 활동하는 다른 플레이어와 벌인 전쟁에서 승리할 경우, 막대한 전리품과 명성을 얻을 수 있습니다.

클리어 유무: 클리어

보상: 초회 클리어 보상으로 특별히 룰렛 1회 지정 추첨 가능

역시 초회 클리어 보상으로 룰렛 지정 추첨권이 나왔다.

즉, 언제든 룰렛을 돌려 EX를 뽑을 수 있단 뜻이다.

물론, 추첨은 룰렛 추첨권을 좀 더 얻은 뒤로 미뤄 둘 예정이다.

좀 더 정확히 말하면 이번엔 EX를 세 개 뽑아 해 볼 생각이다.

그럼 전에 만든 24배보다 더 큰 뺑튀기가 가능해질 테니까.

퀘스트 정비를 마치고 나선 개인 스탯을 확인했다.

이연 (+453,409)

레벨: 6

무력: 64 지력: 75 체력: 65 매력: 72 행운: 78

요약해 보면 수명은 10만 일 가까이 줄었다.

전쟁한다고 엄청나게 질렀으니 어쩔 수 없지.

그나마 다행인 건 스탯이 고루 올라 마침내 6레벨에 도달했다는 점이다.

물론, 6레벨로 업할 때 새로운 스킬도 하나 떴다.

오래 산다! (SS)

고구려 장수왕은 97세라는 당시로선 말도 안 될 정도로 장수한 왕이다. 물론, 단순히 오래 살기만 한 것도 아니다. 아버지 광개토대왕이 벌인 정복 사업의 부작용을 치유하면서 본인 또한 정복 군주가 되어 고구려의 남진을 끝내 성공시켰다. 말 그대로 내치, 외정 능력을 모두 갖춘 왕으로 고구려를 동아시아 강국으로 만드는 데 주도적인 역할을 하였다.

지력 보너스: 10

무력 보너스: 10

수명 보너스: 36,500일

좋은 스킬이다.

다만 내가 아닌 다른 이에게 좋은 스킬이란 게 문제다.

나야 수명이 급한 쪽은 아니니까.

조선 (+135,626)
레벨: 3
정치: 55 행정: 51 경제: 49 재정: 44 국방: 71 외교: 41 교
육: 41 문화: 48 복지: 32

마지막으로 살펴본 국가 스탯도 교역과 전쟁을 거치며 마
침내 3레벨을 돌파했다.

복지에만 조금 더 투자하면 바로 4레벨로 올라설 스탯이다.

특히 국방 스탯의 엄청난 상승이 눈에 띈다.

뭐 육군, 수군, 팔장사 가릴 거 없이 전부 최고 수준이니까.

다만, 병력이 다른 강대국에 비해 적단 게 아쉽지만 이건
어쩔 수 없는 부분이다. 애초에 인구가 적으니까.

대신, 병력을 첨단화하는 쪽으로 진행하면 되겠지.

국가 스탯이 3레벨로 올라갈 때, 다른 스킬이 뜨는 대신에
기존 스킬인 역동의 표상 레벨이 하나 오르는 데서 그쳤다.

아마 5레벨쯤 돼야 두 번째 스킬이 뜰 거 같군.

국가 스킬이 개인 스킬처럼 다양하긴 힘들 테니까.

개인 정비를 마친 뒤에는 오랫동안 미뤄 둔 일을 처리했
다. 바로 북방 시찰이다.

중전이 임신 중인 건 좀 걸리지만 너무 오래 미뤄 둔 일이
라 대형 프로젝트를 진행하기 전에 후딱 다녀올 계획이다.

먼저 제물포로 이동해 거기서 배를 탄 뒤에 황해도 연안을 따라 올라갔다.

그리고 남포에서 배를 갈아타고 평양으로 들어간 뒤에 평안감사를 만나 간단한 브리핑을 받았다.

강원도도 그렇지만 평안도와 함경도도 구황작물을 본격적으로 재배하면서 백성의 생활 수준이 몰라보게 달라졌다.

또, 평안도의 금광과 함경도의 철광이 대대적으로 개발되면서 조선 시대 들어와 찬밥 취급당하던 신세에서 약간이나마 벗어날 수 있었다.

평양에서 이틀을 묵은 뒤에 다시 북상해 정주로 올라갔다.

정주는 평안도의 지하자원이 집결하는 장소로 이번 순시의 첫 목적지기도 하다.

항구에서 기다리던 자원 사업부 부장 곽무진과 제련 사업부 부장 홍달호가 즉시 달려와 큰절을 올렸다.

난 걸어가서 두 사람의 어깨를 두드려 주었다.

"과인이 일이 바빠 너희들과 광산을 둘러보겠단 약속을 이제야 지키는구나. 미안하다."

"아, 아니옵니다, 전하!"

"여기 제련 공장이 있다던데 어디지?"

홍달호가 앞으로 나섰다.

"소인이 안내하겠사옵니다."

홍달호를 따라 부두를 왼쪽으로 돌았을 때 거대한 용광로 30여 개가 눈앞에 나타났다.

"규모가 대단하군."

"조금씩 늘리다 보니 어느새 이렇게 되었사옵니다."

"여기선 주로 무슨 광석을 제련하나?"

"금과 은, 그리고 철과 구리이옵니다."

"생산량은 어때?"

이번 질문엔 곽무진이 대답했다.

"포로들이 온 뒤부터 광산의 광석 생산량이 크게 늘었사옵니다. 마찬가지로 제련소로 운송하는 광석의 양도 많이 늘어 작년에 비해 거의 배 이상 늘어난 상태이옵니다."

난 다시 홍달호에게 물었다.

"강철 생산량은 어때?"

"기술 발전이 많이 이루어진 덕에 생산량이 꾸준히 증가하고 있사옵니다."

"강철은 앞으로 더 많이 쓰일 테니까 질과 양을 같이 높이게."

"알겠사옵니다."

정주 제련소와 금속 연구소 등을 둘러본 뒤에 홍달호, 곽무진과 압록강 유역 광산을 둘러보았다.

이곳에 철광산이 많아 자원 면에서 아주 중요한 장소였다.

광산 시찰을 마치고 나선 왕두석을 불러 지시했다.

"데려온 백두와 한라를 개마고원에 풀어 주고 오너라."

"알겠사옵니다."

창덕궁 후원에서 키우던 백두와 한라가 싫증 나서 개마고원에 방생하려는 건 아니다.

이제 놈들도 나처럼 후손을 봐야 할 때가 된 거 같아 눈물을 머금고 풀어 주려는 거다.

마지막으로 의주에 들러 시정을 시찰한 뒤에 방향을 남쪽으로 돌려 도성으로 돌아갔다.

이번엔 평안도만 돌아봤지만, 나중에 좀 더 여유가 생기면 이번에 살펴보지 못하고 가는 함경도를 둘러볼 계획이었다.

함경도에는 은으로 유명한 단천과 철광으로 유명한 무산이 있다. 오히려 자원 면에선 평안도보다 함경도가 조선에 더 중요하다.

그리고 거의 마지막 날에 목적하던 바를 끝내 이뤘다.

메인 퀘스트 9

산업은 국가의 기초 체력이다!

-산업의 발전이야말로 근대 국가로 가는 가장 중요한 과정입니다.

클리어 유무: 클리어

보상: 산업 스탯 개방 및 지도 상점 개방

산업 스탯은 37로 높지도, 너무 낮지도 않게 나왔다. 그러나 내 관심을 끈 건 산업 스탯이 아니라 지도 상점 개방이다.

난 바로 지도를 펼쳐 상점이 뭔지 알아보았다.

하, EHS 지독한 놈들.

지도에는 옵션이 여러 개 있었다.

개방, 자원, 행정, 랜드마크 등등.

그리고 그 옵션을 켜기 위해선 상당한 양의 수명이 필요하다.

지도는 당연히 효과적인 통치에 필요한 시스템이지만 이 역시 유저의 수명을 빨아먹기 위한 또 하나의 장치인 거다.

뭐 그게 나에겐 큰 장애까지는 아니지만 말이다.

그 순간, 퀘스트 하나가 더 클리어되었다.

히든 퀘스트 5

국가 스탯을 전부 확보하라!

-유저는 국가 스탯을 전부 확보해 국가를 좀 더 효율적으로 통치할 수 있는 수단을 얻어야 합니다.

클리어 유무: 클리어

보상: 수명 보너스 36,500일

생각지도 못한 퀘스트군.

어쨌든 산업이 국가 스탯의 마지막이었나 보네.

앞으로는 퀘스트에 나온 부가 설명처럼 각종 스탯을 확인하면서 전보다 좀 더 효율적으로 조선을 발전시킬 수 있겠군.

이리하여 이번 원행의 목표를 100퍼센트 완수했다.

거의 한 달 가까이 걸린 원행을 끝내고 홍제원을 지나 도성으로 들어가려는데 수천 명이 넘는 양반이 모여 있는 광경을 보았다. 뭐지?

난 홍귀남을 보내 무슨 일인지 알아보게 하였다.

곧 홍귀남이 돌아와 보고했다.

"자기네 하인이 병사가 되겠다며 나갔는데 전쟁이 끝나고 나서도 돌아오지 않는 바람에 하인을 찾으러 왔다고 하옵니다."

난 피식 웃었다.

이게 여기서 이렇게 물꼬가 트이나?

마침내 대형 프로젝트를 본격적으로 시작할 때가 온 거다.

    조용히 입궐한 뒤에 바로 우의정 원두표를 불렀다.

    원두표는 현대식으로 바뀐 희정당이 마음에 안 드는 모양
이다.

    "내부가 아주 해괴하게 변했습니다."

    "새 술은 새 부대에 담아야 하지 않겠소?"

    "새 술은 익질 않아 맛이 별로 없지요."

    "그래도 부대가 썩어 술을 버리는 일보단 낫지 않겠소?"

    "흠흠, 이제 이 희정당처럼 늙은이들은 다 쫓아내고 윤증,
남구만 같은 젊은 놈들에게 조정을 맡길 생각이신가 봅니다."

    "늙은이들이 과연 자리를 순순히 비켜 주려 하겠소?"

"그거야 전하께서 어떻게 하느냐에 달린 일이지요."

"과인에게 달려 있다?"

"전하께서 정치를 잘하신다면 다들 고향으로 돌아가서 후학을 가르치거나, 손주들 재롱 보는 재미로 살지 않겠습니까?"

"하하, 우의정 대감은 농도 잘하는군."

"예?"

"윤증, 남구만, 박세채, 박세당 같은 젊은이에게만 조정을 맡겨 두면 의욕이 지나쳐 자칫 패도로 흐를 위험이 있지 않겠소?"

"그렇겠지요."

"그러니 우의정 대감처럼 노련한 대신이 젊은 관원들을 때론 보듬어 주면서, 또 잘못한 일이 있으면 꾸짖어도 가면서 그들을 조선이란 집을 받칠 튼튼한 대들보로 만들어 주시오."

할 말이 없어진 원두표가 물었다.

"신을 급히 찾으신 연유를 여쭤봐도 되겠습니까?"

"지금 군영에서 훈련 중인 천인이 몇이나 되오?"

"12만 명입니다."

내 예상보다 배 이상 늘어난 수치다.

난 피식 웃었다. 원두표의 속셈이 눈에 보였기 때문이다.

한번 좇돼 봐라 이건가?

12만 명을 먹이고 재우려면 호포제론 택도 없다.

지금 정규군을 운영하는 비용도 호포제론 부족해 서유럽회사가 납부한 세금으로 그중 일부를 충당하고 있기 때문이다.

난 모르는 척 다시 물었다.

"천인은 주로 어떤 부류들이오?"

"4만 명은 솔거 노비이고 3만 명은 외거 노비입니다. 그리고 나머지는 백정이나 갖바치처럼 천한 일을 하는 자들이지요."

조선 시대 천인은 주로 두 가지 부류다.

하나는 부모님이 천인이어서 자식도 천인이 된 경우다. 노비가 대표적인 예다.

다른 하나는 그들의 직업 때문에 천인이 된 자들이다.

백정, 승려, 기생, 갖바치 등이 이에 속한다.

"솔거 노비와 외거 노비 모두 주인이 있지 않소?"

"그렇습니다."

"그럼 노비들이 병사가 되겠다고 찾아왔을 때 반발은 없었소?"

"당연히 있었지요. 노비들을 돌려받겠다며 대거 상경했다가 제주도에서 전쟁이 터졌단 소리에 놀라 흐지부지되었습니다."

"그럼 전쟁이 끝났으니 다시 자기 노비를 내놓으라고 하겠군."

"그래서 신병 훈련소가 있는 홍제원 근방이 요즘 아주 시끄럽습니다. 주인들이 자기 노비 내놓으라며 매일 찾아와 성화를 부려 대는 탓이지요. 그리고 소식을 늦게 들은 이들이 지금도 계속 도성으로 속속 올라오는 중이라 하니 이대로 가다 보면 언젠가 십만 명이 모일지도 모르는 일입니다."

"십만이면 꽤 많군."

"당연히 그렇지 않겠습니까? 천인 중 대다수는 그 주인이 명확히 정해져 있는 재산입니다. 한데 나라에서 재산을 제 마음대로 빼앗아 가겠다고 하면 성인군자도 발끈할 테지요."

"우상 말에도 일리가 있군."

"그들을 달랠 대책이 있으신 겁니까?"

"대책?"

"그럼 그런 대책도 없이 천인을 병사로 만들 생각이셨습니까?"

"그럼 우의정 대감은 적이 쳐들어온 마당에 과인이 노비 주인 달랠 생각부터 해야 했단 거요?"

"신도 다 나라가 걱정되어 드리는 말씀입니다. 십만 명이 모이면 무슨 일이 일어날지 모르는 일이지 않겠습니까?"

"그들이 민란이라도 일으킬 거란 뜻이오?"

"신의 말을 곡해해 듣지 마십시오. 일이 일어날 수도 있단 뜻이지, 그게 꼭 민란이라고는 말씀드리지 않았습니다."

"우상 대감 말은 잘 들었소. 과인이 곧 대책을 발표할 테니 기다리시오."

"그 대책이 무엇인지는 모르겠지만 빨리 발표해야 저들의 분노를 잠재울 수 있을 것입니다."

"알아들었소."

원두표가 나가고 나서 이완과 강대산, 오효성을 불러들였다.

"이번 전쟁으로 과인은 교훈을 한 가지 얻었소."

이완이 얼른 물었다.

"어떤 교훈이옵니까?"

"적이 어디서 쳐들어올지 모른단 교훈이오. 임진왜란과 정묘, 병자호란을 겪으며 우린 경상도와 전라도 해안가, 그리고 압록강 유역만 틀어막으면 괜찮을 거로 믿었는데 정씨 왕국은 우리가 예상하지 못한 제주도로 쳐들어오지 않았소?"

"그럼 지방군을 확충할 계획이시옵니까?"

"그 문제는 나중에 상의하기로 하고 일단 지방에 문제가 생겼을 때 중앙군이 속히 지원 가는 작전을 준비해 훈련하시오."

이완이 잠시 생각해 본 뒤에 대답했다.

"훈련도감에서 곧 작전을 만들어 올리겠사옵니다."

"좋소. 그리고 용호군과 팔장사도 이번 작전에서만큼은 훈련도감을 돕도록 하시오."

"예, 전하."

"알겠사옵니다."

세 명이 나간 뒤에 집현전 대제학 허적을 불렀다.

"집현전은 경자유전, 다전다세를 시행할 준비에 들어가시오."

허적은 순간 멈칫했다.

그만큼 이번 어명이 미칠 파급력이 대단하기 때문이다.

하지만 일전에 춘당대에서 이미 새로운 조세 제도에 대해 들었기 때문에 그에 대한 준비는 꾸준히 해 오던 중이었다.

그래선지 허적도 오래 망설이진 않았다.

"바로 준비하겠사옵니다."

"알겠지만 반포하기 전까진 조용히 진행해야 하오."

"물론이옵니다."

며칠 후, 이완과 유혁연이 국난 시, 중앙군의 지방군 신속 지원 방안이라 적힌 작전 계획서를 갖고 들어와 결재를 맡았다.

계획서를 다 읽어 본 후에 탄성을 터트렸다.

"시일이 짧았음에도 아주 깔끔하군."

이완이 유혁연을 보며 대답했다.

"도제조가 큰 역할을 했습니다."

"수고 많았소, 도제조."

"성은이 망극하옵니다."

"이대로 훈련을 진행하시오."

"예, 전하."

다시 며칠 후, 훈련도감은 5만 병력을 팔도 전역에 긴급 수송하는 훈련에 들어갔다. 당연히 명한 대로 용호군과 팔장사도 보조를 맞춰 같이 움직였다.

병력이 함경도 경흥과 제주에 도착했단 보고를 받은 뒤에 바로 조회를 열었다.

"제주도가 이번에 큰 전란을 겪게 되면서 땅 주인이 누군지를 기록하는 지적공부(地籍公簿)가 불타 혼란이 극에 달했다는 장계를 받았소. 하여 이참에 전국적으로 대대적인 양전을 실시하여 땅의 실소유주가 누구인지 알아내야겠소."

대사간 김수홍이 바로 눈에 쌍심지를 켰다.

"그렇다면 피해를 본 제주도만 실시해도 될 일인데 어찌 양전을 전국으로 확대하여 쓸데없이 재정을 축내려 하시옵니까?"

"과인이 꼭 이번 전쟁만 놓고 이러는 게 아니오. 정묘, 병자 두 호란을 겪으면서 다른 지역도 비슷한 일이 많아 송사가 끊이지 않는다는 말을 어사원을 통해 몇 차례나 들었소. 하여 제주도를 하는 김에 전국에 같이 실시하려는 거요."

인적 관리를 맡은 이조판서 송준길이 딴지를 걸었다.

"양전을 실시하려면 균전사를 먼저 설치한 뒤에 관원을 대거 징발해야 하옵니다. 한데 지난 전쟁의 상흔이 아직 가시지도 않은 상황에서 관원을 대규모로 징발하면 분명 나라 곳곳에서 탈이 생길 것이옵니다. 부디 어명을 거두어 주시옵소서."

"거두어 주시옵소서!"

"거두어 주시옵소서!"

난 옥좌 팔걸이를 내려친 뒤에 소리쳤다.

"곪은 걸 놔두면 멀쩡한 부위까지 썩어 결국 팔다리를 잘라 내야 하는 법이오! 언제까지 사정이 어렵단 핑계를 대면서 썩어 가는 걸 그냥 방치할 생각이오!"

그때, 이조참판 허목이 절충안을 제시했다.

"전하의 말씀에 동감하는 바이옵니다. 하나 관원을 징발해 교육하려면 많은 시일이 걸릴 테니 우선 경기도부터 시작한 연후에 삼남으로 천천히 확대해 나가심이 어떻겠사옵니까?"

난 대답하지 않고 바로 허적을 불렀다.

"집현전은 이에 대한 대책이 있소?"

"성균관과 서원, 향교에서 공부하는 학생을 균전사로 임시 발령하면 전국 모든 지역에서 동시에 시행이 가능하단 연구 결과를 얻었사옵니다."

"좋소. 집현전이 맡아 당장 양전을 시행하시오!"

"예, 전하!"

"또한, 양전 중에 발칙한 놈들이 균전사 관원을 속이거나, 자료를 은폐하려는 시도가 있을 수 있으니 지방에서 훈련 중인 훈련도감의 지원을 받으시오. 양전 중에 일어나는 그 어떠한 혼란과 잡음도 과인은 절대 용서치 않을 것이오!"

"명심하겠사옵니다."

집현전이 방법까지 제시한 마당에 반대할 자는 없었다.

결국, 양전은 팔도에서 동시에 이루어졌다.

각 고을의 서원과 향교에서 공부하던 학생들이 임시로 균전사에 들어가 양전을 주도했으며 훈련도감과 팔장사, 용호군은 그들이 일을 제대로 할 수 있도록 백방으로 지원했다.

덕분에 감히 양전 나온 균전사 관원을 상대로 수상한 짓을 벌이는 자는 나오지 않았다.

무엇보다 지방에 땅을 많이 가진 지주들이 자기 노비를 돌려받겠다고 죄다 상경해 있던 터라 반발할 자 자체가 없었다.

지주들이 양전한단 소식을 듣고 서둘러 내려갔을 땐 이미 균전사가 다 조사한 뒤에 다른 고을로 떠난 경우가 많았다.

양전 결과는 지주들에게 치명적으로 작용했다.

두 번의 호란을 거치는 동안, 양전이 제대로 이루어지지 못했다.

지주들은 그 틈에 유산을 물려줄 후손 없이 죽은 자의 땅이나 국가가 소유한 토지 등을 수령, 아전들과 짜고 착복해 부를 크게 늘렸는데 이번 양전으로 다 들통나 버린 거다.

보통은 가지고 있는 땅이 10이라면 3 정도가 그런 식으로 얻은 땅이었다.

그리고 심할 때는 그 비율이 7, 8을 넘어가는 놈들도 있었다.

지주들은 괜히 상경했다며 땅을 치고 후회했다.

노비야 또 살 수 있지만 땅은 한번 빼앗기면 끝이니까.

그리고 그 분노는 고스란히 임금인 나를 향했다.

물론, 저번 재조회 일로 따끔한 맛을 본 터라, 쉽게 나서진
못했다.

거기다 훈련도감 병력까지 두 눈 시퍼렇게 뜨고 그들을 주시
하는 중이라 다른 지주들과 힘을 합칠 기회조차 많지 않았다.

눈 뜨고 코 베인 지주들은 다시 도성으로 상경했다.

양전은 양전이고 노비는 노비기 때문에 가문의 가장 큰 재
산 중 하나인 노비만은 어떻게든 돌려받기 위해 올라온 거다.

하루는 원두표가 들어와 홍제원 쪽 사정을 알렸다.

"숫자는 전보다 줄어들었지만 기세는 더 흉흉해졌습니다."

"그렇소?"

"양전엔 당했지만, 노비만은 반드시 돌려받겠다며 아주 기
세가 대단합니다."

"그래, 이번엔 몇 명이나 모였소?"

"3만 명인데 시간이 지날수록 빠르게 늘 것입니다."

"3만 명이면 아직 적군……. 한 7, 8만쯤 되면 보고해 주시오."

"진심이십니까?"

"과인이 비싼 밥 먹고 왜 우상이랑 장난을 치겠소."

"알겠습니다. 하지만 나중에 후회하셔도 소용없습니다."

"우상의 충고 명심하지."

며칠 후, 원두표가 홍제원에 모인 지주가 8만 명이라 알렸다.

때가 무르익었군. 이제 본격적으로 시작해 보자.

난 바로 조회를 소집해 운을 띄웠다.

"정씨 왕국이 제주에 쳐들어왔을 때, 제주를 지키는 병력은 고작 800명이었소. 만약, 그때, 제주를 지키는 병력이 최소 5천에서 1만만 되었어도 그렇게 힘없이 패배하지 않았을 거라는 것이 과인과 훈련도감, 통제영의 공통된 의견이오."

병조판서 홍명하가 물었다.

"지방군을 확충하시겠단 뜻이옵니까?"

난 고개를 돌려 호조판서 이시방에게 물었다.

"지금 재정으로 지방군을 몇 명까지 확충할 수 있소?"

"무리한다면 3,000명까진 될 것이옵니다."

"무리하지 않는다면?"

"오히려 지금 있는 정규군도 줄여야 할 것이옵니다."

난 반대편으로 고개를 돌려 홍명하에게 대답했다.

"병판도 들었다시피 지방군 확충은 불가하오."

도승지 김수항이 물었다.

"지방군 확충이 어렵다면 훈련도감 병력을 파견하시는 게 어떻겠사옵니까?"

"훈련도감 병력은 파견할 수 없소. 뱀도 대가리가 잘리면 죽듯이 적 또한 도성과 대궐을 먼저 노릴 것이기 때문이오."

대사간 김수홍이 답답하단 표정으로 물었다.

"확충도, 파견도 어렵다고 하시면 방법이 없지 않겠사옵
니까?"

"방법이 한 가지 있소!"

병조판서 홍명하가 물었다.

"그게 무엇이옵니까?"

"예비역을 창설하는 것이오."

다들 웅성거렸다.

예비역이란 말을 처음 들어 보기 때문이다.

난 속으로 심호흡하며 마음을 다잡았다.

이제 거의 다 왔다.

오랫동안 준비한 계획인데 이 정도는 가뿐하게 성공시켜
야겠지.

난 그들이 전부 이해할 수 있도록 친절한 설명을 덧붙였다.

"예비역은 일정 기간 군사 훈련을 받은 뒤에 정규군으로 편입되지 않고 고향에 돌아가 생업에 종사하는 예비군을 가리키는 말이오. 물론, 배운 내용을 잊어버리지 않으려면 농한기에 보름 정도 입소해 재훈련을 받아야겠지."

이조참판 허목이 눈을 번득였다.

"그럼 저번 전쟁과 같은 국난이 일어났을 때, 예비역을 동원해 정규군의 부족한 병력을 채우는 것이옵니까?"

"그렇소."

이조판서 송준길이 의문을 드러냈다.

"그럼 병농일치와 다른 점이 없지 않사옵니까?"

"훈련받는 기간을 줄이면 병농일치에서 생긴 폐단을 줄일 수 있소. 가령 반년 동안 군사 훈련을 받은 뒤에 3년에 한 차례 보름 동안 재훈련을 받는 방식으로 진행한다면 예비역은 생업에 크게 방해받지 않아서 좋고 나라는 언제든 동원할 수 있는 예비 병력을 다수 확보할 수 있어 좋지 않겠소?"

대제학 윤휴도 의문을 드러냈다.

"그렇게 훈련받아서 제대로 싸울 수나 있겠사옵니까?"

"어차피 전투는 정규군이 주도할 거요. 그리고 예비역은 정규군이 하지 못하는 잡다한 업무에 투입할 거요."

그때, 조용히 듣기만 하던 좌참찬 송시열이 마침내 입을 열었다.

"전하의 예비역 계획에는 한 가지 심각한 맹점이 있사옵니다."

드디어 나서는 건가? 진짜 게임은 지금부터겠군.

뭐 어차피 한 번은 부딪힐 수밖에 없는 사람이니까.

난 애써 담담한 척하며 고개를 끄덕였다.

"말해 보시오."

"그 예비역은 어떻게 모집하실 생각이옵니까?"

"무슨 뜻이오?"

"농부들도 본인에게 돌아가는 혜택이 어느 정도 있어야 예비역이 되어 훈련받으려 하지 않겠사옵니까?"

"그럼 그들이 혹할 만한 혜택을 주면 되지 않겠소?"

"좀 전에 호판 대감이 분명 나라의 재정이 취약해 더는 병력을 늘릴 수 없다고 하였는데 예비역에게 혜택을 주기 위해 필요한 비용은 대체 어디서 마련할 생각이시옵니까?"

"그래도 열심히 찾아보면 구할 방법이 있지 않겠소?"

"이미 전하의 어명에 의해 면세지이던 공신전이 혁파되었 사옵니다. 또한, 서원과 향교가 가진 전답도 호조가 전부 거두 어들여 세금을 받는 중이옵니다. 그렇다고 염전이나 광산에 서 들어오는 세금을 전용할 수도 없는 일이지 않사옵니까?"

이건 뭐 송시열이 판을 깔아 준 셈이네.

가만 보면 송시열이 내 편 같단 생각도 가끔 든다니까.

"좌참찬 대감의 말이 맞소. 그래서 과인은 방법을 아예 달 리할 생각이오."

"어떻게 말이옵니까?"

"예비역에 지원한 자들에게 다른 방식의 혜택을 줄 생각이오."

"어떻게 다른 식이옵니까?"

"바로 면천이오!"

그 말에 인정전 안이 쥐 죽은 듯 조용해졌다.

특히, 원두표는 허를 찔린 사람처럼 비틀거리기까지 하였다.

그래도 역시 송시열은 달랐다.

마치 예상한 것처럼 담담히 물었다.

"면천이라 하심은 천인만 예비역으로 받겠단 말씀이시옵 니까?"

"양인에게 줄 혜택에 필요한 자금을 조달할 방법이 없는 게 문제라면 천인에게 면천이란 혜택을 주어 예비역 숫자를 채워야 한단 게 과인의 생각이오."

"주인이 있는 천인들도 예비역에 자원하면 면천되는 것이
옵니까?"

"당연히 그래야 하지 않겠소?"

"이는 백성의 사유 재산을 국가가 가로채겠단 것이지 않사
옵니까?"

"물론, 과인도 그 점을 생각해 보지 않은 것은 아니오. 하지
만 국가의 안위가 우선이오. 이번엔 정규군을 동원해 가까스
로 승리했지만, 다음번 전쟁에서도 그럴 가능성이 얼마나 있
겠소? 더욱이 우리의 적은 청나라와 왜국이 아니오? 우리보
다 인구가 적으면 몇 배에서, 많게는 수십 배까지 차이 나는
적국을 상대로 정규군만으로 이길 수가 있겠소?"

"하나만 더 여쭙겠사옵니다."

"물어보시오."

"면천이라 함은 예비역에 자원한 개인만 면천되는 것이옵
니까?"

"아니오. 그 일가족 전체를 면천할 생각이오. 그래야 예비
역에 자원하는 천인이 늘어날 테니까."

이조판서 송준길이 참다못해 끼어들었다.

"그렇게 하면 삼남에선 농사를 더는 짓기가 힘들 것이옵니다."

"농부가 농사를 왜 못 짓소?"

"신이 방금 말한 대상은 지주였사옵니다. 지주들이 거느린
솔거 노비가 전부 빠져나갈 텐데 그들은 대체 어떻게 농사를

짓는단 말이옵니까?"

"양인을 돈 주고 고용해서 지으라 하시오."

"전하, 반발이 클 것이옵니다!"

"과인을 협박하는 거요?"

"신이 어찌 전하를 협박하겠사옵니까. 다만, 그 정책을 실제로 시행하면 반발이 있을 것임을 알려 드리는 것뿐이옵니다."

"상관없소!"

"전하, 부디 재고를……!"

난 무시하고 바로 이완에게 지시했다.

"지금부터 도성을 포함한 팔도에 계엄령을 선포하겠소! 만약 이번 정책에 반발해 소동을 일으키려는 자, 혹은 세력이 있다면 도원수는 이를 찾아내 뿌리까지 완전히 박멸하시오!"

이완은 바로 한쪽 무릎을 바닥에 쿵 꿇었다.

"소장 이완, 기필코 명을 완수하겠나이다!"

난 이어 상선을 통해 임금이 쓰는 보검을 이완에게 하사했다.

"과인의 보검을 줄 터이니 장군을 방해하는 자가 있다면 신분 고하에 상관없이 선참후계하시오!"

"어명을 받들겠사옵니다!"

검을 두 손으로 받아 든 이완은 벌떡 일어나서 대신들을 노려보았다.

그와 시선을 마주친 대신 대부분이 슬며시 눈을 피했다.

내가 선참후계하라 했으니 괜히 나섰다가 목만 날아갈 판이다.

예비역 천인 면천 정책은 곧장 팔도에서 대대적으로 시행되었다.

먼저 고을마다 유동 인구가 많은 곳에 방을 써 붙였다. 그리고 글을 못 읽는 천인을 위해 소문을 방방곡곡에 퍼트렸다.

그 결과, 긴가민가하던 천인들이 곧장 도망쳐 가장 가까운 곳에 있는 군영으로 달려갔다.

사실, 예비역은 그냥 핑계일 뿐이다. 수십만, 어쩌면 백만 단위일지도 모르는 그들을 내가 무슨 수로 다 먹여 살리겠어.

천인은 군영에 들어가 면천을 받았단 서류만 받고 바로 귀향했다.

누가 이건 사기 아니냐 물으면 군영에 그 많은 천인을 전부 수용해 훈련할 방법이 없기에 점진적으로 시행할 거란 대답을 해 주었다.

난 기세를 살려 바로 두 번째 개혁 정책을 발표했다.

바로 수년 동안 준비한 경자유전과 다전다세다.

경자유전은 말 그대로 농부만 농지를 소유할 수 있는 법이다.

지주 대부분이 직접 농사를 짓기보단 소작농을 쓰기에 노비 면천에 이어 두 번째 카운터펀치가 되는 셈이다.

그리고 마지막 다전다세가 그들을 그로기 상태로 몰아넣었다.

땅이 많을수록 세금도 누진세 개념으로 같이 늘어나기 때문에 올해 세금과 정책을 시행한 내년 세금의 차이가 엄청날 게 분명했다.

세금을 내지 않으면 소유한 토지를 강제로 국가에 수용한단 조항까지 있어 지주 중 많은 숫자가 땅을 급히 처분하려 들었다.

물론, 땅을 사려는 자는 극히 적었다.

난 영의정 이경석과 호판 이시방을 불러 지시했다.

"지주들이 내놓은 땅을 호조가 사들이시오. 대가는 몇 년 간 세금을 깎거나 면제해 준단 조건을 걸면 그들도 받아들일 테지. 세금을 내지 못해 땅을 다 잃기보단 그래도 어느 정도는 건지고 싶어질 테니까."

이시방이 걱정하며 물었다.

"그럼 내년 세곡이 크게 줄어들 것이옵니다."

"호조가 거두어들인 땅을 이번에 면천한 자들에게 싼 이자로 빌려주시오. 그럼 내년 세곡이 줄긴 해도 급격히 줄진 않을 거요."

이경석이 의문을 표했다.

"그럼 나라가 소작을 하는 것이옵니까?"

"아니오. 매년 원금과 이자를 내게 한 뒤, 20년 혹은 30년 뒤에 그들이 땅을 완전히 소유해 자영농이 되게 하면 되오."

이경석이 감탄한 표정을 숨기지 못했다.

"정말 좋은 복안이옵니다."

"일단 정책을 시행하긴 했지만, 아직 넘어야 할 산이 많소."

"무엇이옵니까?"

"법으로 천인을 해방했다곤 하지만 양인은 여전히 천인 출신 양인을 자기완 다른 미천한 출신으로 여길 거기 때문이오."

"그래도 한동네서 어울려 살다 보면 차차 나아지지 않겠사옵니까?"

"농부 쪽은 별로 걱정하지 않소. 세대가 지나면서 통혼이 이루어질 테니 조상이 누구인진 크게 신경 쓰지 않을 거요."

"하오면 어떤 점을 우려하시는 것이옵니까?"

"내가 우려하는 건 직업이 천시당하는 경우요."

"백정이나 광대 같은 경우를 말씀하시는 것이옵니까?"

"그렇소."

"흠, 사람의 생각까지 처벌할 순 없으니 큰 문제긴 하옵니다."

이시방도 그건 어렵다고 느낀 모양이다.

"그런 문제는 시간이 해결해 주지 않겠사옵니까?"

"아니오. 이런 문제는 초장에 잡지 않으면 수백 년까지 이어질 수 있소. 물론, 해결 방법이 전혀 없는 것은 아니오."

"그게 무엇이옵니까?"

"신분제와 관련한 범죄를 아주 강력하게 처벌하는 거요. 아예 상대의 신분을 언급하는 것만으로도 죄가 될 정도로 말이요."

이경석은 한참을 생각한 뒤에 대답했다.

"형조와 상의해 관련 법안을 신설하겠사옵니다."

"고생해 주시오."

이경석과 이시방이 돌아간 뒤엔 강대산을 만났다.

"홍제원 쪽은 좀 어때?"

"슬슬 터질 분위기이옵니다."

"추룡군 요원을 추가로 집어넣어서 분위기를 더 고조시켜."

"본보기로 삼으실 생각이옵니까?"

"그래야겠지. 다른 때처럼 전부 다 들고 일어나면 정책을 수정하거나 철회할지도 모른다고 오판하는 자들이 있을 테니까 이참에 확실히 보여 줘야지. 조선에서는 이제 사실상 신분제가 끝장났다는 사실을."

"바로 시행하겠사옵니다."

강대산마저 나간 뒤에는 포도대장 신류를 불렀다.

신류는 청과 러시아가 싸운 2차 나선정벌에서 조선군을 이끌고 참전한 장수로 실력이 뛰어나 포도대장을 맡겼다.

신류가 절을 올리고 나서 어디에 앉아야 하는지 몰라 당황했다. 난 웃으면서 내 앞자리를 가리켰다.

"거기 앉으시오."

"전, 전하, 소관이 어찌 전하와 같은 자리에 앉겠사옵니까?"

"그럼 과인도 서 있겠소. 이제 만족하시오?"

내가 일어서려고 하니 신류가 얼른 앞자리에 궁둥이를 붙였다.

난 피식 웃고 나서 말했다.

"포도청은 지금 포졸이 몇 명이나 있소?"

"좌, 우청 합쳐 300명이옵니다."

"300명으로 도성과 한양 전체의 치안을 감당할 수 있소?"

"솔직히 말씀드리면 쉽지 않사옵니다."

"솔직해서 좋군."

"황송하옵니다."

"과인은 포도청을 전국으로 확대할 생각이오."

"그러면 지방 관아에서 치안 업무를 가져오는 것이옵니까?"

"이해가 빠르군."

"과찬이시옵니다."

"바로 그렇소. 이제 지방 관아는 행정과 사법 두 가지만 담당할 거요. 뭐 나중에는 사법도 법을 담당하는 전문 관청으로 이관할 생각이지만. 즉, 관아는 행정에만 집중하는 거지."

"그럼 포도청은 사법 담당 기관과 일하는 것이옵니까?"

"그렇소. 포도청은 범죄를 수사해 범인을 체포하고 사법 담당 기관은 체포한 범인을 재판하는 거요."

"인력과 비용이 많이 들겠사옵니다."

"비용은 많이 들지만, 꼭 해야 하는 일이오. 그리고 인력은 이미 충당할 계획을 세워 두었소. 포도대장도 홍제원 일을 알 것이오."

"소관도 방금 거기서 오는 길이옵니다."

"그럼 홍제원 군영에 예비역이 3만 명이 있단 사실도 알겠군."

역시 신류는 눈치가 빨랐다.

"그럼 그 3만 명을 포도청에서 고용하는 것이옵니까?"

원래 있던 12만 중에 9만은 면천 서류를 받고 고향으로 돌아갔다.

하지만 남은 3만 명은 고향에 가도 목구멍에 풀칠할 방법이 딱히 없어 잔류를 택했다.

"그렇소. 반년 넘게 군사 훈련을 받은 이들이라 포도청 업무도 금방 적응할 거요. 그래도 범죄를 수사하는 방법이나 죄인을 체포하는 방법 등은 포도청에서 따로 가르쳐야 하겠지."

"포도청 교관을 홍제원 군영으로 보내 바로 훈련에 들어가겠사옵니다."

"좋소."

신류가 떠난 뒤에 난 강대산의 보고를 기다렸다.

이제 경찰을 만들었으니 범죄자가 죄만 지으면 된다.

뭔가 좀 이상하긴 하지만 뭐 어때.

모로 가도 서울만 가면 되지.

139장. 그냥 일이 그렇게 흘러갔을 뿐이오.

안동에서 올라온 김호정은 홍제원에 합류한 지 얼마 되지
않아 그곳에 모인 양반들의 정신적 지주와 같은 역할을 하
였다.

사람을 끌어당기는 타고난 매력과 공평무사한 일 처리 등
을 보여 주어 자연스럽게 다른 양반들을 존경을 산 덕분이다.

김호정은 제주도산 말총으로 만든 갓에 청나라산 비단으
로 만든 두루마기까지 갖춰 입고 팔자걸음을 걸으며 막사 쪽
으로 걸어갔다.

막사 앞에 피워 놓은 모닥불 주위에서는 양반 수십 명이 모
여 한창 임금을 헐뜯는 중이다.

"노비 면천이라니 이 무슨 개가 풀 뜯어먹는 소리란 말이오!"

"맞소, 맞소!"

"아무리 임금이라도 백성의 사유 재산을 곶감 빼먹듯이 마음대로 뺏어 갈 권한은 없는 거요! 그렇게 생각하지 않소?"

"맞소, 맞소!"

"양전도 그렇소! 우리가 도성으로 상경하길 기다렸다가 기습적으로 양전을 시행해 우리 뒤통수를 치지 않았소! 유학을 배운 임금이란 자의 행동이 군자답긴커녕, 저잣거리 상것들처럼 어쩜 저리 경박스러울 수가 있단 말이오!"

"그 말도 맞소!"

"노비 면천이나 양전은 그렇다 쳐도 경자유전이 말이나 되는 소리요? 그럼 노비도 다 내뺄 마당에 우리 내외가 병든 노모 모시고 농사라도 지어야 한단 거요?"

"다전다세는 또 어떻소? 땅이 많을수록 세금이 누진되어 부과된다니, 이 무슨 듣도 보도 못한 해괴한 법이란 말이오!"

그때, 김호정이 그들 사이로 끼어들었다.

다들 김호정을 존경했기 때문에 바로 길을 열어 주었다.

마침내 모닥불 안쪽으로 들어가는 데 성공한 김호정이 대뜸 선언하듯 말했다.

"임금에게 본때를 보여 줘야 하오!"

"그건 또 무슨 소리요?"

"잘 들어 보시오. 애초에 광해군을 몰아내고 임금의 할애비를 그 자리에 앉힌 사람들이 누구요? 바로 우리처럼 의기 있는 선비들 아니오? 한데 고작 몇십 년 지났다고 입을 싹 닦은 것도 모자라 은혜를 원수로 갚을 줄 누가 알았겠소?"

반대편에서 열심히 귀를 기울이던 젊은 양반이 물었다.

"그래서 댁은 우리가 어떻게 했으면 하는 거요?"

김호정이 바로 맞장구를 쳤다.

"여기 모인 인원만 물경 4만이 넘소."

"그래서요?"

"인조반정은 고작 수천 명으로 성공하지 않았소?"

"그, 그럼 우리끼리 대궐을 치잔 거요?"

그 말에 귀를 기울이던 양반들도 흠칫했다.

김호정은 태연하게 맞받아쳤다.

"임금이 무서워 티를 안 낼 뿐이지, 조정에도 우리와 비슷한 생각을 하는 이들이 많을 거요. 그들과 연통을 주고받으면서 야음을 틈타 기습하면 내 생각에 십중팔구는 성공할 수 있소."

그 말에 다른 양반들도 희망을 좀 본 모양이다.

아까부터 임금을 비난하는 데 열성이던 영감이 물었다.

"그럼 범궐한 다음에는 어떻게 해야 하오?"

"일단 임금을 설득해 정책을 수정해야겠지."

"임금이 끝까지 버티면?"

"적당히 처리한 뒤에 방계 왕자 하나를 옹립하면 되지 않겠소?"

"대왕대비와 왕대비는 어쩔 거요? 그분들은 필시 반대할 터인데."

"뒷방 늙은이들이야 겁 좀 주면 금방 우리 편으로 돌아설 거요. 조선이 망하는 것보단 이씨가 계속 왕을 하길 바랄 테니까."

"오, 이 늙은이 귀엔 괜찮은 계획처럼 들리는군."

영감이 감탄한 듯한 표정으로 김호정을 바라볼 때였다.

이번엔 이제 막 약관을 벗어난 듯한 애송이가 물었다.

"중전은, 중전은 어떻게 할 겁니까?"

"중전?"

"중전이 애를 가지지 않았습니까? 곧 출산할 거라는 소문이 돌던데 해치우려면 애를 낳기 전에 해야 하지 않겠습니까?"

"젊은 형제가 잘 지적해 주었소. 여기 젊은 형제 말대로 우리에겐 시간이 많지 않소. 중전이 아들이라도 낳으면 분명 대왕대비와 대비는 그 애를 지켜서 왕으로 만들려 할 거요."

그 말에 다른 양반들이 일제히 고개를 끄덕였다.

"맞소. 대궐 늙은이들은 방계 왕자보단 자기 피를 물려받은 손자와 증손자를 싸고돌려 할 거요."

"맞소! 이왕 거사하는 김에 중전까지 같이 해치웁시다!"

"지금 어미 배 속에 있는 놈이 나중에 임금이 되면 연산군처럼 지 애비 복수하겠다고 날뛸 게 뻔하니 범궐할 때 중전부터 찢어 죽이고 봅시다."

"좋소! 그렇게 합시다!"

김호정은 손을 들어 소란을 자제시킨 뒤에 은밀히 말했다.

"거사는 열흘 뒤에 하는 걸로 합시다. 그동안 각자 연줄을 동원해 무기를 구하고 조정에 우리와 뜻이 맞는 인사들을 찾아 협조를 구하시오. 그럼 거사는 반드시 성공할 거요."

"좋소!"

"동참하겠소!"

"나도 끼워 주시오!"

그때부터 김호정은 자연스럽게 반란군의 책사가 되어 거사를 주도하기 시작했다.

양반들을 찾아다니며 거사에 참여한단 내용이 적힌 연판장에 서명도 받고 군영 무기고를 털어 거사에 쓸 무기도 확보했다.

그리고 그가 무엇보다 신경 쓴 부분은 조정에 있는 관원들과 내통하는 거였다.

김호정은 인맥, 지연, 혈연, 사승관계 등 조금이라도 인연이 있는 자는 전부 동원해 조정 관원을 설득하기 위해 애썼다.

대부분은 그 자리에서 문전박대당했지만, 의외로 거사에 동참할 의사를 비친 관원도 꽤 여럿이었다.

임금의 서슬 퍼런 기세에 눌려 불만을 속으로 삭이던 자들이 홍제원 양반들의 거사 소식에 귀가 솔깃해진 거다.

그들도 고향에 물려받은 땅과 노비가 많기 때문이다.

애초에 과거를 보려면 집안이 받쳐 줘야 했기에 당연한 일일 수도 있었다.

마침내 돌아온 거사 당일.

김호정은 양반들에게 무기를 나눠 주고 거사에 동참하기로 한 관원에게 대궐로 가는 주요 길목의 문을 열어 두게 하였다.

말에 올라탄 김호정이 외쳤다.

"인조도 이 홍제원을 지나 대궐로 들어갔소! 그리고 폭군 광해군을 몰아낸 뒤에 자신이 왕이 되었소! 우리도 인조처럼 이 홍제원을 출발지로 삼아 대궐로 진격할 것이오! 그리고 폭군을 몰아낸 뒤 조선을 다시 정상으로 돌려놓을 것이오!"

"와아아!"

"진격합시다!"

"와아아!"

김호정은 양반들을 이끌고 기세 좋게 서대문으로 행진했다.

서대문을 지키는 훈련도감 장수는 이미 거사에 동참하기로 하였기에 반정군은 기세 좋게 서대문 앞까지 곧장 나아갔다.

김호정이 급히 구한 지휘봉을 휘두르며 소리쳤다.

"반정군이 왔소! 서대문을 지키는 장수는 어서 성문을 여시오!"

그때, 서대문 성벽 위에서 횃불 수십 개가 동시에 타올랐다.

뒤이어 철릭과 전모를 쓴 포도대장 신류가 나와 소리쳤다.

"네 이놈들, 감히 역적질을 모의한 것도 모자라 도성까지 침범하려 하다니! 네놈들은 하늘의 천벌이 무섭지도 않더냐!"

그 말에 김호정을 포함한 반정군 전체가 넋이 나가 고래고래 소리를 지르는 신류의 얼굴을 멍하니 쳐다보았다.

반정군을 욕하던 신류가 돌연 좌우에 대고 소리쳤다.

"좌우별장은 즉시 포졸을 동원해 역적 놈들을 모두 추포하라!"

"예, 대장 나으리!"

그 말이 끝나기 무섭게 서대문이 열리더니 포졸들이 밀물처럼 몰려나와 앞에 있는 반정군을 육모방망이로 때려잡았다.

그뿐만이 아니었다.

"와아아아!"

"역적 놈들을 진압하라!"

"사정 봐줄 거 없다! 흠씬 두들겨 패 줘라!"

포졸 수만 명이 서대문 사방에서 홍수가 난 강물처럼 거칠게 쏟아져 나와 반정군을 보는 족족 육모방망이로 때려잡았다.

반정군 대부분은 활이나 좀 쏠 줄 알지, 무예는 다 젬병이다.

거기다 평소에 살면서 제대로 힘써 본 경험도 없으니 정식 군사 훈련까지 받은 정예 포졸의 상대가 될 턱이 없었다.

손에 쥔 조악한 무기로 대항해 보려다가 오히려 포졸들의 분노만 사서 말 그대로 죽거나 기절할 때까지 맞아야 했다.

반정군 수뇌부는 급히 김호정을 찾았다.

평소의 김호정이라면 이런 상황에서도 그들의 살길을 찾

아 줄 거로 의심치 않은 거다.

근데 아무리 살펴봐도 김호정이 보이지 않았다.

김호정만이 아니다.

평소 김호정이 의견을 내면 누구보다 열성적으로 찬동하던 양반들도 감쪽같이 사라져 보이지 않았다.

그제야 자신들이 속았다는 것을 깨달았지만, 이미 엎질러진 물이다.

그냥 모의만 했으면 어떻게든 무마하고 넘어갈 수 있을지 몰라도 지금은 절대 아니었다.

반정군은 무기를 들고 도성 사대문 중 하나를 직접 공격까지 하였다.

빼도 박도 못할 정도로 증거가 충분한 탓에 결국 실성해 괴성을 지르거나, 그 자리에 주저앉아 대성통곡하는 반정군이 삽시간에 수천 명이나 생겨났다.

포졸들은 그러거나 말거나 사이좋게 이놈도 육모방방이 한 방, 저놈도 육모방망이 한 방씩 후려갈겨 반정군을 진압했다.

반정군 쪽에서 곡소리가 끊이지 않을 때. 반정군이 눈이 빠지라 찾던 김호정은 추룡군 부군장 최제문 옆에 있었다.

최제문이 김호정의 어깨를 두드려 주었다.

"그동안 팔자에도 없는 양반 노릇 하느라 니가 고생이 많았다."

그 말에 김호정은 말없이 수염과 코에 박힌 점을 빼냈다.

마지막으로 얼굴에 칠한 분장까지 지우니 바로 맨얼굴이

드러났는데. 그의 정체는 다름 아닌 유령이라 불리던 추룡군 수석 요원 유연이었다.

최제문이 물었다.

"먼저 들어가 있던 우리 애들은?"

"포졸들이 들이닥치기 전에 다들 알아서 잘 빠져나갔습니다."

"다행이군."

유연은 포승줄에 묶여 끌려가는 반정군을 보며 고개를 저었다.

최제문이 그런 그를 보며 물었다.

"왜? 저놈들이 불쌍해?"

"그게 아니라, 저놈들 선동한다고 상감마마와 중전마마를 욕한 게 마음에 걸려서 그럽니다."

"난 또 뭐라고. 그거야 어쩔 수 없었던 일 아니냐. 저놈들이 널 믿게 만들어야 작전에 성공하는 거니까."

"그래도 마음이 안 좋습니다."

"널 누가 말리겠냐. 누가 상감마마를 살짝 헐뜯기만 해도 눈이 돌아가서 달려드는데. 아 참, 너에게 미안한 일이 생겼다."

"뭔데요?"

"원래는 며칠 쉬게 해 줄 생각이었는데 왜국 쪽 사정이 급하게 돌아가는 모양이야. 그래서 안교안 군장이 나와 너를 직접 왜국으로 보내려는 것 같더라. 홍장미 요원 혼자서는 감당이 안 될 정도로 그쪽에 문제가 많은 모양이야."

"저야 상관없습니다."

"왜? 홍장미 요원이 보고 싶어서?"

"홍장미 요원을 내, 내가 왜 보고 싶어 합니까!"

"어, 화를 내는 거 보니까 진짜였나 보네."

"빨리 여기나 뜹시다. 우리가 다른 사람들 눈에 띄어 좋을 게 없으니까."

"그 말은 맞다. 우리가 이번 역모 사건에 관여한 일은 영원히 비밀로 남아야 하니까."

추룡군 요원들이 떠났을 때. 서대문 쪽도 얼추 정리가 끝나 운 좋게 달아난 수백 명을 제외한 반정군 전원이 포승줄에 묶여 북쪽으로 줄줄이 끌려갔다.

우별장이 신류에게 물었다.

"저들을 어디로 끌고 가는 겁니까, 대장 나으리?"

"함경도 무산이라 들었다."

"무산에 저들을 수용할 감옥이 있습니까?"

"수용은 무슨 수용. 무산 철광에서 노역하기 위해 가는 거지."

"아아!"

현장을 마지막까지 지휘한 신류는 이내 입궐해 임금을 만났다.

◆ ◆ ◆

밤을 꼬박 새운 난 새벽 일찍 찾아온 신류에게 물었다.

"어떻게 되었소?"

"모두 붙잡아 무산으로 보냈사옵니다."

"놈들과 내통한 관원 놈들은?"

"그자들도 모두 추포해 포도청 감옥에 하옥했사옵니다."

"고문해서 공범과 여죄를 끝까지 캐내시오."

"바로 시행하겠사옵니다."

"반정군 놈들의 재산은 전부 몰수해 포도청이 사용하시오. 지방에 괜찮은 건물이 있으면 포도청으로 쓰고, 땅이나 집을 정리한 돈은 포졸 녹봉으로 지급하면 될 거요."

신류가 흠칫하며 대답했다.

"알, 알겠사옵니다."

"왜 그러시오?"

"전하께서 이번 일이 어찌 흘러갈지, 일찍부터 내다보시고 포도청을 전국에 확장하기로 한 건지 궁금해서 그렇사옵니다."

"그냥 일이 그렇게 흘러갔을 뿐이오."

내 말투에서 뭔갈 느꼈는지 신류는 더 묻지 않고 돌아갔다.

그리고 지시한 대로 반정군의 재산을 정리해 포도청을 팔도 전역으로 확장하는 데 사용했다.

물론, 내통한 관원들도 고문을 가해 공범과 여죄를 밝혀냈다.

그 바람에 날이 밝기 무섭게 반정군의 공범으로 드러난 관원 수십 명이 속옷 차림으로 끌려와 의금부와 형조의 감옥에 하옥되었다.

전체적으로 살얼음판을 걷는 듯한 아슬아슬한 분위기여서 누구도 이번 일에 반론을 제기하지 못했다.

그저 다들 이번 삭풍이 빨리 지나가고 봄이 오기만 기다릴 뿐이었다.

140장. 그래, 내가 네 아비다.

난 이번 계획을 인천에서 세웠다.

정씨 왕국이 쳐들어왔단 소식을 듣기 무섭게 머릿속에서 번득하고 좋은 아이디어가 떠올랐다.

하여 곧바로 병력이 부족하단 핑계를 대고 원두표에게 천 인을 모아 훈련하란 지시를 내렸다.

지금까진 다행히 전부 계획대로 이루어지고 있었다.

전쟁에서 대승했고 그 기세를 이용해 그토록 염원하던 노 비 면천과 경자유전, 다전다세를 이루어 냈다.

그러나 아직 갈 길이 멀었다.

지금 보고받는 내용도 갑작스러운 신분제 혁파로 인해 생긴 후유증이라 할 수 있다.

허적이 윤증, 남구만, 박세채, 박세당을 데리고 입실해 보고를 이어 갔다.

"노비 중 일부는 직업을 찾지 못해 강도와 도적질 같은 범죄에 손을 대고 있사옵니다. 그리고 솔거 노비들은 마땅한 거처를 구하지 못해 도성, 평양, 개성, 청주와 같은 대도시로 모여들고 있사온데 그들을 수용할 시설이 현저히 부족해 대도시의 경관과 치안에 악영향을 끼치고 있사옵니다."

난 잠시 생각한 뒤에 지시했다.

"지도를 가져와라."

"예, 전하."

박세당이 지도를 가져와 탁자 위에 넓게 펼쳤다.

난 머릿속으로 시스템의 지도를 펼쳐 지형을 확인했다.

"남구만은 지금부터 과인이 불러 주는 곳을 표시해라."

"알겠사옵니다."

대답한 남구만은 작은 돌을 가져와 내가 불러 주는 곳에 놓았다.

"의주, 정주, 함흥, 원산, 남포, 강릉, 인천, 수원, 대전, 대구, 광주, 울산, 그리고 도성의 한강 이남에 해당하는 강남 지역."

그 모습을 지켜보던 허적이 물었다.

"어떤 지역들이옵니까?"

"말은 제주로 보내고 사람은 한양으로 보내란 말 들어 보았소?"

"들어 보았사옵니다."

"그렇지 않아도 인구가 적은데 사람을 죄다 한양으로 보내면 한양은 인구가 과밀되어 부작용이 속출할 것이오. 그리고 사람을 떠나보낸 지방은 서서히 고사하겠지."

"······."

"하여 과인은 이를 사전에 차단하고 국토를 고루 발전시키기 위해 올해부터 국토 균형 발전 계획을 시행할 생각이오. 즉, 방금 말한 지역에 거주지와 일자리를 만들어 백성들이 한양에만 몰리는 상황을 막는 거요."

윤증이 조용히 말했다.

"비용이 엄청나게 들 것이옵니다."

"첫술부터 배부를 수는 없는 법. 우선 제물포와 가까운 인천 지역부터 시작할 생각이오. 집현전은 지금부터 인천 지역을 개발하는 도시 계획을 세우시오."

"······."

"아직 감을 잡지 못하는 거 같으니까 과인이 몇 가지 틀은 잡아 주겠소. 인천은 제물포란 조선 최고의 항구를 끼고 있소."

"······."

"즉, 인천은 항구 도시로 키워야 유리하단 뜻이오. 그러려면 여러 가지가 필요할 거요. 수입과 수출에 필요한 창고, 배를 건조하거나 고치는 기술을 가르치는 조선 학교, 항해술을 가르치는 항해 학교 같은 거겠지. 그리고 거기서 일하는 백성을 위한 주거 시설과 학교, 의원 등도 지어야 할 거요."

"……."

"그리고 그와 동시에 해야 할 게 있는데, 바로 대대적인 도로 공사요. 이곳 도성과 인천을 잇는 경인도로를 지어야 인천이 조선 제일의 항구라는 역할을 제대로 수행할 수가 있소."

역시 허적은 남달랐다.

"도시와 도로 건설에 이번에 면천된 양인들을 투입하잔 말씀이시옵니까?"

"정확하오."

이번엔 박세채가 물었다.

"그럼 두 사업 모두 공조가 주관하는 것이옵니까?"

"아닐세. 서유럽회사 건축 사업부와 건설 사업부가 맡을 걸세. 건축 사업부는 도시 조성을, 건설 사업부는 도로를 맡게 될테지. 이미 서유럽회사는 어느 정도 준비를 마친 상태일세."

내 말에 다들 놀랐다. 면천의 문제점을 보고하러 왔는데 이미 대책까지 다 세워져 있었으니까.

며칠 후, 만대와 왕자준이 집현전에 들어와 계획 수립에 참여하면서 본격적인 신도시와 도로 건설 프로젝트가 시작되었다.

곧 집과 직업 없어 떠도는 이들을 서유럽회사가 일용직으로 고용해 기술이 그다지 필요 없는 도로 공사부터 착수했다.

마침내 조선의 열악한 도로 사정을 개선하는 사업이 시작된 거다.

이는 앞으로 기간이 얼마나 걸릴지 알 수 없는 일이다.

아마 들어가는 비용도 천문학적일 거다.

하지만 조선이 근대 국가로 나아가기 위해선 꼭 해야 하는 사업이다.

중요한 나랏일을 어느 정도 마무리 지었을 때.

내관 하나가 허겁지겁 달려와 알렸다.

"전하, 중전마마께서 출산이 임박한 듯하옵니다!"

"오, 드디어!"

얼른 대조전 근처에 마련한 산실청으로 달려갔다.

궁녀와 의녀들이 산실청 주위를 바삐 오가는 모습을 봐서는 정말 아기가 곧 나올 모양이다.

난 초조하게 그 앞을 오가다가 가끔 고개를 돌려 산실청 문을 보았다. 아기 울음소리는 들리지 않았다.

다시 초조하게 산실청 앞을 오갔다.

내 첫 아이가 곧 태어나는 건가?

이거 생각보다 긴장되는데. 아들일까, 딸일까?

아, 그게 뭐 중요하겠어.

건강하게 태어나 주기만 하면 되지.

다시 멈춰 서서 산실청 쪽을 보는데 상선과 눈이 마주쳤다.

"이런 때도 임금은 의연하게 대처해야 하는 거요?"

"저번 진남관에서의 일을 담아 두고 계셨던 것이옵니까?"

"지금 과인에게 뒤끝 있냐고 묻는 거요?"

상선이 재빨리 화제를 돌렸다.

"오히려 지금은 인간적인 모습을 보여 주시는 게 좋다고 생각하옵니다."

"어찌 그렇소?"

"매사에 너무 엄격한 군주는 아랫것들에게 두려움을 심어줄 위험이 있사옵니다. 그리고 아랫것들이 군주에게 두려움을 느끼면 책망받을 일이 두려워 실수를 뒤로 감추게 되는 법이옵니다."

"이번에도 궤변 같지만 일리는 있군."

그때, 왕두석이 헐레벌떡 뛰어오다가 돌부리에 걸려 넘어졌다.

역시 이번에도 무게가 많이 나가는 머리가 걸림돌이었는지 앞으로 세 바퀴나 구른 뒤에야 간신히 일어설 수 있었다.

다리를 절뚝거리며 걸어오는 왕두석을 보고 상선에게 물었다.

"저런 것도 인간적인 모습이라 할 수 있소?"

"저런 건 방정맞다고 하는 것이옵니다."

"오랜만에 우리 둘의 의견이 일치하는군."

왕두석이 머리를 긁적이며 다가와 머리를 숙였다.

"늦어서 황송하옵니다."

"왜 늦었어?"

"아내가 새벽부터 산기를 느껴 산파를 부르러 갔다가 늦었사옵니다."

왕두석도 작년에 농업 사업부 부장 신정화와 혼인해 남산 인근에 살림을 차렸다.

그리고 전쟁 중에 임신했단 소식을 얼핏 들었는데 공교롭게도 중전과 출산일이 겹친 모양이다.

"오, 그럼 아이는 태어났나?"

"예, 전하."

"산모랑 아이 둘 다 건강하고?"

"그렇사옵니다."

"다행이군."

"정말 그렇사옵니다."

"넌 여기 있을 필요 없다."

"늦, 늦게 왔다고 쫓아내시는 것이옵니까?"

"집에 돌아가서 아내랑 같이 있어 주라고 보내는 거야."

"괜찮사옵니다."

"아내가 출산할 때 서방이 옆에서 도와주지 않으면 평생 그 일로 바가지를 긁힌다더라."

"그런 건 어떻게 아셨사옵니까?"

"다 아는 수가 있다."

"장모님이 오셔서 돌봐 주고 있으니 소관이 옆에 없어도 괜찮을 것이옵니다."

"가라면 좀 가, 인마."

"그러면 중전마마께서 출산하시는 것만 보고 가겠사옵니다."

"뭐 그러든지."

난 고개를 끄덕이곤 다시 산실청 문 쪽으로 고개를 돌렸다.

그사이 왕두석은 동료들의 축하를 받았다.

아기도 아기지만 일단 산모와 아기 둘 다 무사하단 것만으로도 지금 시대에선 충분히 축하받을 일이다.

출산 중에 아이랑 산모 둘 다 목숨을 잃는 경우가 흔하니까.

중전도 신 부장처럼 탈 없이 출산했으면 좋겠군.

당연히 아이도 무사하고 말이야.

윗전 두 분도 소식을 듣고 급히 산실청으로 달려왔다.

난 얼른 달려가서 두 분을 맞았다.

"아기가 언제 태어날지 알 수 없으니 두 분 마마께선 대비전으로 돌아가 쉬고 계시는 게 어떻겠습니까?"

대왕대비가 단호하게 고개를 저었다.

"우리가 뒷방 늙은이들이긴 하지만 꼬부랑 노인네는 아니라오, 주상."

왕대비도 같은 생각이었다.

"이번에 태어날 아기는 대왕대비마마껜 첫 증손주고 이 어미에게 첫 손주가 됩니다. 고작 몇 시간 서 있는다고 병이 생기진 않을 테니 우리 걱정은 마시고 중전부터 챙기세요."

"알겠습니다."

난 고개를 끄덕인 뒤 물러 나왔다.

대왕대비, 왕대비 두 분의 말이 모두 맞기 때문이다.

대왕대비는 마흔 초반, 왕대비는 마흔 중반이다. 자신들을 뒷방 늙은이라 표현한 건 그냥 흔한 레토릭일 뿐이다.

21세기와 지금의 평균 수명을 비교할 건 아니지만 마흔과 마흔넷이면 사실 한창 정력적으로 활동할 나이다.

그리고 첫 증손주, 첫 손자라는 말도 맞다.

누나들이 시집가서 조카들을 꽤 낳긴 했지만, 친손주는 이번이 처음이다.

효종의 자식 중에 나만 유일한 사내니까.

그때, 산실청으로 의녀들이 뜨거운 물이 든 대야와 광목천 등을 가지고 서둘러 들어가는 모습이 눈에 들어왔다.

오, 곧 태어나려나 본데?

혹시라도 아기 울음소리가 들릴까 싶어 귀를 기울이는데.

"전하, 중전마마께선 꼭 순산하실 것이옵니다."

아기 울음소리 대신에 굵직한 사내의 목소리가 먼저 들렸다.

고개를 돌려보니 왕두석이 나만큼이나 긴장한 표정으로 서 있었다.

난 고개를 끄덕였다.

"네 말대로 되었으면 좋겠구나."

"틀림없이 그럴 것이옵니다."

"그러고 보니 딸인지 아들인지도 안 물어봤네."

"딸이옵니다."

"딸이면……, 흠, 문제가 좀 있겠군."

"어째서 그러사옵니까?"

"원래 큰딸은 아버지를 닮는다지 않더냐?"

"염려하지 않으셔도 되옵니다. 소관보단 내자를 더 닮았사옵니다."

"확실해?"

"머리만 보고도 알 수 있사옵니다."

난 왕두석의 머리를 슬쩍 보곤 고개를 끄덕였다.

"그렇구만. 신 부장도 덕분에 고생을 덜 했겠어."

"소관도 천만다행이라 생각하고 있사옵니다."

왕두석과 대화하다 보니 어느새 긴장이 풀려 있었다.

그리고 그때.

응애!

마침내 산실청 안에서 아기의 울음소리가 들려왔다.

대왕대비가 기뻐하며 외쳤다.

"울음소리가 아주 우렁찬 것이 원자가 분명하오!"

그 말이 끝나기도 전에 제조상궁이 달려 나와 외쳤다.

"전하, 중전마마께서 조금 전에 원자 아기씨를 순산하셨사옵니다!"

난 급히 물었다.

"산모와 아기 모두 건강한가?"

"예, 두 분 다 아주 건강하시옵니다."

"정말 듣던 중 반가운 소리로군."

제조상궁이 다시 산실청 안으로 돌아간 뒤에 주위에 있던 모든 이들이 바닥에 엎드려 한목소리로 외쳤다.

"전하, 원자 아기씨의 순산을 경하드리옵니다!"

"경하드리옵니다!"

"경하드리옵니다!"

"고맙소. 모두 그만 일어나시오."

"예, 전하!"

이어 윗전 두 분도 긴장이 풀린 얼굴로 다가와 축하 인사를
건넸다.

"주상, 정말 잘되었소."

"감사합니다, 대왕대비마마."

"이 어미는 묵은 체증이 싹 내려간 것 같습니다."

"예, 소자도 아주 기쁩니다."

한참 동안 축하 인사가 이어진 뒤에 상선이 의례에 따라 대
궐에 경사가 있음을 사방에 알렸다.

그 즉시, 빈청 등에서 대기하던 대신들이 앞다투어 달려와
축하 인사를 건넸다.

정신없이 인사를 받다 보니 어느새 사흘이 지났다.

난 산실청에 들어가도 된다는 허락을 받은 뒤에 산모와 아
기를 만났다.

중전이 아기에게 젖을 물린 모습을 보니 기쁘면서도 한편
으론 이보다 아름다운 광경이 이 세상에 있을까 싶었다.

중전이 젖을 다 먹이고 나서 물었다.

"안아 보시겠어요?"

"좋소."

난 아기를 품에 안아 보았다.

아기도 내가 아버지란 걸 본능적으로 아는지 울지 않았다.

그리고 놀랍게도 시선을 들어 나와 눈을 맞췄다.

"그래, 내가 네 아비다."

난 아기의 볼을 쓰다듬다가 말했다.

"네 이름은 이제 현이다. 마음에 드느냐?"

아기는 그렇다는 듯 날 보고 방긋 웃었다.

"하하, 벌써 효도할 줄도 알고 기특하네."

아기의 이름 현은 전생에서 내가 쓰던 이름이다.

이름도, 몸도, 신분도 다 남의 것을 빌려 쓰는 형편이지만, 이 아이의 존재로 인해 내가 역사 속 어딘가에 여전히 존재하고 있음을 증명할 수 있게 된 거다.

현종의 대체자가 아닌, 나 '이현우'가.

왕은 당연히 육아 휴직이 없다.

그나마 다행이라면 집과 근무지가 붙어 있는 대궐 안이라서 내가 원하기만 하면 언제든지 아기를 볼 수 있단 점 정도.

오늘도 새벽부터 육아와 전쟁 중인 중전을 찾아 그 노고를 위로하고 열심히 자기 할 일을 하는 현이를 안아 보았다.

아기가 할 줄 아는 거라곤 먹고 싸고 자는 게 다다.

하지만 그 세 가지를 잘하는 거야말로 진정한 효도일 테지.

난 칭얼거리는 아기를 중전에게 건네며 물었다.

"어제 제조상궁이 권한 대로 유모를 몇 들이는 게 어떻겠소?"

"신첩은 아직 괜찮습니다."

"유모를 들이기 뭐하면 대조전 궁녀들의 도움이라도 받으시오."

"첫 아이라 그런지 다른 이에게 맡기기가 싫습니다."

"흐흠."

"첫 아이만큼은 어미인 신첩이 끝까지 키웠으면 합니다."

"중전이 원한다면 그렇게 하시오."

모자를 만나 보고 나서 희정당으로 돌아가 업무를 보았다.

상선이 문밖에서 외쳤다.

"마마, 용호군 수뇌가 알현을 청하옵니다!"

"모두 들라 하시오."

"예, 마마."

잠시 후, 강대산과 안교안, 고검 등이 들어와 절을 하고 앉았다. 그리고 그중에는 반가운 얼굴도 여럿 있었다.

바로 착호군 고겸과 추룡군의 최제문, 유연, 아진이다.

근데 맨 마지막에 들어온 청년은 나도 처음 보는 얼굴이다.

"맨 뒤에 있는 젊은이는 처음 보는데 누구지?"

고검이 얼른 나섰다.

"앞으로 고겸과 함께 착호군을 이끌 고도이옵니다."

"착호군 군장은 부하들 이름 짓는 방법이 일관적이어서 좋군."

웬일로 고검이 풀이 죽어 물었다.

"고도는 칼을 잘 써서 소장이 지은 이름인데 이상하옵니까?"

"누가 이상하다고 했는가?"

고검이 강대산과 안교안을 뚫어지라 바라보며 대답했다.

"강 대장과 안 군장이 소장의 이름 짓는 재주가 형편없다며 비웃었사옵니다. 전하께서도 소장이 그렇다고 보시옵니까?"

"아, 아닐세."

난 고검이 발작하기 전에 얼른 화제를 돌렸다.

"자네들을 부른 이유는 용호군의 해외 활동을 늘리기 위해서네."

강대산이 얼른 물었다.

"저번 전쟁 때문에 그러시옵니까?"

"그렇네."

안교안이 고개를 끄덕이며 물었다.

"그럼 역시 중국과 왜국이 그 첫 번째 대상이 되는 것이옵니까?"

"맞네. 우선 최제문과 유연은 왜국으로 건너가서 고군분투 중인 홍장미 요원을 돕게. 서유럽회사에서 왜국을 잘 아는 고연내 과장이 같이 갈 거니까 지금보다는 좀 수월할 거야."

그 즉시, 최제문, 유연이 일어나 머리를 조아리며 대답했다.

"어명을 따르겠사옵니다."

난 이어 아진과 고겸, 고도를 보았다.

"아진, 고겸, 고도 세 명은 중국으로 가게. 데려가는 인원은 용호군에서 차출하도록 하고. 그리고 마찬가지로 중국 사정을 잘 아는 서유럽회사의 조온잠이 같이 갈 걸세. 조온잠은 중국 강남의 유력자와 안면이 있으니 도움이 될 거야."

이번에도 아진, 고겸, 고도가 일어나 명을 받았다.

"어명을 따르겠사옵니다."

왜국과 중국으로 떠나는 인원이 나간 뒤에 강대산에게 물었다.

"요즘 팔도 분위기는 어때?"

"다들 조심하는 분위기이옵니다."

"홍제원 일로?"

"그렇사옵니다."

"용호군은 이번 양전이 무사히 끝날 수 있도록 균전사를 끝까지 지원하게. 훈련도감, 포도청, 어사원이 물 밖에서 균전사를 지원한다면 용호군은 물 밑에서 지원하는 식으로 말이야."

강대산이 흠칫해 물었다.

"물 밑에서 지원한단 말이 정확히 어떤 의미이옵니까?"

"앞으로 국내에서 벌어지는 범죄는 포도청이 수사할 거야. 대신에 용호군은 국외에 좀 더 방점을 두는 거지. 이해했나?"

"이해했사옵니다."

"하지만 포도청이 하지 못하는 일들을 용호군은 할 수 있지 않나? 이를테면 홍제원과 같은 고난이도 작전을 말이야."

"무슨 뜻으로 하신 말씀인지 이젠 알겠사옵니다."

"이해했다니 다행이군."

난 고개를 돌려 안교안과 고검을 향해 대뜸 물었다.

"두 사람은 저번 전쟁의 결과에 대해 어찌 생각하나?"

고검이 조금도 주저하지 않고 바로 대답했다.

"역사에 남을 대승이지 않겠사옵니까?"

"안 군장도 그리 생각하나?"

안교안은 잠시 생각한 뒤에 대답했다.

"중요한 한 가지가 빠졌다고 생각하옵니다."

"오, 그게 뭔가?"

"대만에 정씨 왕국이 아직 건재하단 것이옵니다."

안교안의 말에 강대산과 고검이 동시에 흠칫했다.

난 그 둘은 신경 쓰지 않고 안교안에게 계속 물었다.

"그럼 우리는 어떻게 해야 하겠나?"

"정씨 왕국을 완전히 무너트려야 하옵니다."

난 고개를 끄덕인 뒤에 말했다.

"안 군장이 잘 말해 주었다. 저번 전쟁에서 우리가 압도적으로 승리하긴 했지만 완벽한 승리라곤 할 수 없다. 적의 근거지가 대만에 그대로 남아 있기 때문이지. 즉, 저들이 언제고 정경의 복수를 하겠다거나, 아니면 우리가 데리고 있는 포로를 돌려받겠다며 또다시 도발해 올지 모르는 일이다."

강대산이 재빨리 물었다.

"하오면?"

"놈들이 전쟁에서 입은 피해를 복구하기 전에 우리가 먼저 대만을 쳐야 한다. 물론, 단순히 응징하기 위해서만은 아니다."

"……"

"아마 우리가 정씨 왕국을 무너트린다고 해도 대만 섬 전체를 완벽히 장악하긴 힘들 거다. 다두 왕국도 있고 대만도 섬치고는 꽤 크니까. 하지만 그중 중요한 항구 몇 개만 영구히 점령할 수 있다고 해도 우리에겐 큰 도움이 된다."

"……."

"대만에서 중국, 류큐, 인도차이나, 인도네시아, 인도로 뻗어 나갈 수 있기 때문이다. 내 말이 무슨 뜻인지 이해했겠지?"

용호군 수뇌부 세 명은 동시에 머리를 조아렸다.

"이해했사옵니다."

용호군은 내가 준 세계 지도를 쓰고 있어 방금 말한 지역이 어디인지 다 안다.

그때, 강대산이 물었다.

"그렇다면 이른 시일 내에 대만을 공격하실 생각이옵니까?"

"정경이 한 실수를 내가 되풀이할 순 없지. 정경이야말로 완벽한 반면교사 아니겠나?"

강대산도 동의했다.

"맞사옵니다. 지금 전력이면 대만 정씨 왕국과 싸워 승리할 순 있을 테지만 보급선이 길어 오래 버티기 힘들 것이옵니다."

안교안이 강대산의 의견에 보충했다.

"그것도 그렇지만 우리가 대만 정씨 왕국과 전쟁을 벌이면 경정충, 상가희, 오삼계가 간섭하려들 가능성이 있사옵니다."

"안 군장의 말도 맞다. 해서 난 다두 왕국을 이용할 생각이다. 무기를 주고 우리 대신 정씨 왕국과 싸우게 하는 거다."

강대산이 안교안, 고검과 눈을 맞추고 나서 머리를 조아렸다.

"과연 절묘한 방책이옵니다."

"용호군은 다두 왕국을 지원할 방안을 마련해 바로 시행해라."

"알겠사옵니다."

용호군 수뇌가 돌아가고 얼마 지나지 않아 김석주가 들어왔다.

절을 한 김석주가 희정당 안을 구경하며 탄성을 터트렸다.

"희정당이 별천지처럼 변했단 소문은 들었지만 직접 보니 소문으로 듣던 거보다 더 대단하옵니다."

"쓸데없는 말 그만하고 자리에 앉기나 해라."

"예, 전하."

난 자리에 앉은 김석주를 보며 실소를 터트렸다.

"얼굴은 대체 왜 그러냐?"

"소생의 얼굴이 이상하옵니까?"

"얼굴이 폭탄처럼 터지기 직전이네."

"다 전하 탓이옵니다."

"뭐? 내 탓?"

"전하께서 소생을 밖으로 계속 내모는 탓에 아들을 오랜만에 본 어머니가 하루에 다섯 끼씩 챙겨 주고 있사옵니다. 그러니 소생의 얼굴이 이리된 건 전하의 탓이 아니겠사옵니까?"

"아주 틀린 말은 아니군. 근데 몸은 다 나았냐?"

"다 나았다고 말하면 소생은 앞으로 어찌 되는 것이옵니까?"

"어찌 되긴 뭘 어찌 돼, 다시 해외로 나가야지."

"휴우."

한숨을 내쉰 김석주가 물었다.

"이번엔 어디로 가야 하옵니까?"

"대만을 거점으로 삼아 인도네시아, 인도차이나, 필리핀, 뉴기니, 오스트레일리아, 그리고 인도까지 한 번에 싹 돌고 와라."

"인도네시아에는 네덜란드 동인도회사가 있지 않사옵니까?"

"어차피 동남아에 진출하려면 유럽과 접촉할 수밖에 없다. 계획보다 조금 빨라진 거뿐이니 그들을 만나 동정을 살펴라."

"오스트레일리아도 문제이옵니다."

"멀어서?"

"그렇사옵니다."

"그래도 오스트레일리아는 꼭 가야 하는 곳이다. 우리 조선에는 없는 다양한 지하자원이 엄청나게 매장되어 있는 데니까."

"전하께선 그런 사실을 대체 어떻게 알고 계시는 것이옵니까?"

"조상님들이 꿈속에서 가르쳐 줬다."

"흐흠."

"그래서 갈 거야? 말 거야?"

"소생이 못 가겠다고 하면······."

"난 하기 싫다는 거 억지로 시키는 그런 못돼 먹은 임금 아니다."

"정, 정말이시옵니까?"

"집에서 할 일 없는 파락호처럼 놀고먹기만 하면 네 부친이 슬퍼할 테니 대신 내시부에 들어와서 일해 보는 건 어떠냐?"

"내시부에 소생 같은 멀쩡한 사내도 들어갈 수 있는 것이었사옵니까?"

"아마 안 될걸."

김석주가 자기 사타구니를 슬쩍 내려다본 뒤에 물었다.

"그렇단 말씀은 설마 소생의 물건을……?"

"흠, 아무래도 그래야겠지. 너 같은 호색한을 물건도 안 자르고 대궐에 풀어놓을 순 없으니까."

"가겠사옵니다……."

"목소리가 작아서 잘 안 들리는데."

"가겠사옵니다!"

"나라와 민족을 위해 자발적으로 나서겠다니, 난 네가 참 자랑스럽다."

"자발적으로……, 하하, 예, 자발적으로 가는 것이옵니다."

김석주가 나간 뒤에 난 볼일이 있어 서유럽회사로 출타했다.

씩씩거리던 김석주는 창덕궁 벽을 걸어차며 욕을 내뱉었다.

"제기랄, 염병할, 육시랄!"

그렇게 한참을 벽 앞에서 욕을 하며 씩씩거리던 김석주가 대로로 사라진 뒤에 담 위에서 머리 두 개가 불쑥 올라왔다.

왼쪽 머리가 오른쪽 머리에게 물었다.

"자네, 저놈 어디서 본 거 같지 않은가?"

오른쪽 머리가 고개를 갸웃거렸다.

"몇 년 전에 여기서 벽을 차며 욕하던 놈이랑 비슷하게 생기긴 했구만."

"비슷하게 생긴 게 아니라, 그놈이 맞다니까."

"어찌 그리 확신하는가?"

"그럼 상판이 저렇게 고약하게 생긴 놈이 이 세상에 또 있단 말인가?"

"자네 말을 듣고 보니 맞는 거 같군."

"한데 저놈은 왜 또 심통이 나서 멀쩡한 벽에다 화풀이하는 거지?"

"누군가에게 된통 당했나 보지."

"참 누군지 몰라도 대단하구만."

"누가 대단하단 건가?"

"저놈을 저렇게 만든 놈이 대단하단 거지."

"그렇게 생각하는 이유가 뭔가?"

"난 저 얼굴을 보기만 해도 오줌이 찔끔 나올 것처럼 무서운데 저런 놈이 분을 참지 못해 화를 낼 정도면 상대는 그보다 더 고약한 놈이지 않겠나?"

"음, 자네 말대로라면 고약하다 못해 아주 빌어먹을 놈이겠구만."

"내 말이 그 말일세. 아주 지독한 놈이겠지."

담소를 나누며 잠시 휴식한 두 사람은 다시 주변을 경계했다.

◆ ◇ ◆

서유럽회사 첨단 기술 연구소 정문을 지나는데 귀가 너무 간지러웠다.

난 잠시 멈춰서 손가락으로 귀를 파다가 고개를 홱 돌렸다.

"너 방금 내 욕했지?"

왕두석이 당황한 표정으로 손을 내저었다.

"소, 소관이 왜 전하 욕을 하겠사옵니까?"

"그럼 속으로도 안 했어?"

"지금은 안 했사옵니다……."

"지금은? 그럼 속으로 욕한 적이 있다는 거냐?"

"하하하, 소관이 얼른 가서 전하께서 오셨다고 알리겠사옵니다."

왕두석은 부리나케 첨단 기술 연구소 안으로 뛰어 들어갔다.

난 그 모습을 지켜보다가 고개를 저었다.

"그럼 김석주가 내 욕을 한 모양이군."

홍귀남이 다가와 물었다.

"서유럽회사 영업이사인 김석주 말이옵니까?"

"맞아."

"그가 왜 전하 욕을 했다고 생각하시옵니까?"

"조금 전에 그를 만나 욕먹어도 싼 짓을 했으니까."

"아아!"

그때, 최석정, 최석항, 단이 세 명이 버선발로 뛰어나왔다.

"오셨사옵니까?"

"못 본 사이에 다들 많이 컸구나."

셋 다 한창 자랄 때라 못 본 사이에 다들 키가 부쩍 컸다.

"들어가서 이야기하자."

"예, 전하."

난 연구소 안에 있는 연구실 안으로 들어가 고개를 들었다.

눈앞에 거대한 기계 두 개가 나란히 세워져 있었다.

바로 연구소에서 비밀리에 만든 방적기와 직조기였다.

마침내 섬유 산업에서만큼은 산업 혁명 근처까지 간 거다.

섬유는 크게 세 가지 공정으로 만들어진다.

첫 번째는 섬유 원재료 생산이다.

면은 목화, 모는 짐승의 털, 베는 삼, 비단은 누에에서 각각 추출한다. 물론, 지금까지 말한 원재료는 전부 천연 섬유다. 플라스틱으로 만드는 인조 섬유는 지금 기술론 만들지 못한다.

두 번째는 위에 나온 원재료를 실로 만드는 공정이다.

이 공정을 효율적으로 하기 위해 만들어진 게 바로 방적기다.

사실 방적기는 수천 년 전부터 존재했다.

우리가 물레라 부르는 장비가 그것이다.

하지만 빠르게, 그리고 대량으로 실을 만들어 내는 현대적의미의 방적기가 개발되며 섬유 산업은 폭발적으로 성장한다.

그리고 마지막 세 번째는 두 번째 공정을 통해 확보한 실을 촘촘하게 짜서 섬유라 불리는 옷감으로 만드는 공정이다.

물론, 세 번째 공정에도 베틀이라 불리는 장비가 수천 년 넘게 여러 문화권에서 쓰여 왔다.

하지만 직조기가 등장하며 전과 비교할 수 없을 정도로 효율이 높아져 가내 수공업에 의존하던 섬유 제조가 마침내 산업이라 불리는 형태로 진화했다.

난 방적기와 직조기의 부품을 하나하나 살펴보며 물었다.

"동력은 당연히 수력이겠지?"

연구소 소장인 최석정이 긴장한 목소리로 대답했다.

"예, 전하."

"둘 다 내 예상을 훌쩍 뛰어넘을 정도로 잘 만들었군."

"모두 전하께서 주신 설계도 덕분이옵니다."

"시험 가동은 해 봤나?"

"한강 물을 끌어와 100여 차례 시험해 봤사옵니다."

"결과는?"

"둘 다 잘 작동했사옵니다."

그러면서 최석정이 동생 최석항을 슬쩍 보았다. 형의 신호를 본 최석항이 바로 비단에 싼 물건을 두 손으로 받쳤다.

난 비단 안에 든 면을 만져 보며 고개를 끄덕였다.

"시험작치곤 잘 나왔네."

그제야 연구소 직원들이 안도의 숨을 쉬었다.

난 면섬유를 돌려준 뒤에 섬유 쪽은 신경을 끊었다.

섬유 산업은 조선이 할 만한 사업이 아니기 때문이다.

그럼 한국이 섬유 산업으로 외화벌이하던 건 뭐냐고 묻는 사람이 있을지도 모른다.

그건 인조 섬유, 즉 플라스틱으로 만든 섬유를 원재료로 사용했기 때문에 가능했던 거다.

지금의 조선은 목화를 심을 밭과 양을 키울 목초지 자체가 없다.

당장 목화를 심을 공간이 조금이라도 있으면 농작물부터 심는다.

그리고 목초지가 있으면 다 갈아엎고 논이나 밭으로 만들어 또 농작물을 심는다.

옷보다 먹는 문제가 훨씬 급하기 때문이다.

그나마 산이 많은 덕에 비단은 제법 가능성이 있어 보이지만 우리가 여기서 아무리 난리 쳐 봤자 중국에서 가내 수공업으로 만드는 비단의 양과 가격을 따라잡을 방법이 없다.

그런 우리와 정반대의 환경을 갖고 있던 나라가 바로 영국이다.

영국은 세계 최대의 목화 생산지이던 인도를 식민지로 갖고 있어 대량의 면화를 싸게 들여올 수 있었고 그 덕분에 세계 최초로 산업 혁명에 성공했다.

난 내가 왔단 소식을 듣고 급히 찾아온 장현에게 물었다.

"제조 사업 본부는 완성되었나?"

"예, 전하. 전에 지시하신 대로 강남 서쪽 지역에 제조 사업 본부와 본부가 사용할 제조 공장을 세웠사옵니다."

"그러면 여기 있는 방적기하고 직조기를 참고해 제작에 들어가시오. 그리고 제작한 장비는 팔도에 건설하고 있는 섬유 공장으로 보내 내수용으로 판매할 옷감을 생산하도록 하시오."

"바로 조치하겠사옵니다."

대답한 장현이 직원들과 기계 생산에 관해 상의할 때.

난 연구원들을 데리고 다음 연구실로 넘어갔다.

연구실에선 물을 담은 욕조와 강철 바퀴 두 개를 이어 붙여 만든 거대한 롤러, 즉 압축기가 가장 먼저 눈에 들어왔다.

난 최석정 등을 보며 고개를 끄덕였다.

"시작해라."

"예, 전하."

곧 연구원들이 삽으로 솜뭉치 같은 것을 퍼내 욕조에 부었다.

욕조가 가득 찰 정도로 쏟아부은 뒤에는 그 안에 특수 용액을 뿌려 솜뭉치가 물에서 잘 풀어지게 하였다.

물론, 막대기 같은 걸로 중간중간 젓는 일도 잊지 않았다.

작업을 마친 다음엔 김을 말릴 때처럼 풀어진 솜뭉치를 액자 같은 형틀에 바른 뒤 고르게 퍼지게 도구로 문질렀다.

작업을 마친 최석정이 설명했다.

"저 상태로 바람이 잘 통하는 장소에 가져가 이틀쯤 말리면 수분이 약간 빠져나가 다음 공정에 쓸 수 있게 되옵니다."

곧 최석항이 이틀 동안 말린 형틀을 가져와 보여 주었다.

형제 말대로 이틀 말린 형틀은 수분이 적당히 사라지면서 옷감이 아니라, 종이처럼 약간 딱딱한 질감으로 바뀌어 있었다.

난 고개를 끄덕인 뒤에 지시했다.

"계속하게."

"예, 전하."

연구원들은 곧 이틀 말린 형틀에서 먼저 틀을 떼어 낸 뒤에 적당히 마른 면섬유를 강철 바퀴처럼 생긴 압축기에 넣었다.

그리곤 압축기를 돌려 면적을 넓히면서 수분을 더 제거했다.

난 공정을 지켜보며 물었다.

"압축기를 몇 번 돌려야지 쓸 만한 상태가 되던가?"

"여섯 번을 반복해야 최상의 결과물이 나왔사옵니다."

"결과물을 가져와 보게."

"예, 전하."

최석항이 바로 공정을 마친 결과물을 가져와 보여 주었다.

난 네모반듯하게 잘린 면섬유를 만져 보며 세세히 확인했다.

이렇게까지 하는 이유는 이 면섬유가 그만큼 중요해서다.

앞으론 이게 지폐의 재료가 돼야 하니까.

지폐는 말 그대로 종이로 만든 화폐란 뜻이다.

하지만 현대에 들어와선 종이 화폐가 잘 쓰이지 않는다.

실제 사용하기에는 불편한 점이 많기 때문이다.

일단, 종이로 만들면 당연히 물기에 취약해진다.

그리고 여러 번 접으면 갈라져 찢어지는 경우도 많다.

그래서 나온 방법이 바로 면섬유로 만드는 지폐다.

뭐 나중엔 플라스틱 일종인 폴리머로 만들기도 하지만 그건 석유를 뽑아내 정밀하게 정제했을 때나 가능한 이야기다.

면섬유로 지폐를 만들면 방수성이 약간 좋아진다.

또, 내구력도 좋아져 수천 번을 접어도 잘 찢어지지 않는다.

나도 그런 이유에서 처음부터 종이 대신, 면섬유를 연구했다.

근데 면섬유 지폐엔 한 가지 문제가 있었다.

면섬유란 말은 일단 재료인 면부터 확보해야 한단 뜻이니까.

그래서 만든 게 좀 전에 본 방적기와 직조기다.

아마 화폐로 사용할 지폐가 지금 당장 필요하지 않았다면 방적기와 직조기의 개발은 몇 년 더 늦춰졌을 공산이 크다.

더욱이 지폐 재료로 쓰는 솜뭉치는 멀쩡한 실을 잘라 만드는 게 아니라, 길이가 너무 짧아서 직조기에 쓸 수 없는 불량품과 찌꺼기 등으로 만들기 때문에 종이보다 저렴하다.

난 면섬유로 만든 지폐를 당겨도 보고 구겨도 보았다.

현대에서 쓰던 지폐에 비하면 확실히 덜 부드럽다.

하지만 지금 기술 수준을 생각하면 최상의 제품일 테지.

"잘 만들었다."

"황공하옵니다."

"이제 인쇄해 봐라."

"예, 전하."

최석정은 내가 건넨 지폐 재료를 들고 다음 실험실로 향했다.

그곳에는 이번에 만든 수력 방식의 인쇄기가 있었다.

말로는 거창하게 인쇄기라 했지만 사실 양각한 동판에 염료를 묻혀 지폐에 그림과 숫자 몇 개 찍는 게 다인 제품이다.

곧 연구원들이 동판에 파란 염료를 묻힌 뒤에 인쇄기의 손잡이를 돌려 동판에 있는 그림이 지폐에 찍혀 나오게 하였다.

단이가 인쇄를 마친 지폐를 들고 한달음에 달려왔다.

"여기 있사옵니다, 전하."

"그래, 수고했다."

난 단이 머리를 쓰다듬어 준 뒤에 지폐를 불빛에 비춰 보았다.

도화원 최고의 실력자들이 태조 이성계의 어진을 축소해서 동판에 조각한 그림이 지폐 앞면에 선명하게 찍혀 있었다.

"내 예상보다 훨씬 잘 나왔구나."

최석정 형제와 단이가 동시에 머리를 조아렸다.

"성은이 망극하옵니다!"

"이제 뒷장도 찍어 보아라."

"예, 전하."

곧 동판을 바꿔 지폐 뒷장에도 같은 식으로 인쇄하였다.

그렇게 해서 나온 지폐 뒷장에는 한글과 한문, 영어, 그리고 아라비아 숫자로 10,000이란 표기가 선명하게 찍혀 있었다.

"뒷면도 잘 나왔구나. 이제 다른 지폐들도 만들어 보아라."

"예, 전하!"

임금에게 연이어 칭찬받으면서 사기가 하늘을 찌를 것처럼 오른 연구원들은 서둘러 다른 지폐도 시험 인쇄에 들어갔다.

곧 세종대왕 어진을 축소해 그림으로 찍어 낸 5,000원권과

내 어진을 축소해 그림으로 찍어 낸 1,000원권, 그리고 이순신 장군의 초상화를 넣은 500원권이 각각 모습을 드러냈다.

여기까진 고액 화폐에 속한다.

500원권 아래부터는 동전과 같은 역할을 하는 소액 지폐다.

현대 한국에선 소액을 동전으로 주조하지만, 조선에서 그러다간 재정을 말아먹기 쉬워 소액도 아예 지폐로 만들었다.

동전은 이름처럼 구리로 만든다.

물론, 니켈을 섞기는 하지만 어쨌든 구리, 니켈 둘 다 한반도에선 구하기 힘든 자원이라 수입에 의존할 수밖에 없다.

조선도 그래서 동전을 대량으로 만들 때, 구리 대부분을 왜국에서 사 왔는데 그 바람에 무역 적자가 어마어마하게 났다.

500원권 다음인 100원권 지폐에는 임진왜란 때 도원수로 활약한 충장공 권율을, 50원권 지폐에는 역시 임진왜란 때 진주대첩을 승리로 이끈 충무공 김시민을, 10원권 지폐에는 세종대왕 때 유명한 공학자인 장영실의 초상을 각각 넣었다.

그리고 1원권 지폐에는 창을 든 조선 의병의 그림을 넣었다.

지폐에 들어갈 인물을 선정하는 일은 절대 쉽지 않았다.

조선을 개국한 태조는 꼭 들어가야 한다.

세종대왕도 업적을 생각하면 당연히 들어가는 게 맞다.

그리고 1,000원권에 남사스럽게도 내 어진을 넣은 이유는 통치 기반을 강화하기 위한 일종의 정치 수단 쪽에 가깝다.

근데 그다음이 문제다.

이황, 이이 같은 유학자를 선정해서 지폐에 넣으면 분명 조정에서 몇십 년 동안 큰 분쟁이 일어날 게 뻔하기 때문이다.

서로 자기네 종주가 더 고액권에 들어가야 한다며 싸우거나, 성혼, 류성룡 같은 이도 지폐에 넣어야 한다며 싸울 테니까.

난 시빗거리 자체를 만들지 않기 위해서 유학자는 배제했다.

유학자가 철저히 배제되면서 자연스럽게 임진왜란을 극복하는 데 큰 공을 세운 선무공신이 그 자리를 대신하게 되었다.

이순신 장군, 권율 장군, 김시민 장군이 바로 그들이다.

그리고 특별히 장영실을 넣은 이유는 그가 천민 출신인데다, 지금 조선에서 천대받는 엔지니어의 조상 격이기 때문이다.

지폐를 이용해 이제 신분제는 과거의 유물이며 머리에 먹물만 가득한 유학자보다 장영실 같은 뛰어난 엔지니어가 더 우대받을 거란 점을 조선 백성에게 보여 주기 위함인 거다.

마지막으로 조선 의병을 화폐의 가장 소액권이면서, 가장 쉽게 접하게 될 1원권에 넣은 이유는 백성이야말로 우리 조선의 근간임을 기득권 세력에게 다시 일깨워 주기 위해서고.

지폐는 색을 달리해 시인성도 좋게 만들었다.

고액은 자연에서 찾기 힘들어 소량밖에 제조 못 하는 푸른색을, 중간은 붉은색을, 소액은 녹색 염료를 사용해 만들었다.

인쇄를 마친 뒤엔 동전을 보급하는 데 걸림돌로 작용하던 위조 문제를 해결하기 위해 특별히 개발한 특수 용액을 발랐다.

이렇게 하면 광택제를 바른 것처럼 지폐에 윤이 난다.

즉, 진폐와 위폐를 비전문가도 구별할 수 있게 한 거다.

결과물에 아주 만족했기에 바로 호조판서 이시방을 불러 조폐청을 설치하게 한 뒤 지폐를 시험 생산하란 어명을 내렸다.

물론, 지폐는 발행한다고 해서 바로 통용되진 않는다.

지폐 발행보다 더 큰 난관이 있기 때문이다.

바로 실질 화폐만 사랑하는 백성의 인식을 전환하는 문제다.

전쟁보다 이게 더 힘들지도 모르겠군.

143장. 저번에도 그러더니 또 그러네

지폐 관련 일을 마무리 지은 뒤에 최석정 형제를 불러 말했다.

"중전이 처남들을 보고 싶어 하니까 시간 날 때 대궐에 들르도록 해. 들른 김에 조카에게 외삼촌 얼굴도 좀 보여 주고."

"예, 전하."

"이건 내 예상보다 훨씬 잘해 줘서 주는 상이야."

홍귀남이 곧 은이 든 묵직한 주머니를 건넸다.

당황한 최석정이 손사래를 치며 물러섰다.

"이미 받은 녹봉만으로도 분에 넘치옵니다."

최석항도 놀라 말했다.

"저흰 괜찮사옵니다. 다른 이들에게 주시옵소서."

난 피식 웃었다.

"다른 이들에겐 이미 넉넉히 줬어."

"그, 그렇사옵니까?"

"이참에 장인, 장모님께 효도도 하고 맛난 거도 사 먹고 그래. 며칠 쉬고 난 다음에 후속 프로젝트에 들어가야 하니까."

"후속 프로젝트라 하시면?"

"공중 질소 합성 장치."

"아!"

"수입한 쌀과 구황작물로 굶는 백성이 전보다 많이 줄어들긴 했지만 그래도 흉년이 들면 아사자가 속출하는 상황이야."

"안타까운 일이옵니다."

"그래, 안타까운 일이지. 하지만 공기인 질소를 인위적으로 합성해 암모니아로 만들 수만 있으면 더는 굶을 필요가 없다."

최석정 형제는 고개를 끄덕였다.

형제는 이미 대학원생 수준을 뛰어넘는 지식을 갖고 있었다.

"암모니아로 화학 비료를 생산해 농가에 보급한다고 생각해 봐라. 아마 몇 년 내에 인구가 폭발적으로 증가하게 될 거다. 처남들도 인구가 국력에서 얼마나 중요한 비중을 차지하는지 알 테니까 이 매형이 무슨 말을 하는 건지 이해했겠지?"

"이해했사옵니다."

"근데 암모니아로 만들 수 있는 건 비료만이 아니다."

최석항이 똘망똘망한 눈으로 물었다.

"화약을 말씀하시는 것이옵니까?"

"맞다, 화약. 역시 석항 처남이 잘 아는군."

칭찬받은 최석항이 뿌듯해하며 내 말에 귀를 기울였다.

"군에서 요구하는 화약의 양이 매년 급격히 늘고 있다. 근데 불행히도 조선에선 화약의 재료인 초석이 전혀 나질 않는다. 뭐 그렇다고 다른 자원이 풍부한 것도 아니니까 자원만 놓고 보면 조상님들의 뽑기 운이 영 시원찮았던 거겠지."

험험 하는 기침 소리가 들려 뒤를 돌아보았다.

왕두석이 손으로 엑스 자를 만들어 보였다.

그가 저런 행동을 하는 경우는 한 가지뿐이다.

잘 나가다가 갑자기 삼천포에 빠졌을 때다.

난 다시 원래 목적지로 방향을 틀었다.

"아무튼 그래서 초석을 복건에서 수입해 오는데, 국제 사회에서는 영원한 적도 없지만 영원한 우방도 없는 법이다. 즉, 경정충이 딴마음을 먹으면 우린 주력 무기로 도입한 화기를 제대로 사용할 수 없게 될지도 모른단 뜻이다. 그 위험성이야 굳이 매형이 자세히 설명해 주지 않아도 잘 알겠지?"

최석정 형제가 다시 고개를 끄덕였다.

역시 똑똑한 이들하곤 대화하기 편하다.

난 두 사람의 어깨를 붙잡으며 말했다.

"그래서 다음 프로젝트가 공중 질소 합성 장치 개발이 된 거다."

최석정 형제는 서로를 바라보고 나서 대답했다.

"상감마마의 기대에 부응할 수 있도록 최선을 다하겠사옵니다."

"매형은 처남들만 믿겠다."

돌아가기 전에 단이도 따로 불러내 사기를 북돋워 준 뒤에 대궐로 환궁해서 지폐 도입과 관련한 고민을 계속하였다.

우선 지폐 도입은 반드시 성공시켜야 했다.

손으로 꼽기 어려울 정도로 장점이 많기 때문이다.

그리고 그중에서 조선에 당장 필요한 장점이 바로 화폐의 부피가 실질 화폐일 때에 비해서 급격히 줄어든다는 점이다.

삼남에서 거둔 세곡, 대동미 등을 도성으로 운반하는 비용이 세곡의 절반에 해당한단 우스갯소리가 괜히 나온 게 아니다.

근데 이걸 세곡이 아닌 지폐로 바꾼다고 생각해 봐라.

거기서 아끼는 비용만 해도 엄청날 거다.

사실 방법은 간단하다.

백성에게 세금을 지폐로 내라고 강제하면 된다.

근데 내가 원하는 방식은 이런 게 아니다.

난 지폐가 제대로 된 통화 역할을 하길 바라는 거지, 세금을 내는 도구로 단순 소모되어 버리는 상황을 원하는 게 아니다.

그렇다면 이젠 어떻게 하면 종이 쪼가리에 불과한 지폐를 통화로 인식하게 하느냐가 이 사업의 관건이라 할 수 있다.

백성이 지폐를 믿지 못하는 이유가 뭘까?

단순히 쌀이나 옷감처럼 실용적이지 않아서?

아마 그게 전부는 아닐 거다.

그런 이유 외에도 지폐가 돈에서 단순한 그림 쪼가리로 전락할 수 있다는 불안감 또한 상당 부분 차지할 게 분명하다.

전 재산을 지폐로 바꾸어 보관했는데 어느 날 갑자기 통화 정책이 바뀌어서 지폐를 더는 돈으로 인정해 주지 않는다면?

아마 백이면 백 다 한강 물 온도를 체크하러 갈 거다.

그렇다면 백성의 그런 불안감부터 해소해 줘야 한다. 그러고 나서 지폐를 유통해야 가능성이 조금이라도 더 생긴다.

흠, 역시 그 방법밖에 없나?

그로부터 며칠 후, 난 호조판서 이시방을 희정당으로 불렀다.

이시방은 내가 다른 일로 부른 줄 안 모양이다.

"논의 끝에 조폐청을 훈련도감 군영 안에 두기로 했사옵니다."

"좋은 생각이오. 조선에서 그곳보다 안전한 장소는 없을 테니까."

"황송하옵니다."

"호판 대감."

"예, 전하."

"이제 슬슬 물러나는 게 어떻겠소?"

흠칫한 이시방은 잠시 뭔갈 생각한 뒤에 물었다.

"신이 크게 잘못한 일이 있사옵니까?"

"아니오. 이제 그만하는 게 좋을 듯해 그렇소."

살짝 한숨을 내쉰 이시방이 고개를 끄덕였다.

"전하의 뜻이 그러시다면 그렇게 하겠사옵니다."

난 침울해진 이시방에게 농을 걸려다가 그만두었다.

농도 사람을 봐 가며 해야 하는 법이다.

진지한 사람에게 했다간 농이 아니라, 비수로 찌른 게 된다.

이시방이 갑자기 일어나 큰절하였다.

"마지막으로 하직 인사를 올리겠사옵니다. 옥체 강녕하
시길……."

난 서둘러 이시방을 다시 자리에 앉혔다.

"과인이 물러나라 한 이유는 더 중요한 일을 맡기기 위해
서요."

이시방의 눈에 갑자기 생기가 돌았다.

"무슨 일이옵니까?"

"과인이 이번에 조선은행을 세울 계획인데 이시방 대감이
은행의 초대 총재 자리를 맡아 줘야겠소. 사실 조선 팔도에
이시방 대감만큼 경제를 잘 아는 전문가가 없지 않소? 그러
니 거절하지 말고 부디 과인의 제안을 받아들여 주구려."

"은행이 무엇이옵니까?"

난 은행이 하는 역할을 몇 시간에 걸쳐 설명했다.

이시방도 경제 쪽엔 나름대로 일가견이 있는 인물이라, 긴
설명을 모두 마쳤을 즈음엔 은행의 개념을 확실히 이해했다.

"아주 흥미로운 개념이옵니다."

"은행, 좀 더 나아가 돈을 만지는 산업 전반을 가리키는 말

인 금융은 부가 가치가 엄청난 사업이오. 만약, 우리 조선이 이 금융 산업을 앞에서 선도할 수 있다면 어떻게 될 거 같소?"

"대대손손 부국강병을 이룰 수 있겠지요"

"내 말이 바로 그거요."

난 이어 집현전에 있던 권대운을 불러왔다.

권대운은 절을 올리고 나서 빈 의자에 앉았다.

집현전 학자들은 희정당을 평소 제집처럼 드나든다.

그래서 내가 굳이 입 아프게 설명하지 않아도 알아서 잘한다.

선객인 이시방과도 눈을 맞추며 인사를 나눈 권대운이 말했다.

"신을 급히 찾으신단 말을 듣고 왔사옵니다."

"어제 좋은 꿈 꿨소?"

권대운이 어리둥절한 표정으로 대꾸했다.

"요즘은 새로운 조세를 만드는 일로 정신없이 바빠 베개에 머리를 기대기만 하면 잠이 들었다가 눈뜨면 새벽이옵니다."

그가 말한 조세는 다전다세를 뜻한다.

요즘 집현전은 세 가지 프로젝트를 동시에 진행하는 중이다.

첫 번째는 조세 개혁의 근간인 양전이다.

양전은 집현전 에이스인 윤증이 전담하는 중이다.

근데 업무량이 너무 많아 박세당, 박세채를 추가로 투입했다.

두 번째는 경자유전으로 이현일과 남구만 두 명이 형조와 상의해 가며 법령 자체를 새로 만들고 있다시피 한 상황이다.

그리고 마지막이 바로 권대운이 맡은 다전다세다.

양전과 경자유전에 집현전 에이스가 다 투입된 탓에 독박을 쓰게 된 권대운은 눈 밑에 시커먼 다크서클까지 져 있었다.

"꿈을 안 꿨다니 그거참 아쉽구만. 길몽을 꾸면 좋은 일이 생긴다는 세간의 낭설을 시험해 볼 좋은 기회였는데 말이오."

"신에게 좋은 일이 있는 것이옵니까?"

"집현전엔 몇 년이나 있었소?"

"올해로 3년째이옵니다."

"3년이면 적지 않은 시간이지."

"그렇사옵니다."

"그럼 이제 정책을 추진하는 데는 도가 텄겠구만."

"도가 트진 않았으나 많이 배운 건 맞사옵니다."

"그럼 이제 큰물에서 놀아 보시오."

"큰물이라 하시면?"

"호판을 맡으시오."

권대운의 눈이 이시방을 훑었다가 얼른 원래 자리로 돌아왔다.

"나라 살림을 책임지기엔 아직 부족한 점이 많사옵니다."

"여기 이시방 대감은 이 나라 조선의 천년 대계를 설계하는 아주 막중한 자리로 영전했으니까 그의 눈치 볼 필요 없소."

이시방도 미소를 지었다.

"전하의 말씀이 맞소. 그러니까 난 괘의치 마시구려."

"어찌 까마득한 후배에게 평대를 하시옵니까?"

"허허, 나라 살림을 맡을 분께 어찌 하대하겠소."

권대운은 일어나서 나와 이시방에게 차례를 읍을 하고 앉았다.

"전하의 막중한 기대에 제대로 보답할 수 있을지 벌써 걱정되기는 하오나 맡겨 주시면 신명을 다 바쳐 해 보겠사옵니다."

"과인이 그동안 지켜본 호판 대감이라면 아주 잘할 것이오."

"성은이 망극하옵니다."

"어차피 다전다세는 호조와 연관된 업무니까 호판 대감이 끝까지 추진해 끝을 보시오. 그리고 균전사는 이번 양전이 끝나는 대로 호조 산하로 들어갈 거요. 대신에 호조 판적사가 갖고 있던 세금 관련 업무를 전부 균전사에 이관하시오."

권대운은 동의했다.

"전하의 분부를 따르겠사옵니다."

"또한, 균전사 지청을 관아가 있는 모든 고을에 설치하시오."

"그럼 앞으론 모든 세금을 균전사가 거두게 되는 것이옵니까?"

"그렇소."

권대운과 이시방은 서로 얼굴을 마주 보며 고개를 끄덕였다. 내가 지방 관아를 어떻게 개혁하려는지 깨달았단 표정이다.

그들의 예상이 맞다.

난 무소불위의 권력을 가진 지방 관아를 해체 중이다.

조선은 고려와 달리 중앙 집권형 정치 체제를 갖고 있다.

하지만 그게 완전히 맞는 말은 아니다.

조선 조정은 고을 수령을 임명한 뒤에 방관한다.

그 바람에 고을 수령 한 명이 고을의 행정, 국방, 조세, 치안, 사법을 모두 맡아 처리하기에 수령이 어떤 자인지에 따라서 천국이 펼쳐지기도 하고 지옥이 펼쳐지기도 하는 거다.

물론, 고을 수령은 법령에 따라 주기마다 교체되게 되어 있다.

하지만 고을 하나 작살내는 데는 충분한 시간이다.

그래서 난 먼저 관아에서 국방 업무부터 분리했다.

이젠 지방군도 고을 수령이 아니라, 중앙군의 명령을 받는다.

얼마 전엔 홍제원 사건을 계기로 규모를 키운 포도청을 전국에 확대 설치해 지방 관아가 하던 치안 업무도 빼앗아 버렸다.

거기다 균전사까지 전국에 설치해 조세 권한마저 이관한다면 이제 지방 관아엔 행정과 사법 두 가지 권한만 남는다.

당연히 사법도 준비가 되는 대로 이관할 생각이다.

다시 본론으로 돌아와서.

난 권대운에게도 조선은행 아이디어를 설명했다.

옆에서 이시방도 거들었다. 덕분에 이시방 때보다 훨씬 빨리 권대운을 이해시킬 수 있었다.

"앞으로 호조와 조선은행은 긴밀하게 협력해야 하오."

이시방, 권대운이 동시에 머리를 조아렸다.

"명심하겠사옵니다. 전하!"

"그럼 지금부턴 지폐 관련 문제에 대해 상의해 봅시다."

난 먼저 내가 생각한 아이디어부터 공개했다.

두 사람은 내 아이디어에 살을 붙이기도 하고 때론 필요 없는 부분을 덜어 내기도 하면서 구체적인 실행안을 완성했다.

다음 날, 훈련도감 도원수 이완을 불러 지시했다.

"장군이 또다시 조선을 위해 중요한 일을 해 줘야겠소."

그 말이 끝나기 무섭게 이완이 한쪽 무릎을 바닥에 꿇었다.

쿵!

"뭐든 맡겨만 주시옵소서!"

난 이마를 짚었다.

"거 살살 좀 하시오. 그러다가 관절 나가겠소."

"고작 이런 일에 나가 버릴 관절이라면 소장은 필요 없사옵니다."

이완의 페이스에 말려들면 한도 끝도 없다.

얼른 업무 지시부터 내렸다.

"장군은 정주로, 유혁연 장군은 단천으로 가시오."

"가서 무얼 해야 하는 것이옵니까?"

"금고에 보관 중인 금괴와 은괴 전부를 도성에 있는 훈련도감 군영까지 안전하게 가져오는 게 이번 작전의 목표요!"

이완도 당황할 때가 있는 모양이다.

"전, 전부를 말이옵니까?"

"그렇소. 전부!"

"어명을 즉시 이행하겠사옵니다!"

벌떡 일어난 이완은 뒷걸음질로 나가다가 타이밍을 놓쳤다.

원래는 문 근처에서 돌아선 뒤에 앞으로 나가야 한다.

근데 몇 발자국 더 걷는 바람에 문을 그대로 뚫고 나가 버렸다.

"꺄악!"

놀란 궁녀들이 치마를 부여잡으며 넘어질 때.

이미 다른 것은 눈에 안 들어오는 모양이다.

이완은 그대로 뚜벅뚜벅 희정당을 걸어 나갔다.

난 사람 모양으로 뚫린 문을 보며 이마를 짚었다.

저번에도 그러더니 또 그러네.

이참에 아예 문을 철문으로 만들어 버려?

암튼 이완을 보냈으니까 운송 중에 탈 날 일은 없겠지.

144장. 토끼를 산 밑으로 몰라는 말씀이시군요

　공조판서 김윤회의 집에 젊은 사내가 찾아와 문을 두드렸다.

　"대감님 계시오?"

　그러나 한참을 두드려도 마중 나오는 이가 없었다.

　"왜 나와 보는 이가 없지? 행랑아범이 어디 아픈가?"

　젊은 사내가 중얼거리며 돌아서는데 문이 삐걱대며 열렸다.

　"자네 한수동이 아닌가?"

　그러면서 유건을 쓴 노인네가 문밖으로 얼굴을 살짝 내밀
었다. 한수동은 기뻐하며 물었다.

　"집에 계셨습니까?"

　"찬바람 그만 쐬고 어서 안으로 들어오게."

"그럼 실례하겠습니다."

한수동은 김윤회를 따라 사랑채로 걸어가며 물었다.

"어찌 행랑아범이 아니라, 대감님이 직접 문을 다 여셨습니까?"

김윤회가 못마땅한 표정으로 대답했다.

"종놈들은 도망친 지 오래일세."

"그 예비역이란 제도 때문입니까?"

"맞네. 예비역이 되면 가족 전체를 면천해 준단 소문이 들려오기 무섭게 다들 도망쳐 지금은 어디 있는지도 모른다네."

"상심이 크시겠습니다."

"상심은 아끼는 이를 잃었을 때나 느끼는 감정일세."

"실망이 크신가 보군요."

"아주 배은망덕한 놈들이지. 그동안 천한 것들을 먹여 주고 입혀 주고 새경까지 줘 가며 보살펴 줬는데 바로 배신해 버렸지 뭔가. 역시 머리 검은 짐승은 거두는 게 아니란 말이 맞았네."

"그럼 식사는 어떻게 하고 계신 겁니까?"

"마누라하고 딸년들이 맡아서 하고 있지."

"고생이 많으시겠습니다."

"말해 무엇하겠나. 내 입만 아프지."

한수동은 사랑채에 들어가 절부터 올린 뒤에 말했다.

"그동안 격조해 죄송합니다, 대감."

"어허, 요즘 격조한 사람이 어디 한둘이겠는가."

"인맥이 두루두루 넓으신 분이 어찌 그런 말씀을 다 하십니까?"

"요즘은 내 집에 들르려는 이가 거의 없다네."

"그렇습니까?"

"그러지 말고 어서 앉겠나. 천장 안 무너지니까."

"예, 대감."

자리에 앉은 한수동이 은근한 어조로 물었다.

"조정 분위기가 여전히 안 좋습니까?"

"안 좋은 정도가 아닐세."

"그 정도입니까?"

"아예 살얼음판을 걷는 게 나을 정도야."

"밖에서 듣던 거보단 더 심각한 모양이군요."

"홍제원 역모가 저지당하고 나서는 사적인 자리에 조정 관원 서너 명만 모여도 사람들이 의심스러운 눈길로 쳐다본다네."

"참 큰일입니다."

"내 벼슬길에 나선 지 벌써 수십 년이 지났지만, 요즘처럼 협잡을 일삼는 간신배 무리가 조정에 판을 칠 때가 없었네."

"간신배 무리면 누굴 지칭하는 것입니까?"

"누구긴 누구겠는가. 자기들을 왕인이라 생각하는 놈들이지."

한수동이 급히 주위를 둘러본 뒤에 속삭였다.

"낮말은 새고 듣고 밤말은 쥐가 듣는 법이옵니다."

"여기에 내 조카나 진배없는 자네밖에 없는데 무슨 상관인가."

"그렇기는 합니다만."

"괜찮네. 자네 앞에서까지 말조심하고 싶진 않으이."

"대감은 이런 분위기가 언제까지 갈 거 같으십니까?"

"아마 양전이 끝나야 좀 조용해질 걸세."

"양전이 끝나면 어떻게 되는 것입니까?"

"우리 같은 양반네는 끝장이라고 봐야지."

"양전이 그 정도로 파급력이 큰 겁니까?"

"양전을 한단 게 무슨 의미인지 아는가?"

"누가 얼마큼의 농지를 가졌는지 확인하는 조사이지 않습니까?"

"명목은 그렇지만 실상은 전혀 다르다네."

"어떻게 다릅니까?"

"이번에 하는 양전은 윗전이 중요하게 생각하는 정책인 경자유전, 다전다세를 실제로 적용하는 데 쓸 무기와 같은 걸세."

"무기란 말입니까?"

"좀 더 쉽게 설명해 주지. 경자유전은 농사를 지을 사람만 농지를 가지란 뜻인데, 이는 결국 소작을 금지한단 뜻 아닌가?"

"아."

"자네도 이제야 이해했나 보군."

"소작을 금하면 양반들은 농지를 팔 수밖에 없겠군요."

"맞네. 우리한테는 경자유전이 종놈 면천보다 더 큰 타격이지."

"그럼 다전다세도?"

"그것도 마찬가지일세. 경자유전, 다전다세 둘 다 농지를 많이 가진 우리 지주들의 땅을 강탈하려는 악독한 술책인 걸세."

한수동이 한숨을 내쉬었다.

"대감 말씀대로라면 양반이 더는 양반이 아닌 세상이 오겠군요."

"이미 반쯤은 그렇게 됐다고 봐야겠지."

한수동이 갑자기 주먹을 불끈 쥐며 분노에 차 물었다.

"그럼 이러고 있을 때가 아니지 않습니까?"

"이러고 있지 않으면?"

"양전이 끝나기 전에 어떻게든 수를 써 봐야지요."

김윤회가 씁쓸한 표정으로 대답했다.

"이럴 때 의심스러운 행동을 했다간 목숨조차 부지하기 어렵네."

한수동이 갑자기 목소리를 낮춰 말했다.

"실은 소생이 어제 중요한 소식을 하나 접했습니다."

김윤회의 목소리도 같이 낮아졌다.

"뭔가?"

"훈련도감이 보물을 운송 중이란 소식은 들으셨지요?"

"그거야 내가 자네보다 잘 알지."

"그렇습니까?"

"보물을 보관할 금고를 짓는 관청이 우리 공조라네."

"아, 그럼 말하기가 편하겠습니다."

"뜸은 그만 들이고 무슨 일인지 말해 보게."

"훈련도감이 운송하는 보물을 훔치려는 자들이 있다고 합니다."

"그, 그게 정말인가?"

"당사자 중 하나에게 직접 들은 소식입니다."

"그럼 맞겠군. 그래, 누군가? 그 간이 배 밖으로 나온 놈들이."

"종과 토지를 잃어 패가망신한 양반들이라 합니다."

"어허, 이러다간 홍제원 같은 일 또 벌어지겠구만."

"그들이 성공할 수도 있지 않겠습니까?"

"어림도 없네."

"그렇게 생각하시는 이유가 무엇입니까?"

"상대는 대만 정씨 왕국과도 싸워 이긴 군대일세."

"하긴 오합지졸이 싸워 이기기 쉽지 않은 상대임은 분명합니다."

"그 얘기를 하려고 이리 뜸을 들인 건가?"

"아닙니다."

"그럼 뭔가?"

한수동이 가까이 다가가 김윤회 귀에 대고 속삭였다.

"도적놈 중 하나가 대사헌 이상진의 서얼입니다."

"뭣이!"

놀라 소리를 지른 김윤회는 이내 실책을 깨닫고 얼굴을 붉혔다.

"미안하이. 내 너무 놀란 모양이야."

"이해합니다. 소생도 많이 놀랐으니까요."

"그나저나 이상진 그놈 꼴 좋게 됐군."

"이상진 대감에게 악감정이 있으셨습니까?"

"그치는 먼젓번에 강릉에서 재조회 사건이 첨 터졌을 때 유계랑 같이 정리되었어야 했던 인사일세. 한데 위기의 순간에 서인에서 왕인으로 재빨리 말을 갈아타서 목숨을 건졌지."

"그래서 드리는 말씀인데 이를 이용해 보는 게 어떻겠습니까?"

김윤회도 벼슬하며 닳고 닳은 사람이다.

그 즉시, 한수동이 하는 말을 이해하고 물었다.

"이번 참에 왕인을 치잔 건가?"

"왕인이 없으면 양전, 경자유전, 다전다세 모두 중단될 수밖에 없습니다. 아마 재개하는 데 상당한 시일이 걸리겠지요."

"일단 시간을 번 뒤에 흐지부지되게 만들잔 거로군."

"바로 그렇습니다."

"하지만 이런 큰일을 우리 둘이서 할 수는 없네."

"비슷한 생각을 가진 서인 쪽 유생이 꽤 있습니다."

김윤회가 미간을 찌푸렸다.

"자네 설마?"

"왜 그러십니까?"

"자네 애초에 이런 목적으로 날 찾은 건 아니겠지?"

한수동이 얼른 손사래를 쳤다.

"아닙니다. 이번 계획은 대감과 대화하다가 떠오른 것입니다."

"자네가 모은 유생들은 어느 계파인가?"

"신독재 계파와 청음 집안 쪽 사람들입니다."

신독재는 김집이고 청음은 김상헌이다. 주류 중의 주류와 손을 잡았단 이야기에 김윤회가 반색했다.

"오, 잘도 모았군. 한데 양송 쪽은 왜 빠졌는가?"

"그쪽은 양송 두 대감으로부터 경고받았다고 합니다."

"무슨 경고?"

"경거망동하면 사승 관계를 끊겠다고 했답니다."

김윤회가 혀를 찼다.

"요즘 양송이 하는 짓이 영 마음에 안 드는군."

"요즘은 후배들도 양송 두 대감을 욕하는 빈도가 늘었습니다. 희정당 쪽이 막 나갈 때 두 대감이 손을 놓고 있었다고요."

"암튼 그 얘긴 그 정도만 하세."

"알겠습니다."

한수동은 김윤회와 세부 계획을 논의한 뒤에 돌아갔다.

"역시 북방은 벌써 춥구만."

유혁연은 호랑이 가죽으로 만든 외투를 껴입었다.

그는 며칠 전에 도성에서 멀리 떨어진 단천에 도착했다.

지금은 숨고개를 넘는 운송 행렬을 직접 지휘하는 중이었다.

숨고개는 이름값을 톡톡히 했다.

그냥 맨몸으로 걸어서 넘기만 해도 숨이 차는 고개로 유명해 일꾼도, 짐승도 중간중간에 숨 돌릴 시간이 꼭 필요했다.

짐수레 행렬을 호송하는 훈련도감 병사들은 체력이 좋긴 하지만 그들도 지치긴 마찬가지라 같이 쉬었다.

하지만 무기는 항상 몸과 멀지 않은 곳에 두었다.

그리고 눈과 귀는 언제나 활짝 열어 두었다.

훈련도감 정예다운 휴식 군기였다.

"이제 슬슬 출발해야겠군."

유혁연이 일어서려는데 부관 유간성이 찻잔을 공손히 바쳤다.

"이것만 드시고 일어나시지요."

"고맙구나."

다시 궁둥이를 붙인 유혁연은 차를 한 모금 마셨다.

"좋구나."

차 온도는 완벽했다.

차는 생각보다 온도를 맞추기가 쉽지 않다. 너무 뜨거우면 혀가 덴다. 그리고 너무 미지근하면 차가 충분히 우러나지 않는다. 근데 유간성은 그가 좋아하는 온도에 딱 맞춰 차를 내왔다.

유혁연은 그동안 군문에 든 수많은 인재를 봐 왔다.

하지만 하나를 보면 열을 안단 속담이 그의 부관 유간성보다 더 잘 어울리는 예를 지금까지 한 번도 본 적이 없었다.

유간성은 저번 전쟁 중에 면천받은 천인 출신이다.

그러나 같이 온 이들은 전부 새로운 삶을 꿈꾸며 군영을 차례차례 떠날 때, 그는 끝까지 남아 훈련도감 입대를 택했다.

훈련소에서 발군의 성적을 거둔 그를 눈여겨보던 유혁연은 직접 부관으로 데려와 본인의 성인 유씨까지 물려주었다.

그리고 상스럽던 이름도 간성으로 바꿔 주었다.

간성은 나라를 지키는 방패와 성이란 뜻이다.

군인에겐 그야말로 최고의 이름인 셈이다.

유간성도 그런 기대에 부응하듯이 나날이 성장했다.

유혁연은 차를 마시며 물었다.

"전서구는 왔느냐?"

"나흘 전에 온 게 마지막이었습니다."

"이럴 줄 알았으면 전서구 도입을 서두를 걸 그랬어."

전쟁을 겪는 동안, 봉화와 파발 둘 다 성에 썩 차지 않던 유혁연은 전서구 도입을 주장해 결국 임금의 재가를 받았다.

그래서 몇 달 전에 서유럽회사가 청나라 강남에서 전서구를 잘 다룬다고 소문난 기술자를 초청해 조선으로 데려왔다.

지금은 그 도입 단계로 지형이 워낙 높고 험해 소식을 전하기 어려운 함경도와 강원도 북쪽에서 시험 가동하고 있었다.

"잘 마셨다."

찻잔을 돌려주고 일어나던 유혁연이 허리를 두드렸다.

"고질병이 도지는 걸 보니까 아무래도 눈이 내릴 모양이구나."

"눈이 쌓이기 전에 고개를 넘으려면 서둘러야겠습니다."

"눈이 쌓이면 위험하지. 한데 왜 위험한지도 아느냐?"

"그야 짐수레가 눈길에 미끄러지기 때문 아니겠습니까?"

"수레야 부서지면 새로 만들면 된다."

"그래도 짐은 상하지 않겠습니까?"

"짐이라고 해 봐야 다 쇳덩어리 아니더냐?"

"쇳덩이는 상하지 않는 것입니까?"

"쇳덩이 제 놈이 상해 봤자지. 조금 찌그러진 데가 있으면 항구에서 솜씨 좋은 대장장이들을 불러 다시 펴면 그만이다."

유간성이 잠시 생각한 뒤에 물었다.

"그럼 일꾼과 짐승이 상할까 봐 걱정하시는 것입니까?"

"그렇다. 일꾼과 짐승은 부서진 수레처럼 다시 만들 수도 없고 찌그러진 쇳덩이처럼 다시 편다고 멀쩡해지지도 않는다."

"병사와 군마도 그렇단 말씀이시지요?"

"허허, 역시 하나를 가르치면 둘을 아는구나."

"과찬이십니다."

"하지만 역시 눈길은 위험하니 서둘러야겠다."

"예, 그렇게 전하겠사옵니다."

"서둘러야 할 땐 서둘러야 한다. 하지만……"

"……"

"그게 허술하게 해도 된다는 소린 더더욱 아니다."

"아, 그럼 먼저 매복이 있나 정찰하겠습니다."

"명심해라. 세상엔 절대 안전한 장소란 없다."

"명심하겠습니다."

곧 명령을 전해 받은 장용청 장교 두 명이 경험 많은 부하들을 데리고 능선을 돌아 숨고개 정상으로 정찰에 나섰다.

유혁연은 옅은 안개에 가린 정상을 올려다보았다.

말 그대로 장사 한 명이 백 명을 막을 수 있는 천혜의 요지다.

"기우였나?"

유혁연이 막 중얼거릴 때. 장교와 같이 올라간 부사관 하나가 날다람쥐처럼 내려왔다.

"장군, 고개 정상에 도적들이 매복해 있었습니다."

유혁연은 담담하게 물었다.

"몇 명이더냐?"

"양쪽에 5백씩 해서 최소 천은 되어 보였습니다."

"알았다. 넌 돌아가서 지휘관에게 경거망동하지 말라고 전해라."

"예, 장군."

날다람쥐가 돌아간 뒤에 유혁연은 옆에 있는 별장에게 명했다.

"정상에 반란군 1,000명이 매복해 있네."

"소장은 도적이라 들었는데 아니었습니까?"

"도적도 1,000명이 뭉치면 더는 도적이라 부를 수 없는 걸세."

"맞는 말씀입니다."

"자넨 병력 반을 이끌고 우측에 있는 완만한 능선을 따라 올라가서 매복해 있다가 놈들의 뒤를 급습하게. 오합지졸들이라 발각당한 걸 아는 순간, 분명 이쪽으로 도망쳐 내려올 걸세."

"토끼를 산 밑으로 몰라는 말씀이시군요."

"그렇지."

"바로 시행하겠습니다."

별장이 병력 반을 데리고 능선으로 올라가는 동안.

유혁연은 밑에서 수레를 성벽 삼아 방어 포진을 짰다.

그리고 철벽 방어야말로 유혁연의 특기다.

유간성은 포진을 마치고 돌아온 유혁연에게 물었다.

"병법에선 고지를 선점해야 한다고 가르치지 않습니까?"

"맞다."

"한데 어이하여 고개 밑에 포진하신 것입니까?"

"병법에서도 유리하다고만 했지, 그게 반드시 승리를 가져 다준다고는 하진 않았다. 세상만사가 다 그렇지만 훌륭한 사람이 쓴 책이라 하여 그게 진리라 믿어선 안 된단 뜻이다."

생각이 많아 보이는 유간성에게 유혁연이 다시 말했다.

"고지를 선점한다는 말은 반대로 포위당할 수도 있단 뜻이다."

"아."

"포위당하면 뭐가 가장 문제일 거 같으냐?"

"보급과 병력 충원입니다."

"그래서 고지를 선점한 쪽이 압도적으로 유리하기 위해서는 세 가지 조건이 필요하다. 첫 번째는 보급선이 살아 있어야 한다. 두 번짼 화포와 활, 총과 같은 원거리 무기가 있어야 한다. 그리고 세 번짼 끝까지 버틸 수 있는 참을성이다."

"참을성은 왜 필요한 것입니까?"

"자신이 유리한 위치에 있다고 판단한 장수라면 백이면 백 다 적진으로 치고 내려가 멋지게 결판내고 싶어 한다. 그때, 참을성이 필요한 거다. 정면 돌파야말로 고지를 선점한 이유와 목적을 전혀 찾아볼 수 없는 멍청한 짓이기 때문이지."

유간성이 고개 정상 쪽을 보았다.

"그렇다면 저들은 그 셋 중 어느 것도 갖고 있지 못하겠군요?"

"그렇지."

"그래서 장군님은 고개 밑에 진을 짜신 거고요."

"그렇긴 하지만 그게 꼭 전부는 아니다."

"그럼 다른 이유가 또 있는 것입니까?"

"사람도 토끼와 똑같다. 올라갈 땐 느리지만 원하기만 하면 좌우 어느 쪽으로도 피할 수 있다. 하지만 반대로 내려올 땐 자기 몸을 제어하기가 쉽지 않다. 더구나 이처럼 가파른 고개에서 천 명이 움직인다면 더 제어하기 쉽지 않겠지."

유간성은 일어나 군례를 취했다.

"가르침에 감사드립니다."

"또 궁금한 건 없느냐?"

"상감마마는 어떤 분입니까?"

"뭐?"

"소관은 처음에 상감마마를 이해하지 못했습니다."

"무엇을 이해하지 못했다는 거냐?"

"소관은 그동안 짐수레를 호송하는 거와 같은 단순한 임무에 도원수, 도제조 두 장군님을 직접 투입하는 일이 마치 닭 잡는 데 쓰는 칼을 소 잡는 데 쓰는 거처럼 느껴졌습니다."

"그러면 지금은 생각이 바뀌었단 말이냐?"

"그렇습니다."

"어떻게 바뀌었느냐?"

"저 많은 재물 앞에 초연할 수 있는 이가 얼마나 있겠습니까?"

"흠, 얼마 없겠지."

유간성이 고개 정상을 흘깃 보고 나서 대답했다.

"지금도 저처럼 파리가 꼬이지 않았습니까?"

"그래서?"

"그러나 이미 명예를 얻은 도원수, 도제조 두 분은 그런 재물에 혹하지 않을 거로 판단해 전하께서 그런 어명을 내리신 게 아니겠습니까? 소관은 그러한 사소한 부분까지 철저히 계산한 뒤에 어명을 내리시는 전하가 좀 무섭게 느껴집니다."

"네 말대로 전하께선 현기를 볼 줄 아신다."

"현기가 무엇입니까?"

"우리 같은 필부는 알 수 없는 만물의 이치 같은 거지."

"그렇다면 전하께선 특별한 능력을 타고나신 겁니까?"

"그렇다고 할 수 있지. 하지만 두려워할 필욘 없다."

"그렇습니까?"

"전하는 아집이 없으시기 때문이다. 원래 특별한 능력을 타고나면 주관이 너무 강해져 다른 이의 조언을 무시하기 쉽다. 하지만 전하께선 그렇지 않으시니 얼마나 좋은 일이더냐?"

"듣고 보니 정말 그렇습니다."

"오는구나."

유간성은 급히 고개 정상 쪽으로 고개를 돌렸다.

별장의 부대가 제대로 기습한 모양이다.

당황한 도적 떼가 그들이 포진한 방향으로 도망쳐 내려왔다.

이번에도 유혁연의 예측이 맞아떨어졌다. 공간은 좁은데 도적 떼는 너무 많았다. 도적 떼는 자기들끼리 먼저 뒤엉켜 바닥을 굴렀다. 벌써 밟혀 죽은 이만 수백이 넘었다.

이래서야 이걸 전투라 부를 수 있을지조차 의문이다.

그러나 재앙은 그게 끝이 아니었다.

고개 아래쪽을 틀어막은 수레 행렬을 본 도적 떼가 기겁했다.

"앞이 막혔다!"

선두의 도적 떼가 비명을 지르며 급히 멈춰 서려고 하였다.

하지만 앞 상황을 알 리 없는 뒤쪽의 도적들이 계속 밀어 대는 바람에 멈추긴커녕, 오히려 내려가는 속도만 더 빨라졌다.

결국, 도적 떼가 보라매 사정거리 안으로 들어왔다.

유혁연은 즉시 손을 앞으로 뻗었다.

"사격하라!"

보라매를 장전한 상태로 짐수레 뒤에 매복해 있던 장용청 병력이 일제 사격을 가해 단숨에 도적 수십 명을 쓰러트렸다.

"으아악!"

"놈, 놈들이 총을 쏜다!"

놀란 도적 떼는 허겁지겁 다시 고개 정상으로 달아났다.

물론, 그쪽도 이미 막힌 지 오래였다. 고개 정상을 점령한 별장의 병력이 기다렸다는 듯 총을 쏘았다.

"정상도 막혔다! 다시 고개 밑으로 내려가라!"

놀란 도적들이 다시 밑으로 내려왔을 때. 짐수레 뒤에 있던 병사들이 재차 일제 사격을 가했다. 그런 식으로 네다섯 번 반복했을 무렵. 멀쩡한 도적은 겨우 100명도 남지 않았다.

결국, 도적들은 들고 있던 창에 백기를 걸어 투항했다.

유혁연이 한숨을 내쉬며 손짓했다.

"가서 살아 있는 놈들을 모두 포박해라."

"다친 놈들은 어찌합니까?"

"죽여라."

"예, 장군."

장용청 병사들은 곧 두 패로 갈려 고개로 올라갔다.

반은 살아남은 도적을 포박했다.

그리고 나머지 반은 다친 도적을 사살했다.

그때, 고갯길 초입에 말을 탄 전령이 나타났다.

유간성은 급히 마주 달려 나가 전령을 멈춰 세웠다.

"어디서 오는 길인가?"

"단천 광산에서 오는 길입니다요, 나리."

"용무는?"

"한 시진 전에 도착한 전서구에 도제조 대감께 드리라고 적혀 있는 밀지가 한 통 있어 급히 전해 드리기 위해 왔습니다요."

"나에게 다오."

"여기 있습니다요."

"수고 많았다. 잠시 숨 좀 돌리고 나서 복귀해라."

"예, 군관 나으리."

전령을 돌려보낸 뒤에 유간성이 밀지를 유혁연에게 바쳤다.

밀지의 봉인을 풀어 한참을 읽은 유혁연이 쓴웃음을 지었다.

유간성이 급히 물었다.

"무슨 내용이기에 안색이 어두워지신 것입니까?"

"숨고개에 도적들이 숨어 있을지도 모르니 조심하란 내용이다."

"용호군이 보낸 겁니까?"

"그렇다."

"내용은 그게 답니까?"

"한 가지 더 있다. 가서 이서문이란 도적이 있나 알아보거라."

"알겠습니다."

고개 위로 달려간 유간성이 한참 뒤에 돌아와 말했다.

"이서문은 죽었습니다."

"시체를 확인했느냐?"

"예, 호패까지 갖고 있었습니다."

"일이 복잡하게 되었군."

"이서문이란 자로 인해 곤란한 일이 생긴 것입니까?"

"일단, 눈이 오기 전에 서둘러 고개부터 넘자."

"예, 장군."

행렬이 고개를 넘어 평지에 이르렀을 때에야 유혁연이 말했다.

"이서문이 대사헌 이상진 대감의 얼자라는구나."

유간성도 그 말에 담긴 의미를 깨닫고 흠칫했다.

"그 일이 장군님께 해가 되진 않겠지요?"

"나에게 해가 될 일이 뭐가 있겠느냐."

"한데 어찌 표정이 여전히 어두우신 겁니까?"

"조정이 시끄러워질 거 같아 그렇다."

유간성은 말없이 고개를 끄덕였다.

그때, 하늘에서 솜뭉치 같은 함박눈이 쏟아졌다.

유혁연이 군마의 속도를 높이며 지시했다.

"항구가 멀지 않았다. 짐수레 속도를 높여라."

"예, 장군."

유혁연이 이끄는 운송 행렬은 그날 저녁에 항구에 도착했다.

유혁연은 가장 먼저 함경청에 연통을 넣었다.

곧 함경청 별장 하나가 병사 수백 명과 도착했다.

유혁연은 데려온 도적들을 별장에게 넘긴 뒤에 물었다.

"근처에 포도청 지부가 있는가?"

"있긴 한데 수가 10여 명에 불과합니다."

"그럼 어쩔 수 없이 자네가 수고 좀 해 줘야겠네."

"뭐든 분부만 내리시지요."

"도적들을 도성으로 데려가 포도청 본부에 넘기게."

"알겠습니다."

"그리고 숨고개에 시체들이 많네. 지나다니는 백성들이 놀라지 않도록 병사들을 보내서 매장하든지, 태워 버리든지 하게."

"바로 조치하겠습니다."

도적 떼 일을 마무리 지은 유혁연은 항구 책임자를 불렀다.

"짐을 내일 아침까지 배에 실어 주게. 품삯은 넉넉히 주겠네."

"예, 나으리."

일꾼들은 짐을 밤을 새워 가며 조운선에 실었다.

덕분에 조운선은 다음 날 오전에 바로 강릉을 향해 출발했다.

유혁연과 장용청 병사들은 다른 배를 타고 그 뒤를 쫓았다.

강릉에 도착한 뒤엔 다시 짐을 배에서 내려 육로로 이동했다.

선박이 안전하긴 하지만 동해와 남해, 그리고 다시 서해를 지나 도성까지 가기엔 시간이 너무 많이 걸린단 단점이 있었다.

유혁연은 가는 방향에 수로가 있으면 수로를 이용했다.

수로가 없을 땐 다시 짐수레에 짐을 실어 도성으로 이동했다.

출발한 지 보름이 지나서야 도성이 눈에 들어왔다.

짐수레가 도성 내에 있는 훈련도감 사령부에 도착한 뒤에야 긴장을 푼 유혁연은 고생한 병사들에게 휴식을 부여했다.

기다리던 이완이 달려 나와 유혁연의 손을 잡았다.

"원로에 고생 많았소."

"도원수 대감은 정주에서 언제 오신 겁니까?"

"엿새 전에 도착했소. 나야 배를 타고 왔으니까."

"그쪽은 별일 없었습니까?"

"무탈했소. 한데 도적 떼가 있었단 게 사실이오?"

"예, 대감. 숨고개에 도적 떼가 매복해 있더군요."

"혹시 도적 떼 중에……."

"이서문을 말씀하시는 거라면 시체를 확인했습니다."

"이거 조정이 꽤 시끄러워지겠군."

"어떻게 하실 생각입니까?"

"이번에 같이 간 아이들은 어떻소?"

"입단속은 시켜 두었으나 너무 믿지는 마십시오."

"그럼 어쩔 수 없이 전하께 보고드려야겠군. 같이 찾아뵙
시다."

"그러지요."

유혁연은 갑옷도 벗지 못하고 이완을 따라 희정당으로 향
했다.

◆ ◈ ◆

"흠, 이상진의 얼자 이서문이 도적 떼에 있었다?"

내 물음에 유혁연이 대답했다.

"그렇사옵니다, 전하."

이완이 얼른 덧붙였다.

"전하, 함구령을 내리면 병사들은 발설하지 않을 것이옵니다."

난 바로 고개를 저었다.

"그건 사고에 대처하는 가장 나쁜 자세요."

"하오나……."

"이 세상에 무덤까지 가져갈 수 있는 비밀은 없소."

"……."

"오히려 나중에 은폐한 일로 인해 더 큰 역풍이 불지."

어떻게 아냐고?

정치 스캔들 대부분이 다 그런 식이었으니까.

"아무튼 두 분 다 고생 많았소. 이제 집에 가서 여독을 푸시오."

유혁연이 조용히 물었다.

"이번 일은 어찌 처리하실 생각이옵니까?"

"돌직구로 가야지."

내 대답에 이완과 유혁연의 표정이 순간 멍해졌다.

두 장군을 돌려보낸 뒤에 포도대장 신류를 불렀다.

"이상진의 얼자 이서문이 도적 떼에 가담해 단천에서 운송 중이던 재물을 강탈하려 하였소. 포도청은 즉시 형조, 어사원 등과 협력해 이서문의 생전 흔적을 은밀하게 쫓으시오."

"예, 전하."

신류가 수사를 시작한 지 나흘쯤 지났을 때. 선정전에서 열린 조회에서 공조판서 김윤회가 폭탄을 던졌다.

"전하, 아뢰옵기 황공하옵게도 신에게 조정 대신을 모함한 중좌가 있어 조회를 시작하기 전에 이를 아뢰고자 하옵니다!"

김윤회의 말에 선정전이 술렁였다.

난 손을 들어 제지한 뒤에 물었다.

"중좌라면 어떤 걸 말하는 거요?"

"여기 있사옵니다."

그러면서 김윤회가 소매 속에서 서찰 한 통을 꺼내 바쳤다.

도승지 김수항이 내려가서 서찰을 받아 온 뒤에 물었다.

"직접 읽어 보시겠사옵니까?"

"도승지가 읽어 보시오."

"예, 전하."

서찰을 펼친 김수항이 낭랑한 목소리로 읽어 나갔다.

"소자가 단천에서 운송 중인 재물을 강탈에 성공하는 대로 아버님께서는 영의정 이경석 대감, 좌의정 조경 대감, 판중추부사 조경 대감과 상의하시어 서인 놈들에게 죄를 덮어씌울 준비를 해 주십시오. 계획대로만 성공한다면 지난 일로 아버님을 모욕한 서인 놈들을 싹 몰아내고 우리 왕인이 조정을 완전히 장악할 수 있을 것입니다. 소자 이서문 올림."

그 말이 끝나기 무섭게 조정이 시장 바닥으로 변했다.

난 고개를 돌려 김윤회를 쳐다보았다.

김윤회는 고개를 숙이고 있어 눈을 볼 순 없었다. 하지만 그도 목 근육이 미세하게 떨리는 것까진 숨기지 못했다.

저놈 웃고 있구만. 그래, 이렇게 나온다 이거지?

이제 내 돌직구 맛 좀 봐라. 감히 날 상대로 블러핑을 날려?

고개를 돌려 이상진을 보았다. 그는 미간을 찌푸린 자세로 선정전 천장만 올려다보고 있었다.

옆에서 저게 사실이냐 묻는 이들이 많았지만, 대답을 거부했다.

이경석과 조경, 권시는 모여서 무언가를 상의 중이었다. 아마 이번 일의 여파가 어디까지 미칠지 걱정하는 걸 거다.

그와 달리 서인 쪽은 양을 본 늑대처럼 달려들었다.

오랜만에 칼자루를 자기들이 쥐었다고 생각하는 듯했다.

그리고 남인은 싸움 났단 소리에 신이 나 달려온 구경꾼처럼 왕인과 서인 양쪽을 기웃거리며 싸움을 더 붙이려 들었다.

난 옥좌 팔걸이를 힘껏 내리쳤다.

"조용하시오! 조용!"

그제야 입을 다문 대신들이 자기 자리로 돌아갔다.

난 한숨을 푹 내쉰 뒤에 김윤회에게 물었다.

"저 서찰은 어떻게 찾았소?"

"한수동이란 유생에게 받았사옵니다."

"한수동이 서찰을 어떻게 구했는지 아시오?"

"한수동이 이서문과 친우라 들었사옵니다."

"그래서?"

"이서문이 도적 떼에 합류하기 전에 서찰을 주며 자기 부친 대사헌 이상진 대감에게 전해 달라 부탁하였다고 하옵니다."

"전해 주지 않았군."

"한수동은 이서문이 가담한 도적 떼가 단천에서 호송 행렬을 공격했다는 소식을 듣고 놀라 신에게 가져왔을 뿐이옵니다."

난 다시 물었다.

"공판 대감은 저 서찰이 이서문의 친필임을 증명할 수 있소?"

"물론이옵니다."

"어떻게 증명할 생각이오?"

"이서문이 쓴 글과 비교해 보면 바로 알 수 있사옵니다."

난 고개를 저은 뒤에 형조판서 윤선도를 불러 물었다.

"과인이 며칠 전에 포도대장을 보내 형조에 무슨 지시를 내렸소?"

윤선도가 머리를 조아리며 대답했다.

"포도청, 어사원과 협력해 이상진의 얼자 이서문이 단천 도적 떼에 가담했단 풍문을 조사하란 어명을 내리신 줄 아옵니다."

"과인은 그때, 관원 감찰 기능을 가진 가장 중요한 기관인 사헌부는 쏙 빼놓았소. 형판 대감은 그렇게 한 이유를 아시오?"

"대사헌 이상진도 이해 당사자이기 때문이옵니다."

"바로 그렇소."

난 고개를 돌려 김윤회를 보았다.

김윤회는 여전히 자신만만한 표정을 드러냈다.

난 재차 윤선도에게 물었다.

"이서문이 도적 떼에 가담한 이유는 알아냈소?"

"이서문은 어려서 모친을 잃은 뒤에 부친 이상진과 반목을 빚다가 가출해 파락호와 몰려다니며 온갖 범죄를 저지르고 다녔사옵니다. 그리고 단천 도적 떼에 합류한 이유도 같이 몰려다니던 파락호의 꾐에 빠졌던 것으로 확인되었사옵니다."

"그래서 결론이 무엇이오?"

"한데 그런 자가 갑자기 수구초심해 그동안 의절한 부친에게 저런 내용의 서찰을 보냈단 게 정황상 말이 안 되옵니다."

김윤회가 흥분해 소리쳤다.

"그건 다 누구에게 들은 전언이나 정황뿐이지 않소?"

윤선도가 매서운 눈길로 김윤회를 쏘아보았다.

"확실한 증거도 있소!"

움찔한 김윤회가 한 발짝 물러서며 물었다.

"무, 무엇이오?"

"이서문은 어려서부터 글을 잘 못 읽는 기이한 병증을 앓았소. 하여 공부를 강요하던 부친과 반목하다가 가출한 거요."

"그, 그게 어찌 확실한 증좌가 될 수 있단 말이오?"

"글을 못 읽는 자가 어찌 글을 적을 수 있겠소?"

"글을 못 읽는다고 글까지 적지 못하리란 법 있소?"

"물론이오. 하지만 저 서찰의 글씨체는 제대로 교육받은 사람이 쓴 것이 분명하오. 즉, 그대가 증좌라 내놓은 서찰이 서찰의 내용을 반박하고 있단 뜻이오. 이래도 아니라 하겠소?"

김윤회가 바로 돌아서서 변명했다.

"전하, 천치가 아닌데 글을 읽지 못하는 병증이 있단 소리는 처음 들어 보았사옵니다. 형조판서가 또 말도 안 되는 헛소리로 전하의 성심을 어지럽히고 있으니 엄히 벌하시옵소서."

난 일어나서 소리쳤다.

"공판 대감은 언제부터 의원을 겸하기로 한 거요?"

그제야 뭔가 잘못되었음을 깨달은 모양이다.

김윤회가 화들짝 놀라 물었다.

"어, 어찌 화를 내시옵니까?"

"이젠 과인의 하문에도 대답을 안 하기로 한 거요?"

"신, 신이 어찌 천한 의원 노릇을 하겠사옵니까?"

"그러면 공판 대감이 모르는 병은 세상에 존재하지 않는 거요?"

"그, 그럴 리가 있겠사옵니까."

"글을 읽기 어려워하는 병증을 의원들은 난독증이라 부르오!"

"신, 신이 실수했사옵니다. 부디 너그러이 용서를……."

"내 마지막으로 묻겠소. 저 서찰은 누가 썼소?"

"이, 이서문이 썼사옵니다."

난 선정전 문을 향해 소리쳤다.

"과인을 능멸한 죄를 물어 공조판서 김윤회를 당장 하옥하라!"

곧 금군이 뛰어 들어와 김윤회를 밖으로 끌어냈다.

"전, 전하, 이러시면 안 되옵니다! 간신에게 속아 신과 같은 충신을 내치신다면 이 나라가 어찌 반석에 서겠사옵니까!"

"뭣들 하느냐! 어서 저놈을 내 눈앞에서 썩 치우거라!"

"예, 전하!"

김윤회는 난리 치며 저항했지만 소용없었다.

곧 금군에게 사지가 붙잡혀 밖으로 끌려 나갔다.

난 바로 다음 지시를 내렸다.

"의금부는 당장 가서 공판에게 서찰을 전해 주었다는 한수동을 붙잡아 국청으로 끌고 오너라! 과인이 직접 국문하겠다!"

"예, 전하!"

곧 의금부 관원들이 한수동을 잡기 위해 궐을 나섰다.

난 그사이 국청이 설치된 의금부에 가서 기다렸다.

물론, 당상관 이상 대신들도 같이 이동했다.

이런 시국에 퇴청할 만큼 간 큰 자는 없었으니까.

의금부 관원이 한참 만에 돌아와 보고했다.

"집을 알아내 불시에 들이닥쳤으나 찾지 못했사옵니다."

"집에 없던 건 아니고?"

"그건 아닌 것 같았사옵니다."

"왜 그런 판단을 내렸나?"

"귀중품과 옷가지를 챙겨 달아난 흔적이 있었사옵니다."

"의금부가 들이닥치기 직전에?"

"아니옵니다."

"그럼?"

"마루에 쌓인 먼지 두께로 봐선 최소 닷새는 지난 듯하옵
니다."

"흐음."

난 턱을 쓰다듬으며 생각하다가 강대산을 불렀다.

강대산이 달려와 머리를 조아렸다.

"찾아 계시옵니까?"

"한수동이란 놈에게서 뭔가 냄새가 난다."

"샅샅이 조사해 곧 보고를 올리겠사옵니다."

"그래."

강대산이 돌아간 뒤에 의금부 제조에게 지시했다.

"지금부터 죄인 김윤회를 국문하겠소!"

"예, 전하."

곧 김윤회가 밧줄에 묶여 끌려왔다.

물론, 그냥 끌려오진 않았다.

나장들이 형틀에 묶을 때까지 고래고래 소리를 질렀다.

"신은 억울하옵니다!"

난 귀를 파면서 대꾸했다.

"죄인들도 다 너처럼 억울하다고 하더라."

"신은 죄를 짓지 않았사옵니다!"

"패악을 저지른 놈들도 다 자긴 무죄라고 하더라."

"신도 속은 것이옵니다."

"사기꾼 놈들도 다른 놈에게 속은 거라고 하더라."

"전하께선 정녕 조선을 망국으로 이끌려 하시옵니까!"

"이제야 좀 들어 볼 만한 이야기가 나오는군."

"전하께서 이처럼 사대부를 박대하신다면 누가 나라를 위해 일하고 누가 나라를 위해 제 한 목숨 바치려 하겠사옵니까?"

"너 같은 사대부가 아니어도 나라를 위해 일할 사람은 많아."

"하하, 좋습니다. 무지렁이 상것들을 가르쳐 어디 한번 나라를 운영해 보십시오. 얼마나 잘 돌아갈지 벌써 기대가 큽니다!"

"이미 잘 돌아가고 있으니까 걱정하지 마."

"전하도 유학을 배운 유생답게 송나라를 본받으셔야 합니다!"

"뭐?"

"송나라가 사대부를 대우해 주었기에 문천상, 장세걸, 육수부처럼 망해 가는 나라를 버리지 않고 끝까지 충절을 지킨 삼걸이 나타난 겁니다. 전하께서 사대부를 이처럼 박대한다면 나라가 망해 갈 때, 삼걸 같은 충신은커녕, 도적과 간신배만 득실거려 현세와 아비규환을 구별할 수 없게 될 겁니다!"

"말은 바로 해야지, 이 새끼야!"

갑자기 상욕을 먹은 김윤회가 놀라 입을 꾹 다물었다.

"……."

"그 송나라 사대부가 정치를 좆같이 해서 송나라 백성이 수십 년 동안 외적에게 짓밟히고 약탈당하고 유린당했던 거잖아!"

"……."

"그리고 조선 사대부라고 다를 거 같아? 신진사대부가 처음 등장했을 땐 나름 그 시대에선 개혁적이었을지 몰라도 물이 고이면 썩는 것처럼 그들 역시 썩을 수밖에 없는 거야."

"……."

"그걸 막을 유일한 방법은 물이 썩지 않게 위아래로 물길을 내 주는 수밖에 없어. 그래서 이런 정책을 추진하는 거고."

난 옆과 뒤에 있는 대신들의 표정을 보지 않았다.

하지만 그들이 무슨 표정을 짓고 있는지 알 거 같았다.

대부분은 내가 사대부를 무슨 악마처럼 묘사했다고 느낄 거고 소수는 내가 왜 신분제에 그리 목매는지 깨달았을 거다.

그리고 그 소수야말로 새로운 세상에 필요한 자들이다.

그 후에는 최면 스킬을 써서 문초했다.

결과는 예상과 조금도 다르지 않았다.

"누가 서찰을 이서문이 쓴 거처럼 조작하자고 했나?"

"한수동이 먼저 제안했습니다……."

"한수동이 또 무슨 말을 했어?"

"신독재와 청음 쪽 유생들을 포섭했다고 했습니다……."

그 말이 끝나기 무섭게 양쪽에서 고함이 터져 나왔다.

"이런 천인공노할 놈! 여기가 어디라고 또 수작 부리는 것이냐!"

"전하, 이는 모함이 분명하옵니다!"

첫 번째는 신독재 김집의 문하에서 수학한 이들의 입에서 나온 소리고 두 번째는 청음 김상헌의 손자인 김수홍과 김수항 등이 외친 소리로 그들이 얼마나 절박한지 알 수 있었다.

손을 들어 그들을 자제시킨 뒤에 다시 물었다.

"유생들을 포섭해 어찌하려고 했느냐?"

"조작한 서찰을 이용해 서인과 남인을 선동한 뒤에 유생들에게 왕인을 탄핵하는 상소를 올리게 할 계획이었습니다……."

난 벌떡 일어나 소리쳤다.

"금군 대장!"

이상립이 얼른 달려와 부복했다.

"예, 전하!"

"지금부터 국청 주변을 금군으로 에워싸 아무도 나가지 못하게 하시오! 만약, 내 윤허 없이 함부로 출입하는 자가 있으면 죄를 묻지 않을 테니 그 자리에서 그자의 목을 베시오!"

"어명을 받들겠사옵니다!"

돌아선 이상립이 금군에게 명을 내렸다.

"우별장은 국청을 에워싸시오! 그리고 좌별장은 국청 출입을 통제해 잡인의 출입을 엄금하고 말이 새 나가지 않게 하시오!"

"예, 장군!"

"예, 장군!"

김준익과 기송일이 대답하고 나서 금군을 대거 동원해 시킨 대로 국청의 출입을 통제하고 말이 새 나가지 않게 했다.

이경석이 다가와 조용히 물었다.

"한수동에게 포섭당한 자들을 색출할 생각이시옵니까?"

"조선 팔도 유생을 전부 붙잡아다가 문초할 수는 없으니 이게 최선이오. 영상 대감은 대신들이 동요하지 않게 달래 주시오."

"달랜다고 달래지겠사옵니까?"

"이번 일로 그들에게 위해가 가는 상황은 없을 거라 하시오."

"그렇게 전하겠사옵니다."

이경석이 물러간 뒤에 상선을 은밀히 불렀다.

"내시부와 내명부가 지금 당장 해 줘야 할 일이 있소."

"하명하시옵소서."

"내가 김윤회의 서찰을 받고 진노해 대사헌 이상헌을 국청 중이란 소문을 내시오. 또, 소문낼 때, 서찰에 이름을 올린 이경석, 조경, 권시를 삭탈관직할 거란 소문도 같이 내시오."

"바로 시행하겠사옵니다."

상선은 곧 내관들을 불러 조용히 명을 내렸다.

내관 중 한 명은 제조상궁에게 달려가 같은 지시를 내렸다.

국청에서 불안에 떠는 대신들과 사흘쯤 먹고 자고 했을 때였다. 가장 먼저 성균관 유생들이 왕인을 탄핵하는 상소를 올렸다.

심지어 상소에는 성균관에서 수학 중인 모든 유생이 상소 작성에 자발적으로 참여했음을 알리는 수기까지 적혀 있었다.

유생들의 반란은 상소 하나로 끝나진 않았다.

파업을 선언한 그들은 성균관을 비우고 아예 다 달아나 버렸다.

성균관 유생들에 이어 이번엔 사가독서 중인 젊은 관원들까지 똘똘 뭉쳐서 왕인을 조정에서 몰아내란 상소를 올렸다.

몇 미터 길이의 상소문을 읽다가 집어치웠다.

흠, 며칠 더 기다리면 팔도에서 상소문이 우르르 쏟아지겠군.

예상이 맞았다.

가장 가까운 경기도와 황해도 유생들이 연서한 상소문이 올라왔는데 이번엔 그 길이가 무려 10미터가 넘을 정도였다.

이쯤이면 되었다 싶어 어명을 내렸다.

"김윤회와 한수동에게 거짓 선동되어 이런 어처구니없는 상소를 올린 자들을 엄히 벌함이 마땅하나 그 수가 너무 많은 관계로 성균관 유생들은 전원 퇴학시키고 사가독서 중이던 젊은 관원들은 관직을 삭탈하는 선에서 마무리 짓겠소!"

대사간 김수홍이 즉시 반발했다.

"전하, 성균관 유생이 아직 어려 사리를 제대로 구별하지 못했을 뿐이옵니다. 부디 이번 한 번만 너그러이 용서하시어 나라의 젊은 동량들이 헛되이 스러지지 않게 하시옵소서!"

이조판서 송준길도 가세했다.

"전하, 사가독서 중이던 관원들을 내치면 관원 수급에 문제가 생길 공산이 아주 높사옵니다! 부디 유념해 주시옵소서!"

난 김수홍을 보며 대답했다.

"유생들을 퇴학시켰을 뿐, 과거를 볼 기회까지 빼앗진 않았소."

이어 송준길의 말에 반박했다.

"과거를 앞당기면 관원 수급에도 문제없을 거요."

내 태도가 강경함을 안 이들도 더는 반대하지 못했다.

더 반대했다간 국문 규모만 더 커질 뿐임을 안 거다.

마지막으로 김윤회와 단천 고개에서 습격한 도적 떼는 전부 무기 노역형에 처한 뒤에 운산과 단천 광산으로 유배 보냈다.

난 희정당에 돌아와 생각했다.

이제 슬슬 과거 제도도 손을 봐야겠군.

이제 과거는 공무원을 뽑는 시험이 돼야 한다.

학자나 정치인은 이제 사절이니까.

147장. 헛!

용호군 수뇌부는 한 달이 지나서야 다시 찾아왔다.

먼저 강대산이 보고했다.

"전하 말씀대로 한수동의 행적에 의심스러운 데가 많사옵니다."

"자세히 말해 봐."

"김윤회의 친구 아들이 맞기는 하옵니다."

"그런데?"

"몇 년 전부터 해마다 동래 왜관을 방문한 기록이 있사옵니다."

"왜관? 상인이야?"

"아니었사옵니다."

"그건 왜인과 친하단 증거밖에 안 되잖아?"

"왜관을 방문하기 시작한 뒤로 서유럽회사 본사가 있는 명동과 지사가 있는 제물포에 자주 들른 사실이 밝혀졌사옵니다."

"흠."

"서유럽회사 직원을 금품으로 회유하려는 정황도 있었사옵니다."

"그렇다면 왜국에 포섭당한 간자가 맞겠군."

"용호군 분석관들도 그렇게 보고 있사옵니다."

"한수동을 계속 추적하고 있겠지?"

"물론이옵니다."

"우리가 첩보원을 파견해 다른 나라의 정보를 파악하는 것도 중요하지만 반대로 우리 정보를 다른 나라 첩보원들이 알아내지 못하게 하는 방첩도 중요하단 사실을 잊지 말라고."

"명심하겠사옵니다."

난 책상을 두드리다가 말했다.

"그렇다면 놈이 김윤회에게 접근한 이유가 뭘 거 같아?"

"서인과 남인을 선동한 뒤에 전하를 지지하는 왕인을 공격해……."

"공격해서?"

"조선의 정계를 혼란스럽게 만들려는 이유가 아니겠사옵니까?"

"그건 목적이지, 이유는 아냐."

강대산은 안교안을 보았다.

이런 쪽은 그보다 안교안이 빠삭하다.

안교안은 숨도 쉬지 않고 대답했다.

"왜국이 또 조선에 야욕을 품은 게 아니겠사옵니까?"

"나도 안 군장 의견에 동의한다."

그 즉시, 고검이 발작했다.

"전하, 착호군을 당장 왜국에 파견해 주시옵소서!"

"가서 뭐 하려고?"

"놈들의 대가리를 다 깨 놓겠사옵니다!"

"음, 좋은 의견이기는 한데 일단 좀 더 알아보고 결정하자고."

제안을 거절당한 고검이 시무룩해 있는 사이.

난 강대산에게 다시 물었다.

"요즘 왜국은 돌아가는 사정이 어때?"

"세키가하라를 재연하려는 것 같사옵니다."

"동군과 서군으로 나뉘었단 거야?"

"그렇사옵니다. 안 군장, 전하께 설명해 드리게."

강대산이 다시 안교안에게 바통을 넘겼다.

안교안은 왜국 지도를 탁자에 펼쳐 놓고 설명했다.

"일단 시마즈의 사쓰마 번이 작년에 규슈를 완전히 장악했
사옵니다. 그리고 모리의 조슈 번은 주코쿠, 즉 혼슈 서쪽 지역
에서 세력을 확장하다가 사쓰마 번과 동맹을 맺었사옵니다."

"삿초 동맹이로군."

안교안이 놀라 물었다.

"알고 계셨사옵니까?"

"현지에서도 그렇게 부르나 보지?"

"그렇사옵니다."

"알았으니까 다음으로 넘어가지."

"예, 전하. 삿초 동맹이 서군이라면 동군은 주부, 간토, 도호쿠 세 지역을 장악한 에도 막부 그 자체라 봐도 무방하옵니다."

"에도 막부 내에서 내전이 벌어졌다고 하지 않았나?"

"반년간에 걸친 내전이 있긴 했습니다만 얼마 전에 쇼군 도쿠가와 이에쓰나가 오와리 번 다이묘 도쿠가와 미쓰모토를 자결케 함으로써 어느 정도 정리가 되어 있는 상황이옵니다."

난 지도의 서쪽과 동쪽을 번갈아 가리켰다.

"서쪽엔 삿초 동맹이, 동쪽엔 에도 막부가 있는 건가?"

"그렇사옵니다."

"그 사이에 있는 간사이와 아래쪽에 있는 시코쿠는?"

"간사이와 시코쿠 지역은 이기는 쪽에 붙으려는 것 같사옵니다."

"간을 본다는 거군."

"그렇습니다."

"강 대장 말처럼 정말 2차 세키가하라가 벌어지기 직전이로군."

"현재로선 그럴 가능성이 농후해 보이옵니다."

"현지 용호군 요원들은 어찌하고 있나?"

"최제문이 유연, 홍장미 등과 양쪽 세력을 다 감시 중이옵니다."

"그러면 동군과 서군 중에 누가 한수동을 보냈는지 알아보라고 해. 보낸 놈이 이긴다면 그다음은 반드시 조선일 테니까."

강대산이 대답했다.

"마츠에에 가는 화물 선단을 통해 연통을 넣겠사옵니다."

"참, 마츠에 번은 어때?"

"간사이 세력과 연계해 중립을 지키는 것으로 알고 있사옵니다."

"마츠에카이에 말해서 은 채굴량을 높이라고 해."

안교안이 물었다.

"전하께선 서군이 이길 거라 보시옵니까?"

"누가 이기든 전처럼 밀수하긴 어려울 거 같아서 하는 소리야."

강대산이 끼어들었다.

"번은 미덥지 않아도 마츠에카이는 믿을 수 있지 않겠사옵니까?"

"막부에 내전이 벌어지지 않았다면 우리가 그렇게 쉽게 마츠에카이를 이용해 대량으로 은을 밀수할 수 있었을 거 같아?"

"없었겠지요."

"근데 왜국이 안정화되면 전처럼 하기 쉽지 않을 거야. 마츠에카이야 괜찮은 거래 상대지만 거기에 매달릴 필욘 없어."

"알겠사옵니다."

"대만 쪽은 어때?"

"복건을 오가는 상단을 통해 보라매와 화포 등을 보급해 주고 있사옵니다. 그리고 훈련도감에 부탁해 병사들을 훈련하고 무기 사용법을 가르쳐 줄 군사 고문단도 보내 놓았사옵니다."

"언제쯤이면 결판이 날 거 같아?"

"3년을 기다려도 안 되면 다른 수를 써야 할 것 같사옵니다."

"그러면 대만 문제는 결과를 보고 이야기하자고."

"예, 전하."

용호군 수뇌부가 돌아간 뒤에 상선이 올린 커피를 마실 때였다. 의료 사업부 부장 백광현과 과장 에보켄이 들어왔다.

인사하고 나서 자리에 앉은 에보켄이 코를 킁킁거렸다.

"무얼 드시고 계셨습니까?"

"이거? 커피."

"향기가 아주 좋사옵니다."

"커피를 마셔 본 적 있나?"

"바타비야에 있을 때 몇 번 마셔 보았사옵니다."

난 상선을 불러 로스팅한 커피를 한 봉지 건넸다.

"상하니까 빨리 갈아서 마시게."

커피를 받고 희희낙락하는 매제를 바라보며 백광현이 물었다.

"자넨 커피가 그렇게 좋은가?"

"그렇기도 하지만 귀한 거라 더 좋아하는 거지요."

난 커피를 잔에 조금 따라 백광현에게 건넸다.

"마셔 봐. 입맛에 맞으면 자네도 한 봉지 주지."

"황송하옵니다."

커피를 마신 백광현이 얼굴을 찌푸렸다.

"소인은 쓰기만 할 뿐, 뭐가 맛있는지 모르겠사옵니다."

"뭐 커피를 다 좋아하는 건 아니니까."

커피를 아껴서 속으로 내심 기뻐하며 물었다.

"에보켄네 아이는 몇 살이야?"

"이제 세 살이 되었사옵니다."

"그래? 세월 참 빠르군."

커피잔을 내려놓은 백광현이 참견했다.

"이번에 매제네가 둘째를 가졌사옵니다."

"그거 축하하네."

"망극하옵니다."

"그래, 오늘은 무슨 일로 온 거야?"

"천연두 백신 접종을 완료했다는 보고를 드리러 왔사옵니다."

"아이들까지 전부?"

"그렇사옵니다."

"난 몇 년 더 걸릴 줄 알았는데?"

"처음에 백신이 효과가 있다는 걸 이해시키기가 어려웠지, 이해시킨 다음부턴 서로 먼저 맞겠다고 하여 편했사옵니다."

"우리 백성들이 그런 면이 있긴 하지."

이어 에보켄이 보고했다.

"그리고 저번에 말씀하신 대로 의료 사업부 산하에 의과대학을 설립했사옵니다. 지금은 학생을 선발하는 중인데 신분과 출신에 상관없이 받고 있어 정원을 금방 채울 듯합니다."

"그거 잘되었군."

"예, 정말 잘된 일입니다."

백광현이 말했다.

"해서 드리는 말씀인데……."

"뭔데?"

"전하께서 의과대학 이름을 정해 주시지요."

"음, 이름이라."

난 고민하다가 갑자기 귀찮아졌다.

"정식 명칭은 성균관국립대로 하고 부를 땐 성균관대로 불러."

"그러면 성균관 의과대학이 되는 것이옵니까?"

"아니, 성균관대 소속의 의과대학이 되는 거지."

"알겠사옵니다."

"의과대학에서 의사를 가르치려면 실습할 병원이 필요하겠지?"

"그럴 것이옵니다."

"의과대학 옆에다 성균관대 병원을 짓도록 해."

"명하신 대로 하겠사옵니다."

"근데 둘 중 누가 연구하는 걸 좋아해?"

갑작스러운 질문에 고민하던 두 사람이 거의 동시에 대답했다.

"매제가 더 낫사옵니다."

"그건 처남보다 소인이 낫사옵니다."

"의견이 일치되어 다행이군. 이제부터 에보켄은 의료 연구소에 남아 연구에 계속 매진하고 교육 쪽은 백 부장이 전담해."

에보켄이 물었다.

"염두에 두신 연구 분야가 있으시옵니까?"

"항생제."

"아."

"페니실린이 뭔진 알지?"

"전하께서 주신 의서에서 보았사옵니다."

"아마 힘들 테지만 지원을 해 줄 테니 시도는 해 봐."

"알겠사옵니다."

두 번째 미팅이 끝난 후, 오랜만에 클라슨 숙수가 만든 햄버거를 먹었다.

대궐 숙수가 된 클라슨은 한식은 물론이거니와 복건에서 온 왕자춘에게 중식까지 배워 월드 클래스 쉐프로 거듭났다.

햄버거 만드는 솜씨도 점점 발전해 프랜차이즈 저리 가라였다. 아니, 프랜차이즈보다 나으면 나았지, 전혀 뒤떨어지지 않았다. 신선하고 좋은 재료에 정성까지 듬뿍 쏟았으니까.

거기다 같이 나온 감자튀김도 꿀맛이다.

클라슨이 토마토로 만든 케첩에 찍어 입에 넣으면 여기가 17세기 조선 창덕궁인지, 홍대 클럽 앞인지 분간이 안 된다.

물론, 진짜 분간 안 되면 미친 걸 테지만.

오후에는 예조판서 김좌명을 만났다.

"전하, 성균관 유생을 전부 퇴학 조치했사옵니다."

"잘했소."

"비게 된 성균관은 어떻게 쓰실 요량이시옵니까?"

"그렇지 않아도 그 얘기를 하려고 불렀소."

"하명하시옵소서."

"이참에 성균관을 고등 학문을 가르치는 대학으로 만듭시다."

"대학이 무엇이옵니까?"

"예전 성균관에선 유학을 가르치지 않았소?"

"그렇지요."

"가르치는 분야를 유학에만 국한하지 말고 폭넓게 넓혀 보잔 거요. 예를 들면 법, 과학, 기술, 경제, 의학, 역사, 교육이 되겠지. 아, 그리고 유학은 철학 쪽으로 들어가면 되겠네."

"가르칠 교수가 없지 않사옵니까?"

"성균관에 사범대가 있지 않소?"

"전하께서 선포전에 가둬 놓고 직접 가르친 아이들 말이옵니까?"

"가둬 두진 않았소."

"황, 황공하옵니다."

"아무튼 그 애들은 요즘 어떻게 지내오?"

"다른 학생들을 가르치는 중이옵니다."

"그 아이들은 이미 다방면에 방대한 지식을 갖추었소. 아마 교수를 시켜도 잘할 거요. 거기다 교재도 이미 갖고 있고."

뭔가를 가늠해 보던 김좌명이 고개를 끄덕였다.

"그러면 이제 학생만 받으면 되겠사옵니다."

"흠흠, 아니야."

"신이 실수한 것이옵니까?"

"아니, 예판은 실수하지 않았소."

난 문을 향해 외쳤다.

"당직 선전관은 지금 당장 안으로 들라!"

곧 왕두석이 헐레벌떡 뛰어 들어왔다.

"찾아 계시옵니까?"

"뭐야? 두석이가 당직이었어?"

"홍 선전관이 집안에 일이 있어 오늘은 소관이 당직이옵니다."

"근데 입 옆에 그 침 같은 액체는 뭐냐?"

철릭 소매로 얼른 입을 훔친 왕두석이 웃었다.

"하하, 물을 마시다가 흘렀나 보옵니다."

"너 졸았지?"

"하하하."

"졸았어, 안 졸았어?"

"졸았사옵니다……."

"임금은 눈이 빠지라 일하는데 이게 빠져 가지고!"

"이, 이유가 있사옵니다."

"그래, 맞더라도 변명할 기회는 한 번 줘야지."

"동이가 어제 밤새 우는 바람에 한숨도 못 잤사옵니다."

"흠, 자식이 울어서 밤을 샜다면 어쩔 수 없지. 아무튼 육아에 참여한다니 그것만으로도 장하다. 나머진 쌍둥이에게 맡기고 넌 관우정에 가서 눈이라도 좀 붙이고 나서 오너라."

"역시 전하밖에 없사옵니다."

좋아서 뛰어가는 왕두석을 보며 고개를 저었다.

나와 왕두석은 비슷한 시기에 아빠가 되었지만, 상황이 다르다.

나야 풀타임 엄마인 중전도 있고 중전을 도와줄 궁녀들도 옆에 많으니까 실질적으로 육아에 참여한다고 보긴 어렵다.

하지만 왕두석네는 요즘 세상에선 보기 드문 맞벌이 부부다. 당연히 왕두석도 육아에 참여할 수밖에 없는 상황이란 뜻이다.

그렇다고 육아휴직을 줄 수도 없고 어려운 문제야.

그래도 아기를 편하게 키울 만한 환경은 갖춰 놔야겠지.

현대에 있을 때, 귀가 따갑게 듣던 소리가 바로 인구 절벽으로 한국이 몇십 년 후에 사람이 없어 망할 거란 거였으니까.

아, 산아 제한 같은 헛소리도 못 하게 미리 못 박아 놔야겠네.

미국 정도를 제외하면 인구가 많을수록 가난한 나라가 많다.

하지만 미래로 가면 오히려 그런 나라들이 유리해진다.

당장은 많은 인구를 먹여 살리느라 풍족하지 못할지 모르지만, 인구가 많기에 성장 동력을 잃지 않을 수도 있는 거다.

난 쌍둥이에게 허적을 불러오게 하였다.

잠시 후, 그새 핼쑥해진 허적이 들어와 인사하고 앉았다.

눈 밑에 있던 다크서클이 거의 턱에까지 닿을 듯했다.

난 눈자위를 주무르며 억지 눈물을 짜냈다.

"흑흑, 과인 때문에 대제학의 몰골이 말이 아니구려."

"신은 괜찮사옵니다. 체통을 지키시옵소서."

난 눈에서 손을 떼며 슬쩍 물었다.

"괜찮소?"

"괜찮사옵니다."

"정말 괜찮소?"

"정말 괜찮사옵니다."

"그렇다면 대제학이 중요한 일 하나를 더 맡아 줘야겠소."

"헛!"

경악성을 토한 허적의 핼쑥한 얼굴이 더 쪼그라들었다.

난 열변을 토했다.

"교육은 백년지대계요. 그렇지 않소, 예판?"

김좌명이 얼떨결에 대답했다.

"그, 그렇사옵니다."

"대제학도 당연히 그렇게 생각하겠지?"

허적이 얕은 한숨을 내쉰 뒤에 대답했다.

"그렇게 생각하옵니다."

"좋소. 두 대감 다 동의한 걸로 알고 이제 우리 셋이 앞으로 조선의 천년을 책임질 교육 제도를 개혁하는 데 앞장섭시다!"

"……."

"왜 대답들이 없는 거요?"

"……."

"내 말을 따라 하시오. 앞장섭시다!"

"앞장섭시다……."

"앞장섭시다……."

"더 크게!"

"앞장섭시다!"

"앞장섭시다!"

"하하, 역시 크게 외치고 나니까 좋군. 과인은 가슴 속에서 의욕이 막 샘솟고 그러는데 두 분 대감도 당연히 그렇겠지?"

"그렇사옵니다……."

"계속 죽상으로 있을 거요?"

"하하, 아니옵니다."

"좋소. 이제 본격적으로 일해 봅시다."

난 쌍둥이에게 지필묵을 가져오게 한 뒤에 그림을 그려 나갔다.

"향교, 서원, 성균관으로 이어지는 구조가 기본 뼈대요."

김좌명, 허적 둘 다 프로 관원이다. 프로젝트를 본격적으로 진행하는 순간, 눈빛부터 싹 달라진다.

적을 준비를 마친 허적이 서둘러 물었다.

"어떤 형태로 이어지는 것이옵니까?"

"향교는 백성의 기초 교육을 담당하는 거요."

"어떤 기초를 말씀하시는 것이옵니까?"

"예를 들면 우선 한글을 읽고 쓸 줄 알게 가르치는 거지. 그게 숫자 쪽으로 가면 덧셈과 뺄셈, 나누기, 곱하기일 테고."

김좌명이 얼른 보충했다.

"한자도 가르쳐야 하지 않겠사옵니까?"

"한글부터 가르치는 게 우선이오."

"지금 하신 말씀은 한자가 아니라, 한글을 우리 조선의 공식 문자로 제정하실 의향이 있다고 봐도 무방한 것이옵니까?"

"그렇소."

"으음."

"왜? 재산에 이어 문자마저 빼앗아 가는 거 같아 불만인 거요?"

"아, 아니옵니다."

"내 생각을 지금 말해 주겠소."

"경청하겠사옵니다."

"앞으로 한자는 뜻을 혼동할 수 있는 단어에 병기나 해 주는 선으로 줄일 거요. 그게 우리 민족의 위대하신 세종대왕께서 한글을 처음 창제하신 목적에 훨씬 부합하기 때문이오."

"알겠사옵니다."

난 고개를 돌려 허적을 보았다.

"또한, 향교에선 예절, 윤리, 도덕 등을 가르칠 것이오."

김좌명이 놀라 물었다.

"아이들에게 도덕과 윤리까지 가르치시겠단 말씀이시옵니까?"

"예판은 교육의 가장 큰 목적이 뭐라 생각하시오?"

"지식과 지혜를 얻기 위해서가 아니겠사옵니까?"

"그건 너무 원론적인 대답이오."

허적이 물었다.

"인성 교육을 말씀하시는 것이옵니까?"

"바로 그렇지. 누굴 때리면 안 된다거나, 다른 사람의 주머니를 털면 안 된다는 건 자라면서 자연스레 습득할 수 있소."

김좌명, 허적 둘 다 고개를 끄덕였다.

"그렇겠지요."

"하지만 공공장소에 침을 뱉지 말아야 한다거나, 아무 데서나 용변을 보면 안 된다는 건 배울 데가 없소. 어른들이 그렇게 하는데 아이들이 어찌 배울 수 있겠소. 하여 학교에서 이런 기본적인 것들을 가르쳐 백성을 계몽해 가야 하오."

"듣고 보니 일리가 있사옵니다."

"신도 같은 생각이옵니다."

난 고개를 끄덕인 뒤에 정리했다.

"그래서 향교에서 하는 교육의 목적은 도태되거나 엇나가지 않고 사회의 당당한 일원으로 살아가게 도와주는 데 있소."

"알겠사옵니다."

난 다음 단계로 넘어갔다.

"향교에서 기초 교육을 마치면 서원에 입학할 자격이 주어지오."

김좌명이 물었다.

"그럼 서원에선 어떤 걸 가르쳐야 하옵니까?"

"좋은 질문이오."

"황공하옵니다."

"향교가 사회에 적응할 수 있는 기본 소양을 갖춘 백성을 양성하는 기관이라면, 서원은 졸업생이 사회에 나가 어떤 일이든 할 수 있는 능력을 갖추는 곳이 돼야 한다고 생각하오."

허적이 고개를 갸웃거렸다.

"현재 조선 백성 대부분이 농업에 종사하는데 그렇다면 서원에서는 학생에게 농사 기술을 가르쳐 줘야 한단 뜻이옵니까?"

"이 또한 좋은 질문이오."

"황공하옵니다."

"현재 복건에서 수입해 오는 양곡과 강원도 함경도, 평안도 등지에서 재배하는 구황작물의 양을 모두 합치면 춘궁기에도 어느 정도 버틸 수 있는 여력을 마침내 갖추게 되었소."

"경하할 일이옵니다."

"그게 다가 아니오. 추진 중인 계획이 다 성공한단 조건에서 하는 얘기긴 하지만 양곡 산출량을 대폭 늘릴 방법을 찾았소."

김좌명이 놀라 물었다.

"어떤 계획이옵니까?"

"농업 연구소에서는 새로운 볍씨 종자를 개발하고 있소."

"새로운 종자라면 어떤?"

"병충해와 추위에 모두 강하면서 낱알도 많이 열리는 품종이오."

"그렇게만 되면 먹고사는 건 이제 걱정 없겠사옵니다."

"물론, 아직까진 희망 사항이오. 세 조건 중에 하나만 제대로 성공해도 감지덕지한 상황이지만 난 연구원들을 믿고 있소."

"그럼 비료는 거름을 말씀하시는 것이옵니까?"

"지금까진 거름을 대부분 자연에서 얻었소."

"신도 그렇게 알고 있사옵니다."

"하지만 그런 거름엔 문제가 있소."

"무엇이옵니까?"

"작물의 성장에 도움을 주는 성분은 그중 극히 일부란 점이오."

"아."

"그래서 거름을 아무리 많이 뿌려도 효과가 좋지 않은 거요."

"그러면 전하께서 만드는 거름은 다르옵니까?"

"기술 연구소에서 연구하는 비료는 자연이 아니라, 화학적인 작용을 이용해 만드는 화학 비료요. 좀 더 쉽게 설명하면 거름에 있는 좋은 성분만 따로 모은 비료라고 할 수 있소."

김좌명은 감탄한 표정으로 고개를 끄덕였다.

그도 깨달은 거다.

새로운 종자와 새로운 비료가 어떤 시너지를 낼 것인지.

물론, 둘 다 실현이 가능해졌을 때의 얘기지만.

허적이 한참 고민한 뒤에 물었다.

"조선의 양곡 산출량이 만약 자급자족 수준에 도달한다면 농부들이 다른 일자리를 찾을 거라 예상하시는 것이옵니까?"

"예상이 아니라, 확신이오."

한국 전쟁 이후의 한국 상황을 보면 쉽게 알 수 있다.

그리고 이는 비단 한국만의 이야기도 아니다.

거의 모든 국가가 그러한 패턴을 보였다.

해서 농사를 포기한 농부들이 대도시로 몰려 각종 문제가 발생하기 전에 선제적으로 대처하기 위해 서원이 필요하다.

한참을 적어 내려간 허적이 물었다.

"서원이 학생에게 직업 교육을 하는 곳이라면 그보다 상위 기관인 성균관은 어떤 목적으로 운영해야 하는 것이옵니까?"

"연구하는 곳이 돼야 하오."

"어떤 것을 연구하는 것이옵니까?"

"예판에겐 이미 말했지만, 법, 경제, 과학, 기술, 의학, 역사, 교육, 인문학 등 연구할 분야 천지요. 물론, 지금의 주류 학문인 유학도 연구할 거요. 철학 안으로 들어가야겠지만."

"향교, 서원, 성균관이 뼈대라는 말씀을 이젠 이해할 수 있을 거 같사옵니다. 그 외에 따로 추가할 사항이 있으시옵니까?"

"처음부터 전 백성을 상대로 의무 교육을 실시할 순 없을 거요."

"하오시면?"

"전국 주요 도시에서 먼저 시험적으로 운영해 봅시다."

"알겠사옵니다."

"나머진 예판과 협의해서 진행하면 될 거요."

허적이 김좌명을 보며 말했다.

"그렇지 않아도 예조와 협력할 사안이 많았습니다."

"우리가 할 수 있는 일이라면 힘닿는 데까지 돕겠소."

그날부터 집현전은 예조의 도움을 받아 조선의 교육 제도를 뜯어고쳐 아예 처음부터 다시 만드는 대사업에 뛰어들었다.

며칠 후, 김좌명이 다시 찾아왔다.

"전하, 대과에 낼 시험 문제가 나왔사옵니다. 한번 보시옵소서."

"줘 보시오."

난 문제를 빠르게 훑어보았다.

현 조선에서 고쳐야 하는 폐단에는 무엇이 있으며 있다면 옛 중국 열조의 예를 들어 설명하고 그 해결책을 제시하라.

첫 문제부터 사람 빡치게 하는군.

"흠, 왜 꼭 중국 열조의 예를 들어야 하는 거요?"

"으레 그렇게 해 왔기에……."

"중국과 우린 엄연히 다른 나란데 그런 예가 무슨 소용이지?"

"그렇긴 하옵니다만……."

난 문제지를 구겨 버린 뒤에 말했다.

"이번 대과의 문제는 과인이 직접 내겠소."

"전하께서 직접 내시겠단 말씀이시옵니까?"

"그런 예가 없었소?"

"있는 것으로 아옵니다."

"그럼 상관없겠군."

"바로 준비하겠사옵니다."

김좌명이 적을 준비를 마친 뒤에 문제를 구술했다.

"첫 번째, 지방 관아의 아전 대부분은 나라에서 제대로 된 보수를 받지 못해 백성의 고혈을 쥐어짜 생활하고 있다. 응시생이 급제해 호조 관원이 된다면 이를 어떻게 해결하겠는가?"

"……."

"두 번째, 사람은 서울로 보내고 말은 제주로 보내란 말이 있다. 이렇게 되면 도성은 인구가 과밀하여 여러 부작용이 생길 테고 반대로 지방은 인구가 없어 소멸하게 될 거다. 이를 어떻게 대처했으면 하는지 소상한 방안을 적어 내라."

"……."

"다 적었소?"

"다 적었사옵니다."

"그대로 대과에 출제하시오."

"알겠사옵니다."

대답하고 나가려던 김좌명이 급히 돌아와 물었다.

"이번 대과는 참관하실 계획이옵니까?"

"지금까지 안 가다가 갑자기 가는 건 너무 변덕스럽지 않겠소?"

"그러면 이번에도 삼정승에게 주관을 맡기겠사옵니다."

"그리하시오."

김좌명이 나간 뒤에 고개를 슬쩍 저었다.

원래 대과 전시는 임금이 직접 참관하게 되어 있다.

하지만 그동안은 귀찮아서 안 갔었다.

사실 귀찮은 거보단 출제 내용이 마음에 들지 않은 게 컸다.

그러나 이번엔 달랐다.

이번엔 내가 직접 시험 문제를 냈으니까 응시생들이 출제 문제를 처음 보고 어떤 표정을 지을지 갑자기 궁금해진 거다.

잠시 고민하다가 다시 고개를 저었다.

사람은 일관성이 있어야지.

며칠 후, 삼정승이 들어와 대과 결과를 보고했다.

"장원은 광산 문중의 김만중이옵고 아원은 양주 문중의 조사석……."

"잠깐."

내 손짓에 이경석이 읽기를 멈추고 물었다.

"어찌 그러시옵니까?"

"지금 장원이 누구라 했소?"

"광산 문중의 김만중이옵니다."

"서포 김만중?"

원두표가 얼른 대답했다.

"맞습니다. 김만중의 호가 서포입니다."

난 책상을 두드리며 머릿속 기억을 뒤졌다.

세종대왕을 경배하라 스킬 덕에 한번 본 건 거의 잊지 않는다.

"김만기가 지금 예조정랑으로 있소?"

이번엔 조경이 대답했다.

"그렇사온데 어찌 그러시옵니까?"

"김만기와 김만중은 친형제간이지 않소? 그리고 예조정랑은 답안지를 추려서 삼정승에게 올리는 일을 하는 자리이고."

그제야 이경석이 당황해 머리를 조아렸다.

"미리 살피지 못한 신의 잘못이 크옵니다."

"흠, 일단 답안지를 줘 보시오. 과인이 괜한 오해를 한 걸 수도 있으니까. 일단 답안지를 보고 나서 이 문제를 처리하겠소."

"여기 있사옵니다."

난 조경이 건넨 김만중의 답안지를 읽어 보았다.

답안은 전체적으로 평범했다.

"흠, 그저 원론적인 얘기뿐이군."

첫 번째 문제에는 옛 고사를 잔뜩 동원해 가며 길게 쓰기는 했지만 결국, 아전을 더 엄히 단속하라는 내용이 주였다.

두 번째 문제 답안도 마찬가지다. 호패법을 강화해 고향을 떠나지 못하게 하잔 내용이었으니까.

답안지를 돌려주며 물었다.

"아원은 누구라 했소?"

이경석이 다른 답안지를 건네며 대답했다.

"양주 문중의 조사석이옵니다."

"조사석이……."

"대왕대비마마와 사촌지간이옵니다."

이경석이 대왕대비마마와 사촌이란 말을 언급한 이유는 하나다. 나에게 조사석이 왕인임을 알려 준 거다.

흠, 조사석도 꽤 중요한 인물이긴 하지.

조사석은 훗날 숙종 시절을 주름잡던 조태채, 조태억, 조태구로 이어지는 양주 조씨 정승 라인업의 시발점 같은 이다.

물론, 셋 다 조사석의 아들은 아니다.

조사석의 친아들인 조태구는 소론 영수로 영의정을 지냈다.

큰조카인 조태억은 소론 영수였으며 좌의정까지 올랐다.

작은 조카 조태채는 좀 특이한 인물이다.

집안은 소론 일색인데 그만 노론을 택해 좌의정까지 올랐다.

나중에는 노론사대신으로 지목되어 결국 사약 받고 죽었지만.

같은 할아버지를 둔 집안에서 2대에 걸쳐 영의정 하나에 좌의정만 셋을 배출한 셈이니까 김수항, 김수흥, 김창흡 등 영의정을 셋 배출한 안동 김씨 문중 못지않은 집안인 셈이다.

난 조사석의 답안을 읽어 보았다.

"흐음."

조사석은 좀 더 현실적인 답안을 하였다.

첫 번째 문제에 대한 답안으로 지방세를 따로 거두어 아전들에게 지급한 뒤에 감사를 강화해 비리를 막자고 적었다.

두 번째 답안도 마음에 들었다.

고향을 떠나 유민이 되는 이유는 결국 먹고살 방도가 없기 때문이므로 지방에도 양질의 일자리를 만들자는 답안이다.

난 고개를 끄덕인 뒤에 물었다.

"탐화랑은 누구요?"

"여흥 문중의 민암이옵니다."

탐화랑은 장원, 아원에 이은 3등을 가리키는 말이다.

민암의 답안도 받아 읽어 보았지만, 문장만 좋고 내용이 없었다.

답안을 다 읽은 뒤에 어명을 내렸다.

"조사석을 장원, 김만중을 아원, 민암을 탐화랑으로 정하 겠소."

원두표가 뭐라 하려다가 이경석의 눈짓을 받고 입을 다물 었다.

삼정승이 물러간 뒤에 속으로 생각했다.

이제 왕인도 제2당 위치까지 올라온 모양이군.

과거 시험은 당연히 주관식이다.

즉, 정해진 답이 없으므로 채점관의 마음에 달려 있단 말이다.

그래서 결과도 누가 정권을 잡았는지에 따라 달라진다.

오늘 과거 결과만 봐도 그렇다.

서인, 왕인, 남인 순으로 결과가 나왔으니까.

어쨌든 이제 신진들이 슬슬 기지개를 켜는 시점인 모양이 군. 김만중, 조사석, 민암 같은 거물이 나오기 시작했으니까 말이야.

사실, 거물이라기보단 문제적 인물이라는 평이 더 맞겠지 만. 지금 있는 1세대보다 2세대 쪽 인물의 성정이 더 과격하다.

즉, 2세대가 부상하기 전에 당쟁을 끝내야 한단 뜻이다.

잘될지는 모르겠지만, 해 보긴 해 봐야지.

현이 치세에도 당쟁이 벌어지는 꼴을 볼 순 없으니까.

149장. 단상을 덮은 천을 치워라!

힘들고 불안할 때는 시간이 빨리 가길 바란다.

하지만 지금은 시간을 늦출 수 있으면 좋겠다는 생각뿐이다.

"어휴, 현이가 벌써 걸음마를 다 하네."

뒤뚱거리면서도 용케 걸어와 안기는 아들을 보며 귀엽다는 생각도 들었지만 시간 참 빨리 간다는 생각도 같이 들었다.

옆에서 기저귀를 손수 정리하던 중전이 미소를 지었다.

"걸음마를 한 지는 꽤 되었습니다."

"흠흠, 그렇구려."

업어 달라 보채는 현이를 업고 어부바를 하며 물었다.

"며칠 후가 돌이니까 그거에 맞춰 세자 책봉도 같이하려는

데 중전의 생각은 어떻소? 중신들은 조금 빠르다고 하던데."

"신첩도 조금 빠르다고 생각합니다."

"그렇소? 그럼 두 돌 때 해야겠군."

배가 고픈지 현이가 칭얼거려 중전이 젖을 주고 낮잠을 재웠다. 그래도 역시 아기는 자는 모습이 제일 귀엽긴 하네.

그런 생각을 하며 자장가를 불러 주는 중전을 바라보는데 갑자기 중전을 닮은 딸이 하나 있으면 좋겠단 생각이 들었다.

정말 딸이 갖고 싶어서다.

임신과 출산 사이의 간격이 너무 빠르면 산모의 건강에 문제가 있단 말을 예전에 들어 1년 넘게 독수공방해서는 아니다.

정말이다.

아무튼 이제 슬슬 때가 되었다 싶어 중전의 옆구리를 찔렀다.

"중저어언."

"전, 전하."

"현이도 혼자 잘 자는 거 같은데 잠시 쉬지 않겠소?"

"그래도 여기선……."

난 대낮이라서 안 된다고 할 줄 알았는데 그건 아닌 모양이다.

암튼 허락받은 김에 재빨리 움직였다. 자는 아기를 깨우는 건 말이 안 된다. 그렇다면 아쉬운 사람이 움직여야지.

난 중전과 동온돌로 자리를 옮겼다.

그다음에야 뭐 서로 꿈 같은 시간을 보냈지.

점심까지 대조전에서 먹고 희정당으로 가는데 왕두석이 물었다.

"좋은 일이 있으시옵니까?"

"왜?"

"용안이 오늘따라 아주 개운해 보이시옵니다."

"실없는 소리 그만하고 얼른 길이나 열어라."

"예, 전하."

희정당에 도착해 잠시 미루어 둔 일을 볼 때였다.

상선이 들어와 알렸다.

"마마, 이시방 대감이 입실했사옵니다."

"오, 들라 하시오."

"예, 마마."

잠시 후, 이시방이 들어와 인사하고 앉았다.

"전하, 조선은행으로 쓸 건물을 완성했사옵니다."

"직원도 구했소?"

"상단에 있던 자들을 우선 고용해 수를 맞췄사옵니다."

"조폐청의 준비는 어떻소?"

"그렇지 않아도 어제 호판을 만났사옵니다."

"뭐라 했소?"

"그쪽 역시 준비가 끝났다고 하옵니다."

"그러면 이제 시작해도 되겠군."

"바로 준비하겠사옵니다."

그로부터 얼마 후, 서유럽회사가 있는 명동에서 조선은행 개관식이 열렸다.

용호군을 동원해 조선은행이 개관한단 소식을 미리 퍼트

려 놓은 터라, 도성 백성이 발 디딜 틈 없을 정도로 모였다.

물론, 나도 친히 참석해 자리를 빛냈고.

초대 조선은행 총재를 맡은 이시방의 연설이 끝날 기미가 좀처럼 보이지 않을 무렵, 난 백성들의 표정을 살펴보았다.

백성도 지루함을 느끼는 모양이다. 자리를 떠나는 이들이 하나둘 보였다. 이러다간 죽도 밥도 안 되겠는데.

난 권대운을 불러 슬쩍 언질을 주었다.

"대감이 가서 총재 좀 말려 보시오."

"예, 전하."

잠시 후, 권대운이 이시방을 데리고 돌아왔다.

이시방은 아직도 할 말이 남았던지 약간 불만스러워 보였다.

난 그를 적당히 달래고 나서 단상 앞으로 나갔다.

백성들이 즉시 바닥에 엎드려 절을 올렸다.

"모두 일어나라!"

백성들이 일어나길 기다린 뒤에 본론으로 들어갔다.

"다들 은행이 무얼 하는 곳인지 궁금할 거다!"

백성들이 그렇다는 듯 일제히 고개를 끄덕였다.

"하여 과인이 직접 간단히 설명해 주겠다!"

난 이목을 집중시키기 위해 잠시 텀을 주었다가 말했다.

"은행은 쉽게 말해 금과 은을 사는 곳이다!"

그 즉시, 백성들이 웅성거렸다.

손을 들어 소란을 가라앉힌 뒤에 마저 설명했다.

"쌀과 옷감에는 시세란 게 있다! 흉년이 든 해에는 쌀값이 천정부지로 치솟는다! 아마 백성 대부분이 한 번쯤은 쌀값이 너무 올라서 고통을 받은 적이 있을 테니까 잘 알 거다!"

그 말에 다들 고개를 끄덕였다.

지금이야 서유럽회사 소매 사업부가 쌀값을 안정적으로 제어 중이지만 몇 년 전만 해도 쌀은 투기 수단으로 자리 잡을 만큼 시세의 변동이 커 백성에게 극심한 고통을 안겨 주었다.

"반대로 풍년이 든 해에는 쌀값이 너무 떨어져 농사를 짓는 농부들이 보릿고개를 넘느라 고생이 이만저만 아니다! 옷감도 마찬가지로 시세가 좋을 때가 있고 나쁠 때가 있다!"

"……."

"하지만 금과 은은 시세의 변동이 적다! 즉, 재산을 금과 은으로 바꿔 보유한다면 크게 손해 볼 일이 없다는 뜻이다!"

"……."

"아니, 손해는커녕, 오히려 금과 은을 가지고 있는 것만으로도 약간의 이득을 볼 수 있다! 금과 은의 가치는 세월이 흐를수록 계속해서 올라갔음을 역사가 증명해 주었기 때문이다!"

"……."

"조선은행은 백성이 그 금과 은을 자유롭게 살 수 있게 하려고 만들어진 기관이다! 그렇다면 궁금한 점들이 있을 거다!"

"……."

"먼저 조선은행에 금과 은이 얼마나 있기에 과인이 이런 말을 하는지 궁금할 거다! 해서 지금부터 그걸 보여 줄 생각이다!"

난 단상에서 내려가 이완에게 명을 내렸다.

"도원수가 수고해 줘야겠소."

"맡겨만 주시옵소서."

덩달아 흥분한 이완이 부하들에게 소리쳤다.

"단상을 덮은 천을 치워라!"

"예, 장군!"

광이 번쩍번쩍 나는 갑옷을 풀 세팅한 건장한 병사 수백 명이 달려 나와 단상을 덮은 천을 말아서 옆으로 벗겨 냈다.

천을 벗겨 내는 순간.

그 밑에 잠자고 있던 금괴와 은괴가 드러났다.

가로세로 수십 미터 넓이에 높이는 무려 3미터가 훌쩍 넘었다. 거기다 햇빛이 가장 강할 때를 골라 공개했다.

금괴와 은괴가 엄청난 광채가 뿜어내며 그 자태를 드러냈다.

말 그대로 보물로 만든 산이 하나 생겨난 셈이다.

백성들의 반응은 극명하게 갈렸다.

반은 너무 놀란 나머지 입을 쩍 벌린 자세로 몸이 굳어 버렸다. 그리고 나머지 반은 환호성을 지르며 좋아했다.

물론, 감히 보물산에 가까이 다가가는 백성은 없었다. 천을 걷어 낸 훈련도감 정병이 창을 들고 그 앞을 지킨 탓이다.

난 다시 보물산 위로 올라가 백성들을 내려다보았다.

아, 젠장.

햇빛이 보물에 반사되어 눈을 찌른 탓이다.

그러나 어쩌랴.

이미 폼을 있는 대로 잡은 탓에 여기서 후퇴할 순 없다.

후퇴하면 기껏 살려 놓은 분위기가 죽는다.

어쩔 수 없이 최대한 먼 방향을 쳐다보며 연설을 이어 갔다.

"모두 직접 봐서 알겠지만, 조선은행은 조선 백성 전체에 금과 은을 팔아도 남을 만큼의 보물을 확보해 놓은 상태다!"

"……."

백성들이 흥분을 가라앉히고 다시 내 말에 집중했다.

"앞으로 조선은행에선 이 금과 은을 쌀과 옷감을 받고 팔게 될 것이다! 하지만 거기엔 풀어야 할 문제가 몇 가지 있다!"

"……."

"귀한 보물을 사서 집으로 가져가다가 도중에 다른 이에게 빼앗기면 그 원통함을 누가 보상해 줄 것인가! 또한, 금고도 없이 어찌 이 귀한 보물을 안심하고 보관할 수 있겠는가!"

"……."

"하여 백성이 산 금과 은을 조선은행이 평생 공짜로 보관해 주겠다! 그리고 그 대신, 조선은행에선 금과 은을 샀다는 것을 확인해 줄 증표를 줄 것이다! 이것이 바로 그 증표다!"

난 다시 이목을 집중시킨 뒤에 지폐를 꺼내 흔들었다.

백성들의 시선이 지폐 쪽으로 휙 쏠렸다.

"조선은행에선 이 증표를 지폐라 부르기로 했다!"

"……."

"지폐는 금과 은을 샀다는 것을 확인해 주는 기능 이외에도 쓸모가 아주 많다! 이제부턴 조정에 세금을 낼 때, 굳이 무거운 쌀이나 옷감을 힘들게 가져가서 관아에 낼 필요 없이 이

지폐만 가져가 내면 되기 때문이다! 또한, 육의전을 포함한 시전과 팔도에 있는 상단에서 운영하는 모든 점포에서 이 지폐로 물건값을 치를 수 있고 받을 수도 있다!"

"……."

음, 이쯤에선 박수나 환호성이 나와야 하는데.

난 뒤에 있는 왕두석에게 슬쩍 신호를 주었다.

그 즉시, 왕두석이 물에 빠진 사람처럼 팔을 마구 흔들었다.

잠시 후, 왕두석이 곳곳에 심어 둔 선전관들이 손뼉을 치며 환호성을 질렀고 이에 전염된 백성들도 따라 환호를 질렀다.

난 쓴웃음을 지은 뒤에 소리쳤다.

"조선은행의 개관식에 온 백성을 위해 술과 고기를 준비했다! 모두 마음껏 먹고 마시며 이번 개관식을 즐기다 가거라!"

"와아아!"

이번 환호는 꾸며 낸 환호가 아니라 진짜였다.

역시 아직까진 먹고 마시는 쪽에 더 관심이 많은 모양이군.

돌아가기 전에 이완을 불러 명을 내렸다.

"보물산은 당분간 저대로 놔두시오."

"알겠사옵니다."

개관식이 끝난 뒤에 희정당으로 돌아와 권대운에게 명했다.

"앞으로 관원의 녹봉을 지폐로 지급하시오."

"알겠사옵니다."

"서유럽회사 소매 사업부가 운영하는 점포는 상관없을 테지만 육의전, 시전, 그리고 송방, 유상, 만상 등 민간 상단이

289

운영하는 점포에서는 지폐를 받지 않으려 들 수도 있으니까 호판 대감이 직접 관원을 보내 엄중히 경고하도록 하시오."

"예, 전하."

권대운이 돌아간 뒤에 난 한숨을 쉬었다.

나로선 최선을 다했다. 이젠 우리 백성을 믿어 보는 수밖에.

한국 국민은 대체로 보수적인 편이다.

하지만 더 나은 게 있으면 바꿀 줄도 안다. 그리고 한번 바꾸기 시작하면 그 속도는 놀라울 정도로 빠르다.

난 조상님들도 후손과 같을 거라 믿는다.

그렇다고 방관하겠단 뜻은 아니다.

둑이 막혔다면 뚫어 주는 사람도 있어야 하는 법이니.

쌀가마니를 가득 실은 짐수레 100대가 도성 남문을 통해 들어와 도성 백성들의 호기심을 자아내며 천천히 이동했다.

도성 백성들은 평소에 쌀을 실은 짐수레를 많이 보는 편이다.

하지만 지금처럼 100대가 동시에 이동하는 장관은 좀처럼 볼 기회가 없어 서너 명이던 구경꾼이 금세 수백으로 늘었다.

물론, 그중에는 혼란을 일으킨 뒤에 쌀가마를 훔쳐 몰래 달아나려는 왈패들도 몇몇 끼어 있었지만, 수레마다 덩치 큰 장정이 장승처럼 떡하니 버티고 있어 쉽게 접근하지 못했다.

몇 번 방향을 바꾼 짐수레 행렬이 명동으로 가는 모습을 본 구경꾼들은 그제야 무슨 일인지 깨닫고 탄성을 터트렸다.

"혹시 조선은행으로 가는 건가?"

"설마 그럴 리가 있겠나?"

"맞아. 명동에 있는 어느 부잣집으로 가는 거겠지."

"아니, 저걸 보라니까."

"어. 정말 조선은행으로 가는 건가 본데."

그들의 말대로 짐수레 행렬은 조선은행 본점으로 가고 있었다.

행렬이 본점 앞에 도착한 순간. 은행 직원이 나와 행렬을 이끌던 나이 든 농부에게 물었다.

"어떻게 오셨습니까?"

순박해 보이는 농부가 공손히 대답했다.

"여기 이 쌀을 금으로 바꾸고 싶어 왔습니다."

"그러면 먼저 쌀의 상태와 무게를 확인해야 합니다."

"좋습니다."

곧 은행 직원과 짐수레를 호송해 온 장정들이 힘을 합쳐 쌀가마의 무게를 일일이 잰 뒤에 가마를 열어서 쌀을 확인했다.

은행 직원이 농부에게 물었다.

"햅쌀인가요?"

"이천에서 올해 수확한 햅쌀 맞습니다."

"오, 이천 쌀이라 그런지 상태가 아주 좋군요."

"다 합쳐서 얼마쯤 받을 수 있겠습니까?"

"잠시만요."

은행 직원이 주판을 가져와 값을 계산했다.

농부가 주판을 가리키며 물었다.

"그건 뭡니까?"

"아, 이건 주판이란 물건인데 이걸 쓰면 계산하기 편하지요."

계산을 마친 직원이 물었다.

"쌀 시세는 아시지요?"

"농사짓는 놈이 쌀 시세를 몰라서야 쓰겠습니까?"

"그러면 전부 합쳐 이 가격에 드리겠습니다."

숫자를 확인한 농부가 고개를 끄덕였다.

"좋습니다. 그렇게 하지요."

은행 직원은 잡부들을 시켜 쌀을 은행 창고로 옮기게 했다.

그리고 본인은 금고에 든 지폐를 세어서 농부에게 건넸다.

"확인해 보시지요."

"흠, 어디 보자, 액수가 맞는군요."

지폐를 옷에 넣은 농부가 빈 수레를 끌고 육의전으로 향했다.

구경꾼들은 흩어지지 않고 계속 그 뒤를 따라갔다.

농부가 거금으로 뭘 하는지 구경하려는 속셈이다.

육의전에 도착한 농부는 제사에 쓸 제기와 제사상에 올릴 과일과 생선을 지폐로 사서 수레에 실은 뒤에 남문으로 향했다.

남문에 도착해서는 장정들에게 품삯으로 지폐를 나눠 주었다.

지폐를 챙긴 장정들은 수레를 끌고 각자의 집으로 돌아갔다.

농부도 짐을 실은 수레를 끌고 근처 나루터로 향했다.

그 모습을 본 구경꾼들은 그들이 좋아하는 일을 하였다.

바로 소문을 내는 거다.

곧 도성에 쌀과 지폐를 바꿔 물건을 샀단 소문이 쫙 퍼졌다.

둑을 터 준 효과는 예상보다 컸다.

쌀과 옷감을 조선은행에 팔고 나서 받은 지폐로 시전에 들러 필요한 물건을 구매해 가는 백성들이 나오기 시작한 거다.

거기다 관원, 군인 등 조정의 녹을 먹는 이들 수만 명이 지폐를 사용하기 시작하며 점차 지폐에 관한 관심이 높아졌다.

이제 군불은 충분히 땠다.

지금부턴 방이 뜨거워지길 기다리면 된다.

물론, 불이 꺼질 수 있어 때때로 장작을 넣어 주었다.

그 불이 영원히 꺼지지 않길 바라면서.

150장. 이번에도 멋지게 해내 보자.

수레를 끌고 가던 농부가 갑자기 작은 길로 들어가더니 웃음을 터트렸다.

"거기 있는 거 아니까 이만 나오는 게 어떤가?"

그 말이 끝나기 무섭게 강도 열 명이 튀어나와 그를 에워쌌다.

농부가 갑자기 품에서 부채를 꺼내 바람을 부쳤다.

"오호라, 복면을 다 안 했군. 죽어서 입을 막겠다는 의도인가?"

강도 두목이 히죽 웃으며 썩은 이를 드러냈다.

"잘 아네. 이왕 죽을 거 곱게 죽으라고. 얘들아!"

두목의 지시에 강도들이 칼과 비수를 들고 농부를 에워쌌다.

농부는 어이가 없다는 듯 고개를 절레절레 저었다.

"북망산천이 어찌 생겼나 궁금한가 보구나."

그 순간, 시커먼 그림자가 달려와 농부 앞을 막아서며 말했다.

"궁금하면 보게 해 줘야지."

농부가 어이없어하며 물었다.

"아니, 애들은 얻다 팔아먹고 고 군장이 직접 온 거요?"

고 군장이라 불린 사내가 껄껄 웃었다.

"하하, 가끔 이렇게 직접 대가리를 깨 줘야 검에 녹이 안 슨다네."

농부가 귀찮다는 듯 파리 쫓듯이 부채를 저었다.

"하, 난 모르겠소. 고 군장이 알아서 하시오."

"안 군장은 거기서 지켜보고 있으시오."

"시키지 않아도 그럴 거요."

그때, 강도들이 고 군장의 위아래를 훑으며 물었다.

"이건 또 어디서 굴러먹다가 나타난 늙다리야?"

고 군장이 손에 침을 퉤 뱉더니 검을 뽑아 양손으로 쥐었다.

"오냐, 이 늙다리가 어떤 놈인지 지금부터 알려 주마."

펄쩍 뛰어오른 고 군장이 어깨를 틀며 검을 앞으로 쭉 뻗었다.

푹!

검은 강도 한 놈의 심장을 뚫고 등으로 빠져나갔다.

"어?"

강도 놈들이 놀라 주춤거릴 때. 고 군장은 팽이 돌듯 한 바퀴 돌며 검으로 하체를 쓸어 갔다.

검이 지나간 자리마다 강도들의 다리에서 피가 용솟음쳤다.

푹푹푹!

비명을 지르며 고꾸라지는 강도들의 목만 집요하게 노려 숨통을 끊은 고 군장은 발로 땅을 박차며 옆으로 몸을 날렸다.

그가 있던 자리에 강도 놈이 던진 비수가 틀어박혔다.

눈썹을 꿈틀한 고 군장이 비수를 뽑아 던졌다. 비수를 던진 강도 놈이 도망치다가 등에 비수가 박혀 죽었다.

"흥, 꼴좋구나."

죽은 강도를 비웃은 고검은 다시 남은 강도를 덮쳐 갔다.

강도 대부분은 그와 일 합도 겨루지 못하고 쓰러졌다.

하지만 두목은 달랐다.

고 군장의 첫 번째 검을 칼로 막아 낸 거다.

고 군장은 더 신이 나 덤벼들었다.

"옳지, 역시 두목이 졸개보단 낫구나. 이것도 한번 막아 보거라."

고 군장은 검을 앞으로 천천히 뻗어 갔다.

이를 악문 두목은 검을 잡아먹을 듯이 노려보았다.

그러다가 참지 못하고 칼을 도끼처럼 힘껏 내리쳤다.

그 순간, 고 군장은 검을 든 손목을 홱 틀어 방향을 바꾸었다.

그 바람에 두목이 내려친 칼은 검을 지나쳐 땅에 처박혔다.

"쯧쯧."

혀를 찬 고 군장은 그대로 검을 위로 찔러 두목의 목을 뚫었다.

두목마저 쓰러트린 고 군장이 뒤를 돌아보았다.

어느새 그늘에 가 있던 농부가 부채를 탁 접었다.

"언제 봐도 훌륭한 솜씨요."

"험험, 상대가 너무 약해 몸풀기도 안 됐소."

"행인들이 올지 모르니까 일단 시체부터 치웁시다."

두 사람은 부하들을 불러 시체와 수레를 옮겼다.

고 군장, 즉 고검이 검에 묻은 피를 닦으며 물었다.

"오랜만에 현장에서 직접 뛰어 본 소감이 어떻소?"

농부로 위장했던 안교안이 옷에 묻은 먼지를 털며 대답했다.

"좋은 것도 없고 나쁜 것도 없었소."

"그래서 전하의 이번 프로, 프로 그 뭐시기는 성공할 거 같소?"

"프로젝트 말하는 거요?"

"맞소. 프라제트."

"프라제트가 아니라 프로젝트."

"프라제트."

"뭐 됐소. 암튼 시간은 좀 걸릴 테지만 결국은 성공할 거요."

고검이 주머니에서 지폐를 꺼내 햇빛에 비춰 보았다.

"그나저나 이 지폐란 놈이 꽤 신기하긴 하오."

"그렇소?"

"이렇게 햇빛에 비춰 보면 잘 닦은 칼처럼 광택이 번쩍번쩍
하지 않소? 전하의 재주가 뛰어난 건 익히 알고 있었지만 멀
쩡한 종이에 광택이 흐르게 하는 재주도 있으신 줄은 몰랐소."

"난 말이오."

"헛."

갑자기 비명을 지른 고검이 멀찍이 물러섰다.

그 모습을 본 안교안이 헛웃음을 지으며 물었다.

"왜 피하는 거요?"

"난 안 군장이 그렇게 무게를 잡을 때마다 몸서리가 난다오."

"몸서리는 치는 거지, 나는 게 아니오."

"어쨌든."

"아무튼 내가 하고 싶었던 말은 전하는 분명 신기한 분이오."

"신기하다?"

"그렇소. 전하는 가끔 천기를 읽으시는 것 같은 행동을 보일 때가 있소. 그리고 또 어떨 땐 지금 시대의 기술로는 절대 만들 수 없을 것 같은 엄청난 발명품을 만들기도 하시오."

고검이 들고 있던 지폐를 가리켰다.

"이런 거 말이오?"

"맞소. 광택이 나는 지폐도 그런 발명품 중의 하나요. 무엇보다 가장 신기한 일은 전하께선 모르는 분야가 없다는 거요."

고검이 눈썹을 미간으로 모으며 물었다.

"그래서 안 군장은 무슨 소리를 하고 싶은 거요?"

안교안이 자신과 고검을 번갈아 가리킨 뒤에 말했다.

"차, 포 다 떼어 놓고 결론부터 말하자면……."

"말하자면?"

"우리 두 사람이 옆에서 전하를 제대로 보필만 해도 지금까지와는 완전히 다른 세상이 조선에 펼쳐질 수 있다는 거요."

고검이 갑자기 버럭 화를 냈다.

"그럼 안 군장은 지금까지 허투루 보필했단 거요?"

고검은 당장이라도 피 묻은 검을 다시 꺼낼 기세였다.

안교안은 쓴웃음을 지은 뒤에 도성 쪽을 보았다.

"아무튼 전하께서 이번처럼 신경 쓰는 경우가 얼마나 되었소?"

"흠, 몇 번 없긴 했지."

"그래서 하는 말인데 이번 지폐 유통은 반드시 성공해야
하오."

"그러면 당장 한 번 더 합시다. 이번엔 내가 농부로 변장하지."

"옷감을 팔러 온 아낙네는 어떻소?"

"지, 지금 나보고 여장하라고 한 거요?"

"싫으면 안 하면 되지, 왜 화를 내고 그러시오?"

"흠, 여장이라. 그거 의외로 먹힐지도 모르겠군."

고검과 안교안이 투덕거리는 동안. 용호군 요원들은 많이
겪은 일인 듯 말없이 일에 열중했다.

◆ ◈ ◆

현이가 두 돌을 앞뒀을 무렵.

마침내 기다리고 기다리던 소식이 들려왔다.

삼정승과 집현관 대제학 허적, 호조판서 권대운, 형조판서
윤선도 등이 희정당을 찾아와 양전이 마무리되었음을 알렸다.

"정말 끝난 거요?"

이경석이 웃으면서 대답했다.

"예, 전하. 함경도 경흥부터 제주도 서귀포까지 모두 끝났사옵니다. 현재는 호조 균전사가 자료를 정리하는 중이옵니다."

"영상 대감은 자료를 보았소?"

"다 보진 못하였고 일부만 봤사옵니다."

"균전사가 일을 제대로 한 거 같소?"

"신이 지금까지 본 양전 중에서 가장 훌륭했사옵니다."

"지적도는 상태가 어땠소?"

"그 또한 완벽했사옵니다."

난 책상을 쾅 치며 기쁨의 환호성을 질렀다.

"그렇지!"

대신들이 일제히 머리를 조아렸다.

"대업을 이루신 것을 경하드리옵니다!"

"좋소, 좋아! 우선 수고한 관원들에게 성과급을 지급하시오."

권대운이 바로 대답했다.

"그리하겠사옵니다."

난 잠시 생각하다가 삼정승에게 물었다.

"이번에 원자를 세자로 책봉하려는데 경들의 생각은 어떠하오?"

이경석이 조경, 원두표와 눈빛을 교환한 뒤에 대답했다.

"원자를 세자로 책봉하시어 국본을 든든히 하신다면 전하의 치세도 안정에 접어들어 만백성의 홍복이 될 것이옵니다."

"그러면 다가오는 원자의 생일에 맞춰 책봉식을 거행하시오."

"준비하겠사옵니다."

그로부터 며칠 후, 난 대례복을 갖춰 입고 종묘와 사직을 방문해 제를 올렸다.

현이를 세자로 책봉했음을 나라와 선열께 알리기 위해서다.

제를 올린 뒤에는 역시 대례복을 갖춰 입은 어린 세자와 창덕궁 인정전 뜰 앞에서 세자 책봉식을 정식으로 거행했다.

세자는 두 돌이지만 벌써 의젓하게 행동할 줄 알았다. 떼를 쓰거나, 울지 않고 지루한 예식을 끝까지 잘 치러 냈다.

난 책봉식 끝나 갈 무렵, 세자를 옆에 앉히고 선언했다.

"오늘은 세자를 책봉하여 국본을 반석 위에 올린 기쁜 날이오!"

인정전 뜰에 집결한 문무백관이 읍을 한 뒤에 외쳤다.

"천세, 천세, 천천세!"

난 손을 올려 답례한 뒤에 말을 이어 갔다.

"나라의 큰 걱정거리가 사라진 만큼, 이제는 눈을 내부로 돌려 조선 사회를 좀먹던 여러 폐단과 병폐를 혁파해야 하오!"

뭔가 크게 옴을 직감한 백관은 숨 쉬는 것조차 잊고 경청했다.

"그래야만 세계정세가 하루가 다르게 요동치는 이 엄중한 시기에 조선이 끝까지 살아남아 영세토록 번영할 수가 있소!"

"……."

"항간에 이런 말이 떠돈다고 들었소! '나라에 돈이 없는 게 아니라, 도둑이 많아 돈이 없는 거다'라는 말이었소! 과인도, 그리고 지금 이 자리에 있는 문무백관도 동의할 것이오!"

"……."

"그렇다면 도둑놈은 왜 생기는지부터 따져봐야 하오! 태어날 때부터 돈을 밝히는 자들만 관원이 되어서는 아닐 것이오!"

"……."

"그 이유는 생각해 보면 간단하오! 조정이 관원에게 지급하는 녹봉이 형편없이 적기 때문이오! 특히, 지방 관아의 아전 같은 경우엔 녹봉을 거의 받지 못하는 데다 함부로 직업을 바꿀 수도 없어 백성의 고혈을 쥐어짜 생계를 이어 나가는 것을 당연시하는 참담할 지경까지 와 있는 상황이오!"

"……."

"하여 과인은 기존 관원에게는 녹봉을 적게는 두 배, 많게는 다섯 배까지 지급할 계획이오! 그리고 지방 아전에게도 내년 정월부터 생활이 가능할 만큼의 녹봉을 지급할 계획이오!"

연봉을 대폭 인상해 준다는 말에 몇몇 관원이 희색을 지었다.

그러나 이 세상에 달콤하기만 한 열매는 존재하지 않는다는 사실을 잘 아는 관원들은 내 다음 말을 더 집중해 들었다.

"물론, 녹봉을 많이 받는 만큼, 관원들은 처신을 더 똑바로 해야 할 것이오! 만약, 조정의 자금을 횡령하거나, 백성을 괴롭혀 뇌물을 받아 내는 이가 발각되면 지위고하에 상관없이 극형에 처한 뒤에 그 머리를 팔도에 돌아가면서 전시케 할 생각이오! 또한, 탐관오리 명부에 이름을 새겨 후손들이 이 조선이 망하는 그날까지 손가락질하게 만들 작정이오!"

문무백관 전체가 순간적으로 몸을 떨었다.

녹봉 인상의 대가가 이 정도로 혹독할지 몰랐기 때문이리라.

난 이어 무슨 재원으로 녹봉을 줄 건지에 대해서도 설명했다.

"조정의 재정 지출이 갑작스럽게 몇 배로 늘어났기에 이를 보완할 후속 대책이 꼭 필요한 상황이오! 하여 우선 국세의 대부분을 차지하는 세금 제도부터 대폭 개편할 생각이오!"

"……."

"앞으로 조선의 모든 세금은 재산세와 소득세, 두 가지로 양분되게 될 것이오! 재산세는 말 그대로 가진 재산에 부과되는 세금이고 소득세는 벌어들인 돈에 부과되는 세금이오!"

"……."

"요역, 군역, 공납을 비롯해 조정이 백성에게 걷던 잡다한 세금을 이 두 가지로 모두 통합한 연후에 세 가지 철칙을 기반으로 세금을 공정하게 거두어 백성의 부담을 대폭 줄이면서 국고는 불리는 이상적인 형태로 나아가야 할 것이오!"

"……."

"세 가지 철칙은 각각 유전유세, 경자유전, 다전다세요! 이번에 완료한 양전의 내용을 바탕으로 공정하고 또한 합리적인 선에서 세금을 부과할 터이니 각 부처는 전력을 다하시오!"

"……."

"마지막으로 저번 대만 정씨 왕국과의 전쟁에서 내려진 대대적인 면천령으로 인해 이미 양천제는 그 효용이 다한 상태요!"

"……."

"하여 오늘 세자를 책봉한 이 경사스러운 자리에서 자랑스러운 조선의 적통을 이어받은 18대 국왕 이 이연의 이름으로 조선의 모든 노비와 천인에게 면천령을 내리도록 하겠소!"

"……."

"문무백관은 과인의 어명을 성심을 다해 수행해야 할 것이오!"

"천세, 천세, 천천세!"

문무백관의 하례를 받고 나서 난 세자와 희정당으로 돌아갔다.

희정당이 멀지 않았을 무렵.

난 어린 세자의 손을 잡고 속으로 다짐했다.

이제 챕터 1은 끝났다. 오늘부턴 조선의 새로운 챕터가 열리는 거다.

미래에 어떤 일이 벌어질지 나도 모른다.

하지만 이번에도 멋지게 해내 보자.

그게 이 이상한 곳에 떨어진 나의 유일한 의무일지니.

〈7권에서 계속〉